HEYNE BÜCHER

RAINER BÜTTNER

ALF™

Lieber ich als keiner

Dialoge
von Siegfried Rabe

WILHELM HEYNE VERLAG
MÜNCHEN

HEYNE ALLGEMEINE REIHE
Nr. 01/7968

Lizenz für diese Ausgabe:
Loewes Verlag Ferdinand Carl GmbH & Co. KG, Bindlach 1988.

Licensed by: Merchandising München

Printed in Germany 1990
Umschlagzeichnung: Ines Vaders-Joch
Umschlaggestaltung: Atelier Ingrid Schütz, München
Gesamtherstellung: Elsnerdruck, Berlin

ISBN 3-453-03669-7

Reif für die Insel

Es war ein lauer Sommerabend. Die untergehende Sonne spiegelte sich blutrot in den Fensterscheiben des Tannerschen Bungalows. Willie hatte es sich auf dem Sofa gemütlich gemacht, und er freute sich darauf, in aller Ruhe mal die Illustrierte durchzuschmökern. Er liebte diese Stunde der Entspannung vor dem Abendessen. Kate war dann meistens in der Küche, die Kinder in ihren Zimmern, und ihr außerirdischer Gast hockte gewöhnlich vor dem Fernseher.

Heute war es im Haus besonders ruhig. Gerade gespenstisch ruhig, dachte Willie bei sich. In dem Moment dröhnte aus der Küche das Geräusch eines elektrischen Bohrers. Willie fuhr aus seinen Gedanken hoch.

„Hey, was soll das?" rief er.

Statt einer Antwort kam ein Geräusch, das ähnlich klang wie das Schnattern eines verliebten Gänserichs: „Oh, moo aye mucka hucka cahoona eh, eh, eh, eh, eh ..."

Erschrocken legte Willie seine Zeitschrift zur Seite. Dann hastete er in die Küche, um nachzusehen, was dort los war.

ALF war der Interpret jener fremdländischen Weise gewesen. Und sein Anblick war eine knallige Überraschung. Mit seinem bunten Hawaiihemd und einer gelbroten Blumengirlande aus Papier um den Hals sah er aus wie ein außerirdischer Südseeprinz. Er saß seelenruhig am Tisch und bohrte ein Loch in eine Kokosnuß. Eine andere Nuß lag bereits fertig präpariert mit Trinkhalm und Strohschirmchen vor ihm.

„Was machst du mit meinem Bohrer?" Willie starrte ALF böse an.

„Ich bohre Löcher!" ALF verstand gar nicht, wie man so blöd fragen konnte. Schließlich konnte man doch deutlich sehen, was er machte.

Willie begriff aber immer noch nichts. „Wozu?"

„Damit ich die Trinkhalme in die Kokosnüsse stecken kann. Willste 'nen Zug?"

Blitzschnell entriß ihm Willie die sündhaft teure Bohrmaschine und musterte den Möchtegern-Hawaiianer einmal genauer.

„Ich fürchte, du wirst uns gleich mal wieder mit einer neuen Folge von ‚Gilligans Insel' beglücken", stöhnte er.

Willie vermutete richtig. ALF war schon ganz aufgeregt: „Ahoi! Das Schiff setzt heute Segel zur Fahrt zu dieser unentdeckten Insel, die nirgends verzeichnet ist!"

Willie hatte inzwischen damit begonnen, seine kostbare Bohrmaschine zu reinigen. ALFs Fernsehgeschmack war sowieso meilenweit von dem seinen entfernt. Er konnte einfach nicht verstehen, daß man sich solche dusseligen Serien ansehen konnte. „Ich glaube, du übertreibst bei dieser ganzen Gilligangeschichte", meinte er.

ALF nahm einen tiefen Zug aus der Kokosnuß. „Wieso? Nur weil ich mir ein paar Skipper Colades zu Gemüte führe?" entgegnete er beleidigt.

Willie grinste. „Und was ist mit den Rattanmöbeln, die du dir für dein Zimmer bestellt hast?"

ALF sah ihn verächtlich an. „Die hab' ich längst wieder zurückgeschickt. Die waren gar nicht aus echtem Rattan. Das war Plastik-Fantastik."

Brian mußte sich inzwischen ins Wohnzimmer geschlichen haben, denn von dort war laut und deutlich seine Stimme zu vernehmen: „ALF, komm, ‚Gilligan' fängt an!"

ALF sprang wie von der Tarantel gestochen hoch. „Entschuldige, ich muß leider gehen. Jetzt läuft ‚Gilligan'!"

„Ja, beeil dich nur. Wenn du diese Folge verpaßt, mußt du drei Wochen warten, bis sie wiederholt wird!" spottete Willie.

Das ist mal wieder typisch Tanner, dachte ALF. Leute wie Willie sind für eine anspruchsvolle Programmgestaltung im

Fernsehen einfach nicht ansprechbar. ALF schnappte sich zwei Kokosnüsse und ließ den Ignoranten einfach stehen. Wenn's um „Gilligan" ging, hörte beim Melmac der Spaß auf.

Eine Zeitlang war es mucksmäuschenstill im Wohnzimmer. Dann hörte man Brian und ALF laut den Titelsong mitsingen:

„Die nächste Folge ist bald dran,
drum schaltet pünktlich ein!
Dann könnt ihr wieder alle Mann
auf Gilligans Insel sein!"

Es folgte ein frenetischer Applaus. „Bravo! Bravo! Ein toller Texter. Eine unheimlich starke Folge", schrie ALF.

Auch Brian war begeistert. „Gilligan ist wirklich witzig."

„Witzig?" Das war ALF entschieden zuwenig. „Es ist ein Genie! Chaplin, Keaton, Gilligan! Eigentlich sind sie alle unheimlich stark. Und es sieht immer so einfach aus."

„Brian, Zeit fürs Bett!" Kate kam ins Wohnzimmer.

„Jetzt schon?" maulte Brian und warf seinem galaktischen Freund einen hilfesuchenden Blick zu.

In solchen Situationen standen Freunde natürlich füreinander ein. Außerdem konnte ALF jetzt auch noch gar nicht auf Brian verzichten. Mit wem sollte er denn sonst über „Gilligan" reden?

„Also, Kate", appellierte der Melmac an ihre mütterliche Vernunft, „das wäre nicht gut für Brian. Der Junge hat gerade ‚Gilligans Insel' gesehen. Da müssen sich die Eindrücke erst mal setzen."

Kate hörte gar nicht richtig hin. ALFs pädagogische Nachhilfe beeindruckte sie in keinster Weise. „Solche Eindrücke setzen sich am besten in der Badewanne! Komm, Brian!" befahl sie kurz angebunden.

„Aye, aye, Mami!" Brian wußte genau, daß es in solchen

Momenten zwecklos war, seiner Mutter zu widersprechen. Also fand er sich mit seinem Schicksal ab und schlurfte ins Badezimmer.

ALF brauchte jetzt dringend einen neuen Gesprächspartner, mit dem er über die „Insel“ reden konnte. Voller Hoffnung wandte er sich an Kate: „Hör mal, Kate, habe ich dir schon gesagt, wie sehr du mich an Ginger erinnerst?“

Kate schnappte nach Luft und warf ALF einen wütenden Blick zu. ALF ging ihr mit dieser Südseegeschichte schon längst gewaltig auf den Keks. Mißbilligend sah sie den Melmac an.

Doch der setzte nur noch einen drauf. „Wow“, tönte er. „Das ist derselbe geringschätzige Blick, den Ginger immer Gilligan zuwirft.“

Kate schüttelte verständnislos den Kopf und verschwand im Badezimmer, um die Badeorgie ihres Juniors im Auge zu behalten.

„Das war ein Kompliment!“ rief ALF gereizt hinter Kate her. „Mann, kein Sinn für Humor in diesem Hause!“

Aber glücklicherweise war ein neuer Gesprächspartner für ALF schon in Sicht. Willie kam gerade ins Wohnzimmer.

„He, Willie, ich hab' mit dir zu reden!“ ALF kam sofort zur Sache. Sein Tonfall deutete an, daß er keinen Widerspruch duldete.

Willie ahnte bereits, was auf ihn zukam. Er schlug die Hacken zusammen, nahm Haltung an und stellte noch schnell den Kuchenteller zur Seite. „Schieß los!“ forderte er den Melmac auf. Erwartungsvoll setzte er sich an den Wohnzimmertisch.

„Es geht um ‚Gilligans Insel‘. Warum wohl, glaubst du, ist das Leben dort soviel aufregender als in, ähm, sagen wir, in diesem Haus?“

Willie traute seinen Ohren nicht. Das war doch wohl der Gipfel. Dieses unverschämte Zotteltier wurde immer undankbarer. „Aber wirklich, ALF, du hast doch wohl täglich genug Spaß hier!" knurrte er empört.

„Ja, aber nur wenn ‚Gilligans Insel' im Fernsehen läuft", gab ALF ungerührt zurück.

Willie trumpfte auf: „Das sind ja immerhin vier Stunden am Tag!"

„Ich will was Wichtiges mit dir besprechen, und du machst deine Witze!" ALF, der Südsee-Fan, machte auf empört. Dabei stierte er die ganze Zeit über begierig auf Willies Kuchenteller.

„Also los, spul deine Predigt runter!" Willie zuckte resigniert die Schultern. Er sah ein, daß er diesem Gespräch ohnehin nicht entrinnen konnte.

„Was für einen Kuchen hast du da?"

„Apfel!"

„Ha! Wohl eher ein verkrustetes Klischee davon!"

„Warum hast du dann vorhin sechs Stück davon verputzt?"

„Unverschämtheit!" brach es da aus ALF heraus. „Die Frage lautet doch wohl eher, warum ich keine acht Stück bekommen habe. Ist ja auch egal. Hier ist es nun mal stinklangweilig. Ganz anders als auf Gilligans Insel, wo jeder Tag neu gefeiert wird. Und immer gibt's Mary Anns Kokosnußsahnetorte!"

Willie langte es. „ALF, ich werde meine Zeit hier sicher nicht damit verplempern, herauszufinden, wieso du das richtige Leben langweiliger findest als irgend so eine alberne Fernsehserie."

ALF war verblüfft. „Wie gebildet das klingt! Wie der Professor in der letzten Folge!"

Willie mußte sich jetzt wirklich zusammenreißen. Am liebsten hätte er ALF angeschrien, damit dieser endlich mal aufhörte, sich ständig an diesem Südseequatsch zu orientieren. Wortlos stand er auf, um in der Küche seine Ruhe zu suchen.

„Wenn dich dein Kuchen langweilt, kann ich ihn dann haben?" rief ALF hinter ihm her.

Willie wirbelte herum, riß den Kuchenteller an sich und verließ endgültig das Wohnzimmer. Nicht ohne ALF einen vernichtenden Blick zuzuwerfen.

Es war schon nach Mitternacht. Kate und Willie waren gerade eingeschlafen. Da stürmte plötzlich ALF in ihr Schlafzimmer.

„Wollt ihr wissen, wie's weitergeht? Dieses dicke, fette schwarze Mädchen von der anderen Insel ißt Gingers Lippenstift. Ha! Und dann, bevor Gilligan sie heiraten kann, geht sie ..."

Willie stöhnte laut auf, rieb sich die Augen und setzte sich im Bett auf: „Nein, bitte erzähl's uns nicht. Sie geht zurück auf ihre eigene Insel. Die Schiffbrüchigen aber bleiben am Strand zurück."

ALF war erstaunt. „Hatte ich euch denn das Ende schon verraten?"

„So hat bis jetzt noch jede Folge geendet", erklärte Willie mit müder Stimme. „Sie werden niemals die Insel verlassen können."

ALF sah jetzt wirklich zerknirscht aus. „Dieses Strickmuster muß mir dann wohl entgangen sein!"

Wütend mischte sich jetzt Kate in das Männergespräch ein: „Aber dir wird nicht entgangen sein, daß du dieses Zimmer jederzeit verlassen kannst."

„Ganz meiner Meinung", ergänzte Willie. „Für heute nacht ist der Spaß vorbei." Demonstrativ löschte er das Licht.

So leicht ließ sich ALF aber nicht vertreiben. Er knipste die Nachttischlampe auf Kates Seite wieder an und nervte weiter: „Auf ‚Gilligans Insel' hörte der Spaß niemals auf! Nicht so wie bei uns, wo allein schon die Politik jedem Spaß ein schnelles Ende macht."

„O nein, bitte nicht!" Kate raufte sich die Haare. „ALF, geh jetzt bitte schlafen!" flehte sie.

Das Wesen im gelb-grünen Hawaiipyjama schüttelte energisch den Kopf. „Ich kann nicht schlafen", rief er verzweifelt. „Ich habe alles versucht — sogar die Gestrandeten auf der Insel über Palmen springen zu lassen. Aber der Kapitän springt miserabel ..."

Willie sah keinen anderen Ausweg mehr. Er versuchte, ALF mit Versprechungen aus dem Schlafzimmer zu locken. „Wenn du wenigstens uns jetzt schlafen läßt, dann versprech' ich dir, daß wir uns morgen weiter um diese Gilligan-Geschichte kümmern. Gleich in der Früh. Und vielleicht bauen wir dann sogar eine kleine Lagune, extra für dich!"

„Das würdet ihr für mich tun?" ALF konnte es gar nicht glauben. Er war dankbar und gerührt zugleich. „Alloha he!" Singend und schwankend wie ein Seemann, verließ er dann endlich die Tannersche Bettstatt.

Erleichtert drehte Willie das Licht wieder aus. Kate zog sich die Decke über den Kopf. Sie hatte genug von der Südsee und wollte jetzt wirklich nichts mehr sehen und hören.

Im Haus der Tanners war endlich Nachtruhe eingekehrt. Die Familie lag im tiefen Schlaf. Nur im Garten gingen seltsame Dinge vor sich.

Am nächsten Morgen waren Kate und Willie alles andere als ausgeschlafen. Die gestörte Nachtruhe hing beiden noch in den Knochen.

Kate schlurfte müde ins Badezimmer — und kam postwendend schimpfend wieder raus: „Willie, irgend etwas stimmt nicht mit unserer Badewanne."

„Wahrscheinlich ist der Abfluß wieder mit ALFs Haaren verstopft. Ich habe ihm schon so oft gesagt, er soll sich absaugen, bevor er in die Wanne steigt."

„Nein, es ist der Wasserhahn", korrigierte Kate. „Es kommt kein Wasser mehr!"

Müde stellte Willie seine Kaffeetasse ab und drehte an dem

Wasserhahn in der Küche. Auch hier kam nur ein knurrendes, blubberndes Luftgeräusch, aber kein Wasser!

„Vielleicht haben sie das Wasser heute abgestellt!" überlegte er.

Da war aus dem Garten eine genervte Stimmte zu vernehmen: „Hey, dreht mal den Hahn zu. Hier läßt der Druck nach."

Willie stürzte zum Küchenfenster. Von dort aus konnte er sehen, wie ALF im Garten herumhantierte.

„Was machst du eigentlich da draußen?" erkundigte er sich mißtrauisch.

„Das wird eine Überraschung!"

Die von ALFs vielen Überraschungen leidgeprüfte Familie Tanner zuckte zusammen. Wie von einer Tarantel gestochen, schoß Willie in den Garten. Von dort waren dann nur noch Wortfetzen zu verstehen wie: „ALF, was zum Teufel ..." und „Paß auf, es ist rutschig!" Dann folgten ein erschrockenes „Aaahh", ein lautes Platschen und ALFs trokkener Kommentar: „Reingefallen!"

Jetzt hielt es auch Kate nicht mehr in der Küche. Als sie im Garten ankam, wußte sie im ersten Moment nicht, ob sich lachen oder weinen sollte. Ungläubig rieb sie ihre Augen. ALF hatte über Nacht seinen Traum von einer Lagune verwirklicht. Der Tannersche Garten erinnerte verdächtig an „Gilligans Insel". Und in der Lagune schwamm Willie! Verzweifelt versuchte er, aus dem Wasser zu krabbeln, rutschte aber immer wieder in den Schlamm zurück.

„Na, was sagst du dazu?" fragte ALF und blickte hoffnungsvoll auf Kate. Er hatte es sich inzwischen auf einer Bank bequem gemacht und betrachtete stolz sein Werk.

Kate wurde jetzt mit einem Schlag das ganze Ausmaß von ALFs Buddelei bewußt. „Das darf doch wohl nicht wahr sein! Ich kann es nicht glauben!" rief sie entsetzt aus.

ALF aber überhörte geflissentlich ihr Gekeife. Seelenruhig analysierte er die Situation: „Weshalb die Aufregung.

Was ist schon passiert? Willie treibt in der Lagune, die ich gebaut habe. Haargenauso wie auf ‚Gilligans Insel'. Von jetzt an wird das Leben bei uns viel aufregender sein."

„Du Mistvieh, warte!" Willie machte einen neuen Anlauf auf ALF zu. Doch sofort rutschte er wieder in die Tiefe. Endlich hatte er sich wieder hochgerappelt. Rasend vor Wut wollte er sich auf ALF stürzen und ihm den Hals umdrehen.

„Siehst du, du bist jetzt schon längst nicht mehr so langweilig wie früher!"

Da brüllte es drohend aus dem Wasser: „Was hältst du von einer Beerdigung auf hoher See, Erdferkel?"

Erdferkel? Das hatte Willie noch nie zu ihm gesagt. Er mußte sich echte Sorgen um Willies Verfassung machen.

„Vielleicht ist Aufregung gar nicht gut für dich!" versuchte er ihn zu beruhigen.

„Hast du die Güte, uns zu erklären, warum du das gemacht hast!" mischte sich jetzt auch Kate noch ein.

„Das war Willies Idee!" behauptete ALF, ohne mit der Wimper zu zucken.

Willie hatte es inzwischen mit Mühe und Not geschafft, aus dem dreckigen Tümpel rauszukrabbeln. Er sah aus wie die Lehmmumie vom Nil. ALFs unverschämte Behauptung gab ihm den Rest.

„Was sagst du da?" keuchte er. „Meine Idee!" Mit letzter Kraft versuchte er, sich erneut auf ALF zu stürzen.

Der Melmac erkannte rechtzeitig die Gefahr. Schnell verzog er sich hinter einen Baum. Denn Willie sah ganz so aus, als wollte er Ernst machen.

„Jetzt versuch nicht, dich da rauszureden. Du hast gesagt, wir bauen eine Lagune", verteidigte sich der Außerirdische. Der Sicherheitsabstand zu Willie hin machte ihn wieder mutiger. Und: Was wahr ist, muß auch wahr bleiben.

Willies Stimme überschlug sich fast. „Ich habe gesagt, vielleicht eine kleine Lagune", schrie er. „Aber nicht das große Tanner-Riff!"

„Okay, okay", wehrte ALF ab. „Ein kleines Mißverständnis. Tut mir leid. Es war eben Ba-Ba!"

„Was? Ba-Ba!" Willie blies seine Backen auf und ahmte ALF nach. „Ba-Ba!"

Dann folgte ein Donnerwetter, das sich gewaschen hatte: „Ich will meinen Garten wieder so haben, wie er war. Ich will Bäume, die ich beschneiden kann, und Gras, das ich mähen kann. Kein Wasser und keine Hüttchen!" Drohend zeigte Willie dann auf ALF: „Und du bleibst so lange hier draußen, bis alles wieder in Ordnung ist! Hab' ich mich klar genug ausgedrückt?" Wütend riß er ein Stück Bambusverkleidung von der Garage, das ALF dort über Nacht befestigt hatte.

ALF tat so, als ob ihn die ganze Sache nichts anginge. „Sprichst du mit mir?" tat er überrascht und setzte seine Unschuldsmiene auf.

„Ich spreche ausschließlich mit dir!" zischte Willie.

ALF war beleidigt. Diese Undankbarkeit! Da hatte er die ganze Nacht geschuftet — und jetzt dieses! Aber wenn sie es nicht besser wollten ...

„Gut, gut. Wenn du unbedingt willst, werde ich dieses Abenteuerland wieder in botanischen Stumpfsinn verwandeln", lenkte der verhinderte Südsee-Insulaner ein.

„Und zwar sofort!" Willie ließ nicht mehr mit sich reden und verschwand im Haus.

Hilfesuchend wandte sich ALF an Kate. „Er scheint etwas verärgert zu sein. Fang du schon mal an zu schippen, ich rede noch mal mit ihm!"

Aber auch Kate würdigte ALF keines Blickes mehr. Wortlos drehte sie sich um und verschwand ebenfalls im Haus.

Eine Weile noch besah sich ALF sein Lagunenparadies. Er mußte von einem schönen Traum Abschied nehmen. Dann begann er endlich mit der Arbeit. Um sich selber anzufeuern, sang er dazu:

„Du lädst zehn Tonnen,
und was bringt dir das?
Du bist 'n Tag älter
und beißt früher ins Gras!"

Den ganzen Tag über schuftete ALF — nicht gerade wie ein Besessener, aber immerhin ... Schaufel um Schaufel schippte er die Erde in die Lagune zurück. Und er schwitzte! Das erstemal wieder nach sechzig Jahren.

Natürlich war er am Abend noch längst nicht fertig. Die Rekonstruktion des Tannerschen Gartens dauerte wesentlich länger als der Bau der Lagune. Später gesellte sich Lynn mit einer Limo dazu. „Wie lange wirst du brauchen, bis alles wieder in Ordnung ist?" erkundigte sie sich teilnahmsvoll beim Schwerarbeiter.

„Sechs Wochen!" antwortete ALF wie aus der Pistole geschossen.

Lynn glaubte, sich verhört zu haben. „Sechs Wochen? Du hattest das Loch doch in einer Nacht ausgehoben!"

„Ja, das Ausschippen hat mir Spaß gemacht. Aber das hier ist eine Qual für mich. Mußtest du schon mal deine schönsten Träume unter einem Haufen Dreck begraben?"

„Na ja, einmal mußte ich meine Lieblingsschildkröte begraben ... Aber ich überlass' dich jetzt besser wieder deiner Arbeit! Gute Nacht, ALF!" Lynn verabschiedete sich und zog sich wieder ins Haus zurück.

ALF gähnte. Er spürte in diesem Moment den fehlenden Schlaf der letzten Nacht und die Ermüdung durch die für ihn ungewohnte körperliche Arbeit.

Zeit, sich mal eine Pause zu gönnen. ALF setzte sich unter den Baum im Garten. Und es dauerte nicht lange, da war er eingeschlafen. Lautes Schnarchen drang bis ins Tannersche Wohnzimmer.

Als ALF aufwachte, traute er seinen Augen nicht. Die Sonne schien, und alles war wieder so wie am Morgen. Eine leichte Brise kräuselte das blaue Wasser der Lagune. Darin spiegelten sich die Palmen, die im Wind sanft hin und her wogten. ALF konnte es nicht fassen. Wo war seine Schippe? Wo war das Haus der Tanners geblieben? Hatte er die ganze Nacht geschlafen?

ALF rieb sich verwundert die Augen. Und da war ja noch jemand! Die beiden Burschen an der Lagune kamen ihm doch irgendwie bekannt vor.

„Das sind doch Gilligan und der Captain!" murmelte er noch etwas schlaftrunken. Schnell versteckte er sich hinter einem Busch. Gespannt beobachtete er die beiden Insulaner.

An der Lagune gab es gerade eine kleine Auseinandersetzung. Gilligan wollte mitfischen. Doch statt dessen bekam er immer wieder mit der Mütze des Kapitäns eins über den Kopf gezogen.

Da konnte sich ALF nicht mehr halten. Er prustete laut heraus: „Ha! Ha! Ha! Ihr Kerle seid wirklich lustig. Macht weiter, los, macht weiter!"

Überrascht sahen sich die beiden Inselbewohner an. Wer war nur dieses seltsame Wesen?

ALF bemerkte ihre Unsicherheit sofort. „Ich bin ALF, euer größter Fan", stellte er sich vor. „Ich küsse den Sand, auf dem ihr schreitet!"

„Wo kommst du denn her?" erkundigte sich Skipper neugierig.

„Von Melmac!"

„Melmac? Das liegt doch in der Nähe von Bora Bora!" grübelte Gilligan, der Tolpatsch.

ALF konnte sich kaum noch halten vor Lachen: „Ha! Ha! Eure Witze sind wirklich super! Aber sagt mal, wo sind denn die anderen?"

„Welche anderen?" Skipper in seiner Kapitänsuniform machte einen leicht verwirrten Eindruck.

ALF war belustigt. „Na, die anderen, ihr wißt doch!" Und nach der Melodie von „Gilligan's Island" fing er dann an zu singen: „Der Millionär und seine Frau, der große Star ..."

Skipper und Gilligan amüsierten sich köstlich über diesen lustigen Besucher.

Doch ALF ließ nicht locker. Er wollte unbedingt mehr erfahren von Ginger und den Howells, dem Professor und Mary Ann.

„He, Gilligan", rief er, „Mary Ann ist doch wirklich süß. Warum bist du eigentlich nie mit ihr ausgegangen?"

In diesem Moment bahnte sich die süße Mary Ann höchstpersönlich einen Weg durch die Bananenstauden. „Gilligan! Skipper! Das Essen ist fertig", rief sie.

Völlig unerwartet stand das Wesen seiner Träume vor ihrem außerirdischen Verehrer. ALF war fasziniert. Wirklich süß sah sie aus, Mary Ann, mit ihrem weiß-rosa karierten Petticoat-Kleid und den passenden Schleifchen im Haar.

Auch die junge Frau war überrascht. „Ah, wie ich sehe, haben wir Besuch!"

„Da ... da ... das ist Mary Ann. Und eine Einladung zum Essen. Zwei meiner liebsten Dinge überhaupt!" stotterte ALF zufrieden. Überhaupt machte er keinen Hehl aus seiner Bewunderung.

Gilligan stellte den ungebetenen Besucher vor: „Mary Ann, das ist ALF. Er kommt von Melmac!"

„Wie kommt es, daß jeder auf unsere Insel kommen kann, aber keiner von uns kann weg?" entgegnete Mary Ann stirnrunzelnd.

„Wirklich?" staunte Gilligan. „Ist das so? Da ist mir wohl das Strickmuster entgangen." Sofort bekam er wieder vom Kapitän eins übergebraten.

ALF schüttelte sich vor Lachen. Die Einladung zum Essen nahm er natürlich ohne zu zögern an. Keine Frage! Mit größtem Vergnügen sogar.

„Mary Ann, gibt es eine von deinen berühmten Kokosnußsahnetorten?" fragte ALF gierig, während die Frau seiner Träume den Tisch deckte. Beim Gedanken daran lief ihm schon das Wasser im Munde zusammen.

„Nein, die lassen mich keine mehr machen!" ALFs Südseeprinzessin schenkte ihm ihr bezauberndstes Lächeln.

Inzwischen war auch der Professor zu der Tischrunde gestoßen. Ungefragt erklärte er: „Kokosnußsahnetorten sind ungesund. Mir ist nämlich aufgefallen, daß unser Blutzuckerspiegel gefährlich hoch angestiegen ist. Und außerdem hing uns das Zeug sowieso zum Hals raus."

Mary Ann war sauer. „Das habt ihr mir aber nie gesagt. Egal. Heute gibt es Mangos."

ALF entfuhr ein begeistertes „Wow!" Gierig wollte er in die Schüssel langen, doch Gilligan maulte auch darüber: „Das Zeug haben wir auch satt! Ich kann's nicht mehr sehen!" Angewidert wandte er sich ab.

ALF zögerte. Die Tischrunde machte alles andere als einen vergnügten Eindruck. Erschrocken schaute ALF von einem zu andern. „Das hört sich fast an, als wärt ihr doch nicht so glücklich!" mutmaßte er.

„Glücklich?" Mary Ann kam dieses Wort verächtlich von der Zunge. „Wir langweilen uns hier zu Tode. Immer dieselben Sachen, tagein, tagaus. Seit dreiundzwanzig Jahren!"

Und Gilligan beschwerte sich, daß er es überhaupt nicht lustig fände, wieder und wieder die alten Marinegeschichten vom Captain zu hören.

Mit einemmal war der schönste Streit im Gange. Am liebsten hätte sich ALF die Ohren zugehalten. Verwundert mußte er mit anhören, daß keiner freiwillig auf dieser Insel war. Wenn nur endlich der Professor eine Möglichkeit fände, hier wegzukommen ... Gegenseitig beschimpften sich die Gestrandeten. Und es fielen nicht gerade die feinsten Worte.

ALF konnte die Streitereien nicht mehr ertragen. Und er wollte sich seinen Traum von Gilligans Insel nicht kaputtmachen lassen.

„Hört auf", bat er mehrmals. „Ihr Gestrandeten sollt fröhlich sein und freundlich!"

Mary Ann starrte ALF an wie eines der sieben Weltwunder. „Du willst uns vorschreiben, wie wir sein sollen?" schrie sie.

ALF merkte, daß die Stimmung wirklich nicht zum besten stand. Deshalb versuchte er es mit einer anderen Masche. „Hey, laßt uns singen!" schlug er vor und stimmte auch schon das Gilligan-Lied an: „Die nächste Folge ist bald dran ... Hey, alle mitsingen!"

Schweigen im Urwald.

„Drum schaltet pünklich ein ... Singt!" ALF mühte sich vergeblich.

„Uns ist nicht nach Singen!" brüllte ihn der Professor plötzlich genervt an.

„Ich habe eine bessere Idee", rief Skipper da. Ihn hatte ein Geistesblitz durchzuckt. „Wir spielen die Szene, wie ALF auf die Insel gekommen ist, um uns beim Schippen zu helfen." Sofort reichte er ALF eine Schaufel und forderte ihn auf: „Du bist jetzt ALF und hilfst uns schippen!"

ALF wich entsetzt zurück. Er merkte, daß er in eine Falle geraten war. „Ich werde nicht schippen", schrie er. „Ich weigere mich! Ich will nicht schippen! Ich schippe nicht! Nein, nein! Ich schippe nicht!"

Doch es half ihm nichts. Wenig später stand ALF an der Lagune. Er hatte eine Schaufel in der Hand und schippte und schippte und schippte ... Die Inselbewohner beobachten ihn interessiert.

„Was soll das eigentlich? Warum laßt ihr mich hier schippen?" beschwerte sich ALF maulend. Er verstand die Inselwelt beim besten Willen nicht mehr.

„ Die Lagune muß aufgefüllt werden", erklärte ihm seine angebetete Mary Ann. „Kommt schon, Leute", fuhr sie fort, „laßt den kleinen Fellburschen ackern. Wir geh'n fernsehen. Gleich kommt unsere Lieblingssendung!"

„Ihr habt Fernsehen?" ALF war wie elektrisiert.

Das gefiel dem smarten grauhaarigen Professor wieder. „O ja", prahlte er, „ich hab' selbst ein Gerät gebaut. Aus Bambus, ein paar Kokosnußschalen und einer Fünfzig-Zentimeter-Bildröhre, die an den Strand gespült wurde. Und einen Videorecorder haben wir auch!"

Mary Ann ging die Angeberei des Professors auf den Keks. Höhnisch unterbrach sie ihn: „Ja, mit VHS-System. Aber alle unsere Kassetten sind Video 2000!"

Bevor sich alle zum Fernsehen zurückzogen, versuchte es ALF mit einem alten Trick. „He, Gilligan", lockte er, „das Schippen macht richtig Spaß. Willst du auch mal?"

Doch selbst Gilligan winkte ab.

ALF war frustriert. Nicht mal der Tölpel der Serie fiel auf seinen Trick rein! Mißmutig schippte er weiter.

Währenddessen hatten sich die Insulaner vor der Hütte bequem niedergelassen. Der Professor machte sich am Bambusfernseher zu schaffen. Es dauerte entsetzlich lange, so daß Mary Ann ungeduldig quengelte: „Setz dich endlich hin, Professor. Ich kann überhaupt nichts sehen!"

„Ich muß nur noch das Bild justieren!" verteidigte sich dieser.

Endlich erschien die Fernsehansagerin. „Und nun wieder das Neueste aus den Abenteuern der Tanner-Familie!" kündigte sie das aktuelle Programm an. Aufgeregt knabberte die süße Mary Ann an ihren Fingernägeln. Auch ALF an der Lagune horchte auf. Hatte er sich verhört? Die Tanner-Familie? Leise schlich er sich von hinten an die Fernsehrunde ran.

„In den Hauptrollen Willie Tanner als Dad, Kate Tanner als Mami, Lynn Tanner als ihre Tochter, und Brian Tanner, der sich selbst spielt. Unsere Folge heute hat den Titel: ‚Brian Tanner nimmt ein Bad!'"

Begeistert starrten die Gestrandeten auf den Bildschirm. Sie waren so fasziniert vom Familienleben der Tanners, daß sie ALF zunächst gar nicht bemerkten. Schließlich räusperte sich der Außerirdische. „Was ist daran eigentlich so komisch?“ fragte er.

Der Professor herrschte ihn wütend an. „Was daran komisch ist? Das sind die unterhaltsamsten Leute auf der Welt. Und du fragst, was an ihnen komisch ist.“

Auch Mary Ann kam ins Schwärmen. „Und die Tanners können die Dinge tun, von denen wir nur träumen. Schon die ausgewogenen Mahlzeiten: Hackbraten, Apfelkuchen ...“

„Sie wechseln sogar ihre Kleidung!“

„Sie schlagen sich nicht mit Mützen!“

„Bei ihnen sieht alles so einfach aus!“

Skipper, Gilligan, Mary Ann, der Professor, alle überboten sich gegenseitig mit Lob für die Tanner-Familie. ALF erkannte, daß er vorsichtig sein mußte, wollte er nicht, daß sich die Stimmung gegen ihn richtete. Deshalb versuchte er, gut Wetter zu machen.

„Na ja, eigentlich sind sie wirklich ganz komisch. Kann ich mir die Folge mit ansehen?“ fragte er bescheiden.

Skipper war das gar nicht recht. „Bist du denn schon fertig mit Dreckschippen?“ wollte er wissen.

ALF aber hatte die Nase voll. Dreck könne er schließlich auch zu Hause schaufeln, maulte er.

Mary Ann, die Bezaubernde, aber machte ihm sofort deutlich, daß er jetzt hier auf der Insel zu Hause sei.

Sogar Gilligan, der Tolpatsch, wagte es, sich über ALF lustig zu machen. „Du bist jetzt ein Gestrandeter, Struppilein! Für immer!“ kicherte er.

ALF wehrte sich, so gut er konnte. Er wollte kein Gestrandeter sein, schon gar nicht hier auf Gilligans Insel. „Ich dachte immer, bei euch wär’ es lustig. Aber jetzt merke ich, es ist immer nur eine halbe Stunde lang lustig ...“

In dem Moment drehte sich Willie plötzlich auf dem Bildschirm um. „Aber du wolltest doch unbedingt auf diese

Insel. Dorthin, wo der Spaß niemals aufhört. Weißt du noch?"

Und wie ein Echo klang es ALF im Ohr: „Weißt du noch? Weißt du noch? Weißt du noch?"

Wie um böse Geister zu verscheuchen, schüttelte ALF immer wieder den Kopf. „Ich hab' mich geirrt", kreischte er verzweifelt. „Ich will nach Hause! Ich will nach Hause!"

Da schüttelte ihn jemand an der Schulter. ALF wurde wach. „Ich will nach Hause!" murmelte er noch einmal leise.

„ALF, wach auf!" Es war Willies Stimme.

Erstaunt starrte ALF ihn an. „O Willie! Du bist den weiten Weg gekommen, nur um mich hier rauszuholen? Das vergess' ich dir nie!"

„Das war gar nicht so weit. Ich war nur in der Küche!" Willie verstand überhaupt nicht, was ALF meinte.

Jetzt erst wurde ALF alles klar. Verwirrt schaute er sich um — und erkannte den Tannerschen Garten. Dann fiel sein Blick auf die Lagunenbaustelle, und er kapierte. Alles war nur ein böser Traum gewesen. „O Willie, hör zu. Ich hab' mich geirrt. Abenteuer findet man nicht auf irgendeiner abgelegenen Insel. Man findet sie viel eher hier. In diesem wunderschönen Garten, ähm, der er mal war!"

„Das freut mich zu hören, ALF. Bis später!" Willie verabschiedete sich.

ALF war enttäuscht. „Darf ich nicht mitkommen? Was ist denn mit dem ganzen Süßholz, das ich geraspelt habe?"

Willie zeigte sich zu keinem Kompromiß bereit. „Schade, daß du damit nicht das Loch auffüllen kannst. Los, ab an die Arbeit!"

ALF schnappte sich seine Schaufel. Die Erinnerung an den Traum von der Südsee-Insel verblaßte bereits. „Wie ich diesen Ort hasse!" knirschte er.

Wer schwer arbeitet, muß sich auch stärken, lautete ALFs Devise. Und glücklicherweise waren Tanners nicht nachtragend. Im Gegenteil. Am nächsten Abend gab's Kates Spezialität: Hackbraten!

ALF, der mit Lynn und Brian am Abendbrottisch saß, rülpste so laut und anerkennend, daß alle zusammenzuckten. Dann brüllte er quer durch die Wohnung: „Köstlich, dieser Hackbraten, Kate! Der beste, den ich je hatte. Ach, was sag' ich: Der beste, den es je gab und geben wird. Der beste der Welt. Ganz einfach der absolut beste!"

„Vielen Dank, ALF."

Kate war von ALFs ungewohnten Komplimenten reichlich überrascht, aber auch geschmeichelt. „Möchtest du ein Stück Kuchen, ALF?"

„Was für welchen?" fragte ALF sicherheitshalber zurück.

„Kokosnußsahne!"

„Oh, nein danke, ich passe!"

Endlich kam auch Willie an den Tisch. Er entschuldigte sich und löste damit bei ALF einen hysterischen Lachanfall aus. „Ha! Ha! Willie, du bist 'ne Wucht. Ha! Ha! Wie kommst du nur immer auf solche Gags?"

„Was für Gags?" Willie verstand überhaupt nichts. Auch die anderen schauten etwas ratlos auf ALF, der sich anscheinend gar nicht mehr beruhigen konnte.

Lynn sah sich ALF genauer an. Dann legte sie ihm die Hand auf die Stirn, um herauszufinden, ob er vielleicht Fieber habe. Nichts dergleichen. „Was ist los mit dir?" fragte sie schließlich ganz direkt.

„Los? Gar nichts ist los. Ich bin der glücklichste Außerirdische der Welt. Wie sollte man sich hier auch nicht wohl fühlen? In diesem abenteuerlichen, fröhlich turbulenten Tanner-Haushalt?"

Jetzt wurde es Willie allerdings zu fröhlich turbulent. Er unterbrach die Schwelgerei des glücklichen Außerirdischen. „ALF, wie geht die Arbeit voran?"

Diese Undankbarkeit! In dieser Stunde so ein banales Thema. Darüber wollte ALF nun wirklich nicht reden. „Ähm, das würde ich ganz gern mal ausführlich mit dir besprechen. Später wär' wohl ein guter Zeitpunkt dazu!" schlug er vor. Dann summte er zufrieden vor sich hin: „Unser Land ist gutes Land, Bonanza!"

„Der hat sich doch trotz Fernsehverbot heimlich Bonanza angesehen", knurrte Willie mürrisch. Bevor er aber in einen seiner gefürchteten Wutanfälle ausbrechen konnte, versuchte ihn ALF zu beruhigen. „Schon gut, schon gut, Willie. Ja, äh, übrigens, die Postkutsche bringe ich morgen gleich wieder zurück!"

Stets zu Ihren Diensten

ALF steckte gerade mal wieder in einer seiner Problemphasen. So hatte Kate die in schöner Regelmäßigkeit wiederkehrenden Zeiten getauft, in denen bei ihrem Melmac eigentlich alles schiefging. Mal hatte ALF in dieser von allen gefürchteten Zeit Willies Auto entführt und zu Schrott gefahren. Ein anderes Mal wäre beinahe das Tannersche Haus ein Raub der Flammen geworden. Und in seiner letzten Problemphase hatte der Außerirdische Rachel Ochmonek an den Rand des Wahnsinns getrieben.

Kate war auf der Hut. Sie hatte sich vorgenommen, ALF nicht aus den Augen zu lassen.

Während sie nach dem Mittagessen das Geschirr spülte, liefen alle diese heiklen Situationen, in die sie ALF allein im letzten halben Jahr gebracht hatte, wie ein Film vor ihren geistigen Augen ab. Leidgeprüft seufzte sie vor sich hin.

Doch plötzlich durchfuhr sie ein jäher Schreck. Sie ließ die Spülbürste ins Wasser fallen, trocknete sich die Hände an der Schürze ab und raste aus der Küche. Schlagartig war ihr bewußt geworden, daß es schon eine Weile verdächtig ruhig war im Hause Tanner. Und das bedeutete nichts Gutes.

Kate lief schnurstracks zu ALFs Zimmer. Sie riß die Tür auf und — erstarrte erst mal vor Schreck. Es sah — aus wie nach einer Schlacht. Kates frischgewaschene Wäsche lag — achtlos auf einem Haufen geworfen — in der Ecke. Und ALF und Brian schmissen Konservenbüchsen durch die Gegend.

„Spinnt ihr?" kreischte Kate. Die beiden Konservendosenspieler schauten überhaupt nicht auf. Kates schrillen Aufschrei hatten sie nicht mal zur Kenntnis genommen.

„Das Spiel ist doch ganz einfach. Du mußt deine Sardellenbüchse nur in den Wäschekorb deines Gegners werfen. Paß auf!" erklärte ALF seelenruhig seinem kleinen Erdenfreund die Spielregeln. Zur Verdeutlichung demonstrierte er auch gleich, wie er das meinte. ALFs Büchse sauste haarscharf an Kates Kopf vorbei.

„Oh, daneben!" bedauerte ALF. „Dürfen wir die Sardellen nach dem Spiel aufessen?" wollte Brian wissen.

„Na, hör mal. Ißt vielleicht Sylvester Stallone nach dem Boxkampf seine Shorts?"

Kate war sauer. Stinksauer sogar. „Wer hat meine saubere Wäsche da auf den Boden geworfen?" verschaffte sie sich lautstark Gehör. Ihre Stimme hatte etwas Drohendes an sich.

„Brian!" petzte ALF.

„Aber es war ALFs Idee." Brian gab den Schwarzen Peter prompt zurück. „Wir suchen nämlich den Wäschekorb, um Skleenball zu spielen", erklärte er.

„Was ist Skleenball?" Der scharfe Unterton in Kates Stimme verhieß nichts Gutes.

Im selben Moment sauste ALFs Sardinenbüchse durch die offene Tür und landete im Wohnzimmer. Genauer gesagt: in dem Ölgemälde, das über dem Piano im Wohnzimmer hing. Der röhrende Hirsch in der Abenddämmerung hatte ALFs Ladung voll ins Herz bekommen.

„Waidmannsheil!" murmelte Brian. Er sah recht bedrückt aus. Dunkle Vorahnungen eines sich ankündigenden Gewitters hatten ihm den Spaß am Skleenball verdorben.

„Ein Bild sagt mehr als tausend Worte!" versuchte ALF Kate abzulenken.

Die aber hielt für einen Moment die Luft an. ALFs Unverschämtheit hatte ihr tatsächlich die Sprache verschlagen. Schließlich platzte sie heraus: „Das Gemälde war ein Geschenk von meiner Mutter", keuchte sie. „Willie hat es zum Geburtstag bekommen. Es hat mehr als tausend Dollar gekostet."

Davon gänzlich unbeeindruckt, trottete ALF gemächlich ins Wohnzimmer, um das zerstörte Ölbild zu begutachten.

„Tausend Dollar?" fragte er schließlich ungläubig. „Na ja, vielleicht liegt es am Rahmen, daß es so billig aussieht!" Mit dieser abschätzigen Bemerkung über das Geschenk ihrer Mutter brachte der außerirdische Bildzerstörer Kate endgültig auf die Palme. Sie beschloß, ihn dieses Mal nicht so leicht davonkommen zu lassen. Und mit einer Stimme, die keinerlei Widerspruch duldete, brüllte sie ihn an: „Ich habe es endgültig satt, daß du ständig unsere Sachen kaputtmachst. Wenn das noch einmal passiert, ziehst du in die Garage. Und zwar für immer! Merk dir das!"

Dicke Luft konnte ALF überhaupt nicht ab. Um Kate nicht noch mehr aufzuregen, trottete er wortlos zurück ins Wäschezimmer. Brian folgte ihm auf dem Fuße. So, als wenn nichts passiert wäre, nahmen die beiden ihr Spiel wieder auf.

„Du bist dran!" rief Brian ALF zu und reichte ihm eine Dose Fisch mit Tomatensoße. ALF fixierte den Wäschekorb und zielte genau. Wieder flog die Dose am Korb vorbei direkt ins Wohnzimmer. Wumms! ALF hatte dem röhrenden Hirsch den Rest gegeben. Das Loch in der Leinwand des Gemäldes war jetzt faustgroß.

„Kate, bring das Jagdhorn!"

ALFs Versuch, die Situation mit einem Witz zu retten, mißlang gründlich. Denn als er Kates Gesicht sah, verstummte er sofort. Allmählich begriff er, daß mit dieser Attacke auf die Tannersche Kunstwelt sein Schicksal vorläufig besiegelt war.

Es kam, wie es kommen mußte. Kate hatte ihre Drohung wahr gemacht und ALF in die Garage verbannt. Hier saß er nun schon seit Stunden und haderte mit seinem Schicksal.

Am Abend brachte ihm Willie sein Schlafkörbchen. Niedergeschlagen hockte der Außerirdische auf der Werkbank. Sein Riffelrüssel warf sorgenvolle Falten.

„Willie, bitte hör mir zu. Das mit dem Bild tut mir leid. Wie oft muß ich das denn noch sagen?" flehte er ihn an.

„Wir sind jetzt an einem Punkt angekommen, wo leere Phrasen der Entschuldigung nicht mehr genügen." Demonstrativ stellte Willie das Körbchen unter den Tisch. Dieses Mal würde er sich vom Melmac nicht einwickeln lassen.

ALF durchzuckte ein Geistesblitz. Er sprang auf. „Soll ich meine Entschuldigung niederschreiben? Glaubt ihr mir dann?"

„Du kapierst es einfach nicht!"

„Was kapieren?"

Willie warf sich in die Brust, und ALF wußte sofort, was ihm jetzt bevorstand: Eine der gefürchteten Tannerschen Grundsatzerklärungen würde auf ihn niederprasseln. Wie recht er mit dieser Befürchtung hatte! Wie ein Prediger in der Wüste stellte sich Willie vor ihn in Positur.

„Du kapierst einfach die ganze Konzeption des Zusammenlebens nicht. Wir stellen Regeln auf und befolgen sie, damit unser Leben nicht im Chaos endet. Und wenn jemand diese Regeln bricht, egal wer, du oder ich oder irgendwer, dann wird das Zusammenleben unmöglich!"

Zufrieden mit seinen lebensphilosophischen Ausführungen, holte Willie erst mal tief Luft. Das mußte einfach mal gesagt werden. Jetzt war ihm schon viel wohler.

ALF schüttelte nachdenklich den Kopf. „Du hast recht. Das kapier' ich tatsächlich nicht!"

Willie versuchte es mit der Sprache des Volkes, die jeder verstand: „Du bleibst verdammt noch mal in der Garage, bis wir dir sagen, daß du wieder rausdarfst!"

„Das habe ich kapiert!"

Willie wollte sich damit immer noch nicht zufriedengeben. ALF blieb ein Phänomen für ihn. Willies pädagogische Ader kam wieder mal durch. Er suchte nach Erklärungen, denn er kam einfach nicht darüber hinweg, daß ALF selbst nach so langer Zeit im Tannerschen Haus nicht bereit oder in der Lage war, sich an die einfachsten Spielregeln des menschlichen Zusammenlebens zu halten. Wie oft hatte er,

Willie, ihm erklärt, daß gegenseitige Rücksichtnahme die Grundvoraussetzung dafür war! Wollte oder konnte der Melmac es nicht verstehen?

„ALF, hast du dich im Hause deiner Eltern auch so unmöglich verhalten?"

„Nein, da wohnte ich immer in der Garage. Aber bitte, zieh jetzt keine Parallelen!"

„Denk bitte darüber nach, was ich dir gesagt habe. Wir können später noch mal darüber reden!" Mit diesem Appell wollte sich Willie für heute von ALF verabschieden. Er stand schon an der Tür und hielt die Klinke in der Hand.

In dem Moment wurde dem Melmac bewußt, was auf ihn zukam: Vor ihm lag ein trostloser, einsamer Abend in einer ungemütlichen Garage. Ein Abend ohne Fernseher, ohne Stereoanlage und ohne Mikrowelle für den kleinen Hunger zwischendurch. Bei dem Gedanken daran wurde ALF speiübel. Er geriet in Panik. Er mußte jetzt einfach Zeit gewinnen und alle Register seiner Überredungskünste ziehen.

„Willie, bitte, du kannst mich nicht allein hier draußen lassen. Hier fehlt mir jede Bequemlichkeit. So kann ich nicht leben!"

„Gut, dann hol dir aus dem Haus, was du brauchst."

„Ich würde mir gern etwas holen, das auf ‚Lucky' hört."

„Gute Nacht, ALF!" Willie war schon halb aus der Tür. Das Spiel kannte er nur zu gut.

„Nein, bitte", japste ALF herzzerreißend, „Willie, warte noch einen Moment! Was soll das alles mit der richtigen Benimmse? Statt Zeit damit zu verlieren, könnte ich mich vielleicht an Kate ranschmeißen!"

Diese Idee hielt Willie für aussichtslos. Wenn es je einen Punkt gegeben hätte, über den zwischen ihm und seiner Frau Einvernehmen herrschte, dann der, daß ALF aus pädagogischen Gründen für eine Zeit in der Garage leben müsse.

„Wenn überhaupt, dann mußt du dich gleich an uns beide ranschmeißen!" lächte Willie hämisch.

„Okay, okay. Fangen wir mit dir an, mein Süßer!"

Willie hatte jetzt endgültig genug von ALFs Platitüden. Mit einem genervten Blick zurück verschwand er schleunigst aus der Garage. Die Tür fiel mit einem dumpfen Dröhnen ins Schloß.

ALF blieb allein zurück und fühlte sich unendlich einsam. Nachdenklich blickte er aus dem Fenster in den Sternenhimmel. Beinahe hätte ihn das heulende Elend übermannt. Doch da fiel ihm zum Glück etwas ein ...

Mitten in der Nacht schreckte Willie plötzlich aus dem Schlaf. Ein schriller Schrei hatte ihn geweckt. Oder hatte er das nur geträumt? Was war passiert? Kates Platz neben ihm war leer. Wo war sie? Willie sprang sofort aus dem Bett.

Im Gang stürzte ihm eine Gestalt im Nachthemd entgegen. „Willie, Willie! Alle Möbel sind weg!" schrie ihn Kate hysterisch an. Ohne eine Reaktion abzuwarten, zog sie ihn hinter sich her ins Wohnzimmer.

Willie konnte nun mit eigenen Augen sehen, was Kate so aus der Fassung gebracht hatte: Das Wohnzimmer lag dunkel und verlassen da. Alle Möbel waren weg.

Wie ein aufgeschrecktes Huhn rannte Kate von einer Ecke in die andere. „Ausgeraubt!" keuchte sie. „Man hat uns ausgeraubt! Jetzt ruf doch endlich die Polizei!" forderte sie ihren Ehegatten auf.

„Ausgeraubt?" Willie schnaubte verächtlich. „Schön wär's." Beruhigend legte er Kate den Arm um die Schulter: „Komm mal mit. Ich glaube, ich kenne den Dieb."

Schon auf dem Weg in die Garage hörten Kate und Willie laute Reggaemusik. Dazwischen immer wieder ALFs grölende Stimme: „Keine Frau, kein Geschrei!"

Willie riß die Tür auf — und sie standen direkt vor ihrem Klavier, das den Weg ins Innere von ALFs neuem Zuhause versperrte.

Die Garage war vollgestopft mit Möbeln. Fernseher, Mikrowelle, Kaffeemaschine, ja sogar Blumenvasen und Fußvorleger hatte ALF mit in sein Exil genommen. Er selbst hatte es sich auf der Wohnzimmercouch gemütlich gemacht und sang schief und schräg, aber hingebungsvoll zu den Klängen aus der Stereoanlage. Dabei beobachtete er sich selbstzufrieden im Handspiegel.

Ächzend kletterte Willie über das Klavier und bahnte sich mühsam einen Weg durch das Tohuwabohu. Wortlos drehte er erst mal die Musik leiser.

„Wer hat dir das erlaubt? Wie kannst du es wagen, die Möbel in die Garage zu schaffen?" schimpfte er los.

ALF sah sich irritiert um. Erst jetzt bemerkte der außerirdische Rastaman, daß er Besuch bekommen hatte. Da stand Kate im Nachthemd, ein Anblick, den er normalerweise durchaus zu schätzen wußte. Heute kam sie ihm eher vor wie eine Furie.

ALF hatte sich schnell wieder unter Kontrolle. So, als habe er auf ihren nächtlichen Besuch nur gewartet, lud er die Tanners galant ein, in seinem Möbellager doch Platz zu nehmen: „Fühlt euch wie zu Hause!"

Willie hatte endgültig genug von ALFs Unverschämtheiten. Er war kurz davor, ihm den Hals umzudrehen. „Das habe ich dir nicht erlaubt!" schrie er den Melmac mit hochrotem Kopf an.

ALF duckte sich. Er wußte, daß Willie jetzt zu allem fähig war. „Bleib bei der Wahrheit, bitte. Du hast gesagt, ich dürfte mir was aus dem Haus holen!" verteidigte er sich.

„Ich habe gesagt ‚etwas'! Das heißt aber doch nicht, daß du das Haus leerräumen darfst!"

Mit dieser terrestrischen Logik hatte ALF allerdings seine Schwierigkeiten. Warum konnten sich diese Erdenbürger auch nicht eindeutig ausdrücken? Trotzdem schien es ihm jetzt an der Zeit, für bessere Stimmung zu sorgen. Gerade im richtigen Moment klingelte die Mikrowelle. ALF hatte sich die Reste des Abendessens aufgewärmt.

„Habt ihr Hunger? Ich könnte euch ein paar Hähnchenschenkel warm machen!" probierte er es mit einem Themenwechsel. Er war einfach ein perfekter Gastgeber.

Aber in dieser nächtlichen Stunde brachte ihm ein noch so gut gemeintes Angebot nicht die Gunst der Tanners zurück.

„Vergiß deine Hähnchenschenkel und bring auf der Stelle alle Sachen ins Haus zurück." Willie wollte endlich seine Ruhe und die Möbel wieder dort haben, wo sie vorher gestanden hatten. Er fuhr fort: „Und ich betone ausdrücklich: *alle Möbel.*"

„Und ich betone ausdrücklich: *auf der Stelle!*" ergänzte Kate.

„Und wenn nicht ... dann kannst du hier draußen bleiben. Und zwar für immer", meldete sich Willie wieder zu Wort.

„Okay, okay, ich habe bemerkt, was du betont hast: *und zwar für immer*", lenkte ALF ein.

Aus leidvoller Erfahrung wußte er, daß jetzt nur noch eines half: die Mitleidstour!

„Wartet, geht nicht! Bitte, bitte! Wir müssen darüber sprechen. Setzt euch doch bitte und schenkt mir eine Minute von eurer kostbaren Zeit!" flehte er Kate und Willie an.

„Gut, aber beeil dich!" Willies weiches Herz hatte mal wieder gesiegt.

Sofort rasselte ALF los: „Bitte laßt mich nicht allein. Isolationshaft ist unmenschlich. Ich brauche einfach menschliche Gesellschaft. Ich bin süchtig danach. Ja, ich bin ein Menschenabhängiger. Deshalb flehe ich euch an: Geht nicht, laßt mich nicht allein. Hier steht ein Außerirdischer! Öffnet die Tür! Öffnet euer Herz!" Mit weit ausgebreiteten Armen und einem flehenden Blick in seinen dunklen Knopfaugen stand der Außerirdische da.

Sein Schauspiel war erste Sahne. Willie fiel sofort darauf rein. Mit einem Seitenblick auf Kate murmelte er schuldbewußt: „Ich glaube, er braucht uns wirklich!"

Das war das Stichwort für ALFs erneuten Einsatz. Er sprang auf und schrie wie am Spieß: „Tu' ich! Tu' ich! Tu' ich!"

Kate war jedoch nicht so leicht zu überzeugen. Sie kannte ALFs Überredungskünste zur Genüge und fiel längst nicht mehr auf jede Tour herein. So blieb sie auch heute eisern.

„Denk an den röhrenden Hirsch. Denk an die Möbel. Der zieht doch nur eine Schau ab!" erinnerte sie Willie an ALFs schlimmste Missetaten.

ALF war enttäuscht. Das hatte er wirklich nicht von Kate erwartet. „Nein, Kate, bitte gib mir noch eine Chance. Ich glaube, nein, ich bin sicher, daß ich mich ändern kann. Ich mache euch einen Vorschlag. Nehmt mich nur für eine Woche wieder in eure Gemeinschaft auf, und ihr werdet euch wundern. Ich beweise euch, daß ich mich benehmen kann, auf das allerbeste!" Ganz erschöpft von seinem Plädoyer, sank ALF auf das Sofa zurück.

Kate war sicherlich beeindruckt, wenn auch immer noch nicht ganz überzeugt. Bevor sie ihre Zustimmung zur Rückkehr auf Probe gab, wollte sie die letzten Zweifel an ALFs Glaubwürdigkeit aus der Welt schaffen. „Und was ist, wenn du dich in dieser Woche nicht änderst?"

„Dann ziehen Willie und ich für immer hier in die Ga rage!"

„Gut, abgemacht!"

„Ich denke gar nicht daran, in die Garage zu ziehen!" protestierte Willie sofort heftig. Warum sollte er auch? Er hatte schließlich nichts verbrochen.

Kate aber wollte erst mal ihren Vertrag mit ALF so schnell wie möglich unter Dach und Fach bringen. Deshalb schlug sie vor: „Die Abmachung heißt: Du darfst probeweise für eine Woche wieder ins Haus. Wenn du in dieser Zeit Mist baust, bist du für immer draußen!"

„Hey! Null Problemo!" ALF war begeistert. Von sich selbst. Er hatte es also mal wieder geschafft.

Vor Freude über diese Chance seines Lebens riß der Melmac stürmisch seine Arme auseinander. Kate wich zurück, denn es sah aus, als wolle er sie umarmen. Statt dessen traf es die chinesische Vase. Ein lautes Scheppern, und sie zersplitterte auf dem Garagenboden in tausend Scherben.

Betroffen sah sich ALF den Scherbenhaufen an. Er fürchtete schon wieder um sein mühsam erarbeitetes Comeback.

„O bitte, Kate, die Woche hat noch nicht angefangen!" bettelte ALF im Unglück. So kurz vor dem Ziel durfte ihm doch eine Blumenvase nicht den Erfolg kaputtmachen.

Kate übersah das kleine Mißgeschick geflissentlich und wünschte ihm süffisant eine „Gute Nacht!" Dann zog sie sich mit Willie ins Schlafzimmer zurück. Für ALF aber begann die Arbeit ...

Am nächsten Morgen trauten die Tanners ihren Augen nicht. Sie kannten sich in ihrem eigenen Haus nicht mehr aus. Über Nacht waren alle Möbel an ihre Plätze zurückgewandert. Küche und Wohnzimmer strahlten auf Hochglanz, das Bild über dem Klavier war repariert und der Frühstückstisch hübsch gedeckt.

Als Willie und Kate im Wohnzimmer erschienen, war Heinzelmännchen ALF in der Küche voll mit der Vorbereitung des Frühstücks beschäftigt. Kate riskierte einen Blick durch die Durchreiche und konnte sich nur mit Mühe ein Lachen verkneifen. ALF sah wirklich zu komisch aus. Er trug ein weißes Spitzenschürzchen und hantierte mit dem Eierkocher.

Immer wieder starrten Kate und Willie ungläubig auf das Machwerk einer langen Nacht. ALF mußte von der Möbelschlepperei doch todmüde sein. Ohnehin schätzte er normalerweise den Schlaf am Vormittag am meisten.

Kaum hatte ALF Kate und Willie bemerkt, steckte er seinen Kopf durch die Durchreiche. „Guten Morgen, Madam, guten Morgen, Sir", rief er. „Nehmen Sie Platz, ich serviere sofort die Eier à la Benedictine!"

Willie und Kate waren sprachlos. Dann nahmen sie am Frühstückstisch Platz. Und ALF trug auf: Eier im Glas, knusprige Brötchen vom Bäckerschnellservice, frischgepreßter Orangensaft, Müsli handgeschrotet, Kaffee und Tee, Wurst, Käse, Kräuterquark ...

„Das sieht ja spitzenmäßig aus, ALF!" lobte Willie. Er war schwer beeindruckt.

„Eine Selbstverständlichkeit, Sir. Ich sage immer, ein gutes Gericht soll das Auge nicht minder erfreuen als Zunge und Gaumen!"

Wieder mußte Kate regelrecht an sich halten, um nicht lauthals loszuprusten. Irgendwie wirkten diese aufgeblasenen Phrasen bei ALF ziemlich aufgesetzt und übertrieben. „ALF, soll das vielleicht jetzt die ganze Woche so weitergehen mit ‚Sir' und ‚Madam' und Haute Cuisine?"

„Nun, äh, Madam, laut unserer Abmachung ist es an mir zu beweisen, wie sehr es mir gefällt, Ihnen zu gefallen."

„Na ja, vielen Dank, das ist sehr nett", mußte Kate zugeben. „Nun, ich weiß es zu schätzen. Das Essen sieht vorzüglich aus, und das Haus ist ganz sauber."

„Ich hoffe, die Herrschaften haben Gelegenheit genommen, unter die Tischplatten zu schauen. Ich habe allen Kaugummi entfernt!" ALF verbeugte sich geflissentlich und vermied es, auf Kates Ironie einzugehen, die er sowieso ziemlich unpassend fand.

„Kaugummi? Unter unseren Tischplatten?" Willie war entsetzt.

„Nun, Kaugummi und andere verkrustete Substanzen, deponiert von jemandem, den man kennt unter dem Namen ‚der gute alte ALF'." Wieder verbeugte sich der Außerirdische.

„Er ruhe in Frieden!" murmelte Kate. Dann nahm sie sich endlich ein Brötchen und ihr Ei à la Benedictine.

ALF ließ die Tanners nicht mehr aus den Augen. Aufmerksam überwachte er den Frühstückstisch. Es sollte schließlich an nichts fehlen. Kaum hatte Willie seinen Tee ausgetrunken, schenkte Butler ALF nach. Zuvorkommend reichte er Kate die Käseplatte. Unermüdlich war der dienstbare Geist um seine Gäste bemüht. Brian, der verschlafen am Frühstückstisch erschien, schob er sogar den Stuhl unter.

Endlich tauchte auch Lynn auf. Sie rieb sich verwundert die Augen. Als wahre Schlafkünstlerin hatte sie von der nächtlichen Heinzelmännchen-Arbeit nichts mitbekommen.

„He, ALF, du siehst putzig aus mit deinem Servierschürzchen. Aber hast du nicht Hausverbot?"

„Das war gestern. Heute ist er unser Butler!" antwortete Kate.

„Wenn Sie erlauben, Madam" — wieder verbeugte sich ALF vor Kate —, „ich bevorzuge die Bezeichnung Dienstbote. Das verweist mich auf meinen Platz!"

Lynn schüttelte sich vor Lachen. „Das ist ja ein lustiges Spiel!" Sie verkannte die Situation völlig.

Währenddessen rumpelte es draußen an der Tür. Trevor von nebenan kündigte seinen Besuch an. Bevor überhaupt jemand etwas sagen konnte, machte ALF drei Diener und zog sich rückwärts trippelnd freiwillig in die Küche zurück. Kein Wort des Protestes, kein Maulen, nichts. Der neue ALF — ein wahres Wunder!

Trevor polterte in seiner gewohnt dezenten Zurückhaltung mal wieder sofort mitten ins Wohnzimmer. Kaum, daß er einen guten Morgen gewünscht hatte, genehmigte er sich auch schon zwei Scheiben Wurst und ein Stück Käse vom Tannerschen Frühstückstisch.

„Hey, Kate, tolles Frühstück!" lobte er kauend. Schon suchten seine Augen den Tisch nach weiteren Leckerbissen ab.

„Mami hat's nicht gemacht!" posaunte Brian voreilig das Geheimnis aus. „Wir haben nämlich einen Dienstboten!"

Dienstbote? Trevor fielen vor Überraschung fast die Augen aus. „Ihr habt einen Dienstboten?" wiederholte er kopfschüttelnd. Vor Neid war er ganz blaß um die Nase geworden.

„Der ... äh ... James ... äh, bleibt nur für eine Woche!" erklärte Willie schnell. Er wollte unter allen Umständen vermeiden, daß Neid zu noch mehr Komplikationen mit den Ochmoneks führte.

Trevor atmete auf. „Bitte, tut mir einen Gefallen. Sagt Rachel nichts davon. Sie hat schon verrückt gespielt, als ihr euch einen neuen Staubsauger angeschafft habt."

„Sie haben unser Wort!" versprachen Kate und Willie wie aus einem Munde.

„Ach ja, dann ist mir auch klar, wer über Nacht euren Gartenzaun gestrichen hat, oder?" Wieder schnappte sich Trevor einen Happen von der Aufschnittplatte. Gekochten Schinken mochte er am liebsten. Da konnte er nie widerstehen. „Sieht ja toll aus!" Keiner wußte so genau, ob der Schinken oder der frischgestrichene Gartenzaun gemeint war.

Willie stürzte ans Fenster. Da strahlte ihm tatsächlich ein frischgestrichener Gartenzaun entgegen. Er ahnte, wer dahintersteckte. Langsam wurde ihm ALF unheimlich. In diesem außerirdischen Bürschchen steckten ungeahnte Fähigkeiten, die der Faulpelz bisher geschickt verborgen hatte.

Endlich war auch Trevor satt. Das zweite Frühstück hatte ihm wesentlich besser geschmeckt als die Marmeladenbrote zu Hause. Eigentlich hatten ihn die kleinen Stehimbisse bei den Tanners noch nie enttäuscht. „So, jetzt geh' ich wieder. Sagt doch eurem James, er soll mal bei mir klingeln. Ich habe auch 'nen Job für ihn. Vielleicht streicht er mir meine Flamingos?"

Trevor hatte kaum die Tür hinter sich zugezogen, als auch schon der Butler wieder dienstbereit am Tisch stand.

„Ähm, James, wir hätten da eine kleine Frage an Sie."

„Jawohl, Sir. Ich bin mir dieser Frage bereits bewußt, Sir.

Und ich habe mich dieser grausigen Flamingos bereits angenommen und sie entfernt. Sie waren ja eine Beleidigung für alle Menschen mit gutem Geschmack.“

So ging das den ganzen Tag weiter. Die Tanners kannten ihren ALF wirklich nicht mehr wieder. Er rannte und schuftete und machte sich nützlich, wo er nur konnte. Und dabei hielt er sich stets auch noch vornehm zurück, um bloß niemandem auf die Nerven zu fallen. Im ganzen Haus fanden die Tanners Spuren seiner Dienstbeflissenheit.

Lachend hielt Willie am Abend die Handtücher im Bad hoch. „Schau mal, Kate, was ALF gemacht hat. Er hat ‚Mylord‘ und ‚Mylady‘ in die Handtücher gestickt!“

„Tja, er ist erstaunlich!“ gab Kate etwas müde zurück.

„Das kann man wohl sagen. Er hat sogar die hartnäckigen Preiselbeerflecken aus meiner Jacke rausgekriegt!“ Willie sah sich ungläubig sein helles Freizeitjackett an, bevor er es wieder in den Schrank hängte.

„Ja, er schafft eben alles!“ Kate klang richtig deprimiert.

Willie horchte auf. „Was ist los, mein Schatz?“ erkundigte er sich mit besorgtem Seitenblick auf seine Frau.

Kate war inzwischen im Bett. Sie seufzte tief. „Du gibst mir so ein Gefühl von Unzulänglichkeit. Die Kinder auch! Alle seid ihr so begeistert von dem neuen ALF mit seinem alten Charme! Ich hoffe, du erwartest das nicht alles von mir, wenn das Leben bei uns wieder normal läuft.“

Lachend nahm Willie Kate in den Arm. „Aber natürlich nicht, Mylady!“ frotzelte er.

„Gute Nacht, Mylord!“ antwortete Kate.

Dann fuhren beide hoch. Vom Fenster her war ein gräßliches Quietschen zu vernehmen. ALF reinigte gerade die Fensterscheiben von außen. Mit Begeisterung brachte er sie mit einem Fensterleder zum Glänzen.

„Vielleicht ziehen wir die Rollos runter. Ich kann einfach nicht sehen, wie er sich abschuftet!“ schlug Kate vor. Eiligst erfüllte Willie seiner Mylady diesen Wunsch.

ALF verhielt sich die ganze Woche lang mustergültig. Er putzte und kochte, wusch und bügelte. Keine Arbeit war ihm zu schwer, keine Lauferei zu viel. Jeden Wunsch las er den Tanners von den Lippen ab. Kein Maulen, kein Streik, keine Katastrophen.

Dennoch! Keiner wollte es sich eingestehen. Aber inzwischen fiel ALF mit seiner gekünstelten Dienstbarkeit allen in der Familie doch gewaltig auf den Wecker. Insgeheim wünschten sie sich ihren alten ALF zurück, den unverschämten, frechen, gefräßigen Außerirdischen, mit dem es früher nie langweilig gewesen war.

Endlich war der letzte Tag seiner Probezeit gekommen. Ein Sonntag! Schon früh am Morgen stand ALF im Wohnzimmer und wienerte den Parkettfußboden.

„ALF, heute ist dein letzter Tag. Es ist nicht nötig, daß du schon wieder den Boden wachst!" Kate versuchte, den pflichtbewußten Außerirdischen wenigstens heute von der Arbeit abzuhalten.

„Guten Morgen, Madam. Machen Sie sich keine Gedanken. Ich habe gerade Zeit zum Wachsen. Mit dem Kürzen ihrer Kleider bin ich nämlich fertig." ALF verbeugte sich gleich dreimal.

Fragend schaute Kate ALF an. „Du hast meine Kleider gekürzt?" fragte sie erstaunt.

„Man trägt die Säume eine Handbreit kürzer in dieser Saison. Und ich dachte, Mylady sei die Freude vergangen an diesem langweiligen Nancy-Reagan-Look."

„Na, vielen Dank, ALF Lagerfeld."

„ALF Lagerfeld? Ha! Ha! Ha! Liebenswerter Scherz, Madam. Sehr originell, wirklich. Ich werde die anderen Dienstboten, mit denen ich befreundet bin, anrufen und ihnen von Ihrem köstlichen Humor erzählen. Sie stellen glatt Woody Allen in den Schatten."

Dieses Anbiedern ging Kate inzwischen gewaltig auf den Keks. Sie wollte vor ALFs Gequatsche so schnell wie möglich fliehen und lieber mit ihrer Familie frühstücken. Doch das war nicht so einfach. Dazu mußte sie erst mal durch das Wohnzimmer in die Küche kommen. Aber bevor Kate überhaupt einen Fuß auf das frischgewachste Parkett setzen konnte, war ALF schon zur Stelle.

„Verzeihen Sie, Madam, das Wachs ist noch nicht trocken. Darf ich Sie in die Küche tragen?"

„Danke schön, ich laufe."

Ergeben nahm ALF diese Entscheidung hin. Als Dienstbote widerspricht man schließlich nicht. Kaum war die Dame des Hauses in der Küche verschwunden, machte er sich wieder an die Arbeit und wachste jeden ihrer Fußstapfer nach.

„Hey, Mami, warum bist du denn nicht auf ALFs Rücken reingeritten?" witzelte Brian, als seine Mutter in die Küche geschlittert kam.

„Ich war nicht in der Stimmung!" Kate warf einen genervten Blick auf den üppig beladenen Frühstückstisch. „Was ist das für ein Brei?" wollte sie wissen und zeigte auf die Portionsschalen.

„Das sind Florentiner Eier mit einer Glasur aus Mandarinorangen!" erklärte Willie.

Der größte Teil des Frühstücks stand völlig unberührt auf dem Tisch. Die Tanners waren das Luxusleben mit ALF einfach leid und sehnten sich nach Cornflakes und Marmeladenbrötchen.

„Wieso gibt es eigentlich nur noch Mineralwasser zu trinken?" wollte Lynn wissen.

Kate zuckte resigniert mit den Schultern. „ALF bekommt es zum Einkaufspreis von der französischen Botschaft."

„Ich hab's satt, immer diese Quiche als Schulbrot zu essen. Niemand will mehr mit mir tauschen!" maulte jetzt auch Brian.

Er bekam ungewohnte Schützenhilfe von seiner Mutter. „Was mich angeht, ich esse eine ganz normale Orange!"

Und schon war ALF wieder zur Stelle. Mißtrauisch beobachtete er Kate Frühstücksverweigerung. Während sie die Orange schälte, überwachte er mit Argusaugen jede ihrer Bewegungen. Demonstrativ nahm er jedes Stück Schale einzeln in seine Pfoten und trug es zum Abfalleimer. Dann verschwand er wieder lautlos im Wohnzimmer.

Hilfesuchend wandte sich Kate an Willie: „Liebling, ich glaube nicht, daß ich diesen letzten Tag mit dem neuen ALF noch überstehe! Warum sagen wir ihm nicht, daß er den Test bestanden hat?" Alle nickten erleichtert.

„ALF, du hast bestanden!" rief Kate, so laut sie konnte.

„Sie haben nach mir gerufen, Madam?" Sofort war der Melmac wieder zur Stelle und verbeugte sich vor Kate.

„Die Wette ist vorbei, ALF. Du kannst jetzt deinen Tischbesen und deinen falschen Akzent ablegen und einen großen Rülpser loslassen. Danach geht das Leben weiter wie früher!" verkündete Kate mit strahlenden Augen.

„Ja, ALF, laß die Sau raus!" ermunterte ihn Brian. Selbst Willie gab seinen Senf dazu — wie ungewöhnlich etwas umständlicher: „Was wir meinen, ist: Wir wollen unseren alten ALF wiederhaben!"

ALF starrte die Tanners ungläubig an. Was war das jetzt wieder für eine seltsame Anwandlung seiner Herrschaften? Bestimmt wollten sie ihn nur auf die Probe stellen. Aber auf solche billigen Tricks fiel er nicht herein.

„Verzeihung, daß ich widerspreche", belehrte er seine Herrschaften. „Aber ich muß darauf bestehen, daß wir meine Probezeit zu Ende führen. Ist das denn nicht auch eine Ihrer Regeln, daß man Dinge zu Ende führen muß?" Der galaktische Dienstbote sah Willie streng und mißbilligend an: „Ansonsten enden wir im Chaos, und unser Zusammenleben wäre unmöglich!"

Bei diesen seinen eigenen Worten seufzte Willie tief auf. Er gab sich geschlagen. Dankbar griff er einen Vorschlag auf, den Lynn schon vor einer halben Stunde gemacht hatte: „Ja gut, wir machen heute einen Ausflug. ALF, wir sehen uns um sechs Uhr vierzehn wieder!"

„Wieso genau um sechs Uhr vierzehn, mein Herr?" wollte ALF wissen und verbeugte sich. Heute, an seinem letzten Tag, übertrieb er es ganz besonders. Wenn das so weiterging, würde er Willie sogar noch die Füße küssen.

„Um sechs Uhr vierzehn geht die Sonne unter. Dann ist deine Woche zu Ende, und du bist endlich wieder du selbst."

Während Lynn und Brian bereits zum Auto liefen, erkundigte ALF sich noch schnell nach einem letzten Wunsch seines Herrn: „Ach, Sir William, gibt es vielleicht ein spezielles Gericht, das Sie gern zu meinem letzten Auftritt hätten?"

Willie zögerte einen Moment. Dann fiel ihm sein Lieblingsgericht ein. „Da gibt es eine Sache, bei der Kate immer ein bißchen Schwierigkeiten hat. Es ist Ente à l'Orange!"

„Zero Probleme, mein Herr. Dazu würde ich einen herzhaften Burgunder empfehlen!" Für den Melmac war es offensichtlich ein Vergnügen, seinem „Herren" eine letzte Freude zu machen.

„Fabelhaft!" entfuhr es Willie. Da rief auch schon Kate nach ihm. Die anderen wollten endlich aufbrechen.

Mit einem Augenzwinkern verabschiedete sich Willie von ALF. So laut, daß es auch die anderen draußen verstehen konnten, gab er ihm zu verstehen, daß er zum Abendessen nur eine Kleinigkeit wünsche. ALF nickte und grinste Willie verständnisvoll an.

Vergnügt vor sich hin pfeifend, trollte Willie sich dann zu seiner Familie. Es ging eben nichts über eine richtige Männerfreundschaft! Der Sonntagsausflug konnte beginnen.

ALF verbrachte den Tag in höchster Hektik. Ein letztes Mal brachte er das ganze Haus auf Hochglanz, putzte die Fenster, staubte die Bücher im Regal ab und wienerte sogar Kates Tafelsilber, bis er sich darin spiegeln konnte. Natürlich hatte auch die Vorbereitung des Festmenüs viel Zeit in Anspruch genommen.

Der Tisch war festlich gedeckt. ALF machte eine letzte Runde durch das Wohnzimmer, rückte hier an einem Glas, schob dort eine Serviette etwas zurecht. Alles war gerichtet für die Ankunft der Herrschaften.

Lucky leistete ALF Gesellschaft. Er saß in der Durchreiche und harrte gespannt der Dinge, die da kommen mochten. Irgendwie kam ihm das ganze Treiben ein wenig seltsam vor. Allerdings war er an seltsame Vorgänge gewohnt, seit dieses haarige Wesen eines Tages in sein Leben getreten war und er von da an ständig auf der Hut sein mußte.

Ob ALF Katzengedanken lesen konnte? Denn nach einem letzten prüfenden Blick auf die Uhr wandte er sich abrupt an Lucky, den begehrten haarigen Leckerbissen: „Sechs Uhr dreizehn. Nur noch eine Minute, mein lieber Lucky. Dann stürze ich mich auf dich wie der Bussard auf die gesammelten Innereien." Und mit einem hinterhältigen Grinsen bot er Lucky einen Unterteller mit Rotwein an: „Hier, trink einen Schluck Wein. Das verlangsamt deine Reflexe!" Schmatzend fuhr er sich mit der Zunge über die Lippen.

Doch zunächst mal mußte alles gerichtet sein. Die Herrschaften konnten jeden Moment eintreffen. Ein letzter Kontrollgang führte den intergalaktischen Meisterkoch in die Küche.

„So, die Ente dürfte wohl fertig sein!" murmelte er voller Vorfreude vor sich hin.

Dann öffnete er den Backofen und stellte fest, daß das Vieh immer noch ungebraten in seinem Topf lag. Er hatte zwar das Gas angestellt, aber vergessen, es anzuzünden.

„Na ja, besser jetzt als gar nicht!" murmelte er weiter und nahm die Streichhölzer aus der Schublade.

Im selben Moment sprang Lucky mit einem riesigen Satz von der Durchreiche und machte sich aus dem Staub.

ALF zündete das Streichholz an. Was folgte, war ein ohrenbetäubender Knall. Die Küchenmöbel flogen auseinander, und die Tür wurde aus dem Rahmen gerissen. Fensterscheiben zersplitterten.

Der außerirdische Pechvogel flog mit voller Wucht quer durch das Wohnzimmer und wurde an die gegenüberliegende Wand geschleudert. Reglos blieb er dort liegen.

Wohnzimmer und Küche waren durch die Gasexplosion völlig verwüstet. ALF lag wie leblos an der Wand. Sein Fell war verbrannt und hatte eine schwarzbraune Tönung erhalten.

Erst nach zehn Minuten wagte sich der Außerirdische zu rühren. Vorsichtig tastete er seine Glieder ab. Er sah zwar grauenhaft aus, aber sonst war er mit dem Schrecken davongekommen. Schließlich riskierte er sogar ein Auge in Richtung Küche.

Dort und im Wohnzimmer herrschte das totale Chaos. Alles war übersät mit Scherben. Kein Bild hing mehr an der Wand. Die Möbel lagen durcheinandergewürfelt in der Gegend herum. Und auf allem war eine schmutzigbraune Rußschicht.

„Dann werden die Herrschaften heute wohl auswärts essen müssen!" ALFs erster Kommentar nach der Katastrophe war absolut realistisch.

In dem Moment hörte der Butler a. D. bekannte Stimmen. Die Tanners waren zurückgekommen. Was von draußen durch die zersplitterten Fensterscheiben drang, war ein wild durcheinanderklingendes Gekreische. Das bedeutete nichts Gutes. So schnell es ging, rappelte er sich auf und verdrückte sich ins Wäschezimmer.

Willie, Kate und die Kinder waren wie vom Donner gerührt. Schon auf dem Weg zum Garten hatten sie Teile ihres Hausrats gefunden. Plastikschüsseln, Besteckteile und Kuchenformen lagen weit verstreut. Doch keiner konnte sich so richtig einen Reim darauf machen. Es schwante ihnen nichts Gutes.

Im Vorgarten bekamen sie bereits einen Vorgeschmack

auf das Ausmaß der Katastrophe. Willie fielen als erstes die zersplitterten Fensterscheiben auf.

Kate hatte bereits einen Blick durch die offenstehende Haustür geworfen und ein total verrußtes Wohnzimmer entdeckt.

„O mein Gott! Mein Gott!" stöhnten alle abwechselnd.

Sofort stand ihnen Nachbar Trevor tröstend zur Seite. Er spürte einfach, wann er gebraucht wurde.

„Ihr habt doch nicht alles verloren. Noch habt ihr doch eure Gesundheit."

„Trevor, was ist passiert?" kreischte Kate ihn hysterisch an.

Willie versuchte, ruhig zu bleiben. „Ich glaube, ich weiß, was passiert ist. Wo ist er?" fragte er.

„Oh, euer James! Ich glaube, der hat sich dünnegemacht nach dem Chaos in der Küche." Der neugierige Trevor war wieder mal bestens informiert.

Kate war nur noch zu einem Entsetzensschrei fähig. „Die Küche!" Sie stürzte ins Haus. Das Küchenchaos übertraf ihre schlimmsten Erwartungen. Alles war zerstört. Kate war fassungslos.

Nur Willie hatte die Situation im Griff. Mit Seitenblick auf Trevor bat er Lynn, doch mal nachzusehen, wo James stecke.

Jetzt mußte man nur noch den geschwätzigen Nachbarn loswerden. „Trevor, ich denke, wir schaffen das jetzt allein. Danke für Ihre Hilfe!"

„Hey, gern geschehen. Ach, übrigens, ich war ein bißchen hungrig. Da habe ich die Ente gegessen, die da an der Wand klebte." Mit einem zufriedenen Grinsen zog Trevor von dannen. Schließlich mußte er ja Rachel genau Bericht erstatten.

Lynn hatte ALF inzwischen gefunden. Er hatte sich mit Dorothys Rosenkranz im Wäschetrockner versteckt.

ALF ahnte aber bereits, was ihn erwartete. Gleich würde

ein Donnerwetter ungekannten Ausmaßes auf ihn niedergehen. Dem wollte er mit einem Schuldbekenntnis schnell zuvorkommen.

„Ich weiß, was ihr jetzt sagen werdet. Und ich habe mich auch schon mit meinem Schicksal abgefunden. Ruft die außerirdische Abwehr an. Ich stelle mich freiwillig. Ich verdiene es nicht mehr zu leben!"

Der außerirdische Pechvogel bot in seinem abgefackelten Fell ein Bild des Jammers. Ratlos stand die ganze Familie um ihn herum.

„ALF, warum müssen eigentlich immer dir solche Sachen passieren?" fragte Willie schließlich verzweifelt.

„Schicksal! Vielleicht war ich in meinem früheren Leben eine Abbruchbirne!"

Aufgeregt redeten alle gleichzeitig auf ALF ein. Was denn eigentlich passiert sei? Und wie das gekommen sei? Wer? Wo? Wann? Wieso? ALF schwirrte der Kopf. Als sich nach einer Weile die Aufregung etwas beruhigt hatte, ließ sich der außerirdische Destruktor endlich dazu bewegen, Einzelheiten bekanntzugeben. Er hielt sein Schicksal ohnehin für besiegelt. Warum sollte er jetzt noch um Gnade buhlen?

„Also, der Herd war schon eine ganze Weile an, als mir auffiel, daß er gar nicht an war. Also strich ich ein Streichholz an ..."

„Hast du denn das Gas nicht gerochen?" fiel ihm Willie ins Wort.

„Schon, aber ich dachte, es wäre Dill! So, das war's. Also lebt wohl, und alles Gute für die Zukunft ohne mich!"

ALF vermied es, noch irgendeinen der Tanners anzusehen. Er seufzte tief, drehte sich um und schlich zur Tür.

„Ach, komm schon zurück, ALF. Du weißt doch gar nicht, wohin du sollst!" Kate hatte sich wieder gefaßt.

„Außerdem wollen wir gar nicht, daß du gehst", fügte Brian schnell hinzu.

ALF blieb stehen. Vorsichtig drehte er den Kopf zur Seite.

Hatte er richtig gehört? Kate wollte ihn behalten? Brian bat ihn zu bleiben! Langsam wandte er sich um. Einen Moment lang blickte der Unglücksmelmac mit ernster Miene von einem zum anderen. Dann schlug er sich mit der flachen Pfote theatralisch vor seine Brust und rief aus: „Aber ich habe versagt! Ich habe die Vereinbarung nicht eingehalten. Ich verdiene es nicht, bei euch zu sein!"

„Ja, das wissen wir. Aber du bleibst trotzdem bei uns!" entschied Willie.

ALF überlegte kurz, um dann herablassend zu tönen: „Okay, wenn ihr es unbedingt so wollt!"

Willie war ein pragmatisches Schlitzohr. Glücklich über die wiedervereinte Familie nebst Außerirdischem, setzte er zur nächsten Attacke an.

„So, und jetzt geht es los! Wir müssen mit dieser Katastrophe erst mal gemeinsam fertig werden. Und wenn es etwas gibt, was uns ALF in dieser Woche bewiesen hat, dann, daß er saubermachen kann!"

„Vergeßt nicht, das war der neue ALF. Jetzt bin ich wieder der alte ALF!" gab der Melmac schnell zurück. Er befürchtete das Schlimmste.

Heimlich versuchte er, sich aus dem Staube zu machen. Schon war er an der Tür. Da machte Willie einen Satz auf den Drückeberger zu und hielt ihn am Arm fest. Er schaute ALF nur warnend an, sagte aber kein Wort.

Doch der Melmac hatte verstanden. „Okay! Okay! Ich hole den Besen, Mylord! Null Problemo!"

Paules Puppenspieler

„Neunundzwanzig fünfundneunzig! Dieses hier ist billiger!“ Der Paketbote kam schon zum drittenmal an diesem Vormittag und brachte für ALF Tanner ein Paket. Per Nachnahme!

Willie zog die Stirn in tiefe Falten und zückte seufzend seine Brieftasche. Dann drückte er dem jungen Mann drei Zehndollarscheine in die Hand und nahm Quittung und Paket entgegen.

„Bis später!“ verabschiedete sich der Paketbote und tippte kurz an seine Mütze.

„Für heute reicht's!“ murmelte Willie und schleppte das Paket ins Wohnzimmer. Dann rief er nach ALF, mit einem Unterton, der nichts Gutes verhieß. Willie war in Gewitterstimmung.

Das außerirdische Tannersche Familienmitglied war nämlich auf die geniale Idee gekommen, zwei seiner Lieblingsbeschäftigungen miteinander zu kombinieren: Fernsehen und Telefonieren. Teleshopping hieß sein neuestes Rezept gegen Langeweile.

„Einkaufen per Bildschirm und Telefon. Das ist eine Supersache. Genau das richtige für Außerirdische mit Ausgangssperre!“ hatte ALF gefunden und das neue System natürlich sofort ausprobiert.

Die Ergebnisse konnten sich sehen lassen: Eine rosarote Kaffemaschine mit eingebautem Radio für einhundertundzwei Dollar und fünfzig Cents und ein elektrisches Katzenhaarschneideset für neunundfünfzig Dollar waren heute bereits eingetroffen. Neugierig kam ALF jetzt ins Wohnzimmer getrottet.

„ALF, ich habe ein Paket und eine Warnung für dich!“

„Komisch, immer kommt alles paarweise. Fangen wir lieber mit dem Paket an!“

ALF schenkte der Drohung, die in Willies Stimme mitschwang, keine Beachtung, sondern stürzte sich gleich auf den Karton. Stürmisch riß er die Verpackung auf und wühlte mit beiden Armen in der Schachtel. Eine Riesenwolke von Styroporkügelchen wirbelte heraus und verteilte sich über den Teppich. ALF war einen Moment lang kaum noch zu sehen.

„Verteil doch das Zeug nicht im ganzen Raum!" mäkelte Willie schon wieder.

„Tut mir leid, aber es schmeckt leider nach nichts, sonst würde ich es ja verputzen!" entgegnete ALF ungerührt und wühlte weiter.

„ALF, was hast du denn dieses Mal bestellt?" Auch Lynn beugte sich gespannt über den Karton. Dann entdeckte sie eine Holzfigur: „Sieh mal an, das ist ja eine Bauchrednerpuppe!"

„Ja, die hat so ein Bursche im Fernsehen vorgeführt. Das war saukomisch!"

ALF schnappte sich die Puppe mit den Schlenkergliedern. Sie sah aus wie ein kleiner Gentleman, trug einen schwarzen Anzug, ein weißes Hemd und eine rote Fliege. Auch der Holzkopf hatte richtig menschliche Züge. Allerdings war in den Augen ein gemeines Zwinkern.

„Na los, Dummy, sprich mal mit mir!" Aufmunternd nickte ALF dem hölzernen Bengele zu. Doch das sagte kein Wort, sondern klappte in sich zusammen. ALF war enttäuscht. Er rüttelte und schüttelte an ihm herum. Wild flogen die hölzernen Beine und Arme durch die Gegend und schlugen dumpf aneinander.

„Na, mach schon! Sprich!" Drohend schaute er den Holzkerl an. „Sprich! Oder muß ich den Gummischlauch holen?" Das Holzstück mit dem frechen Gesicht gab keinen Ton von sich. Der Außerirdische hatte genug.

„Er muß kaputt sein, Willie! Die dreißig Dollar hättest du dir sparen können!"

„ALF! Ich werde mich zurückhalten. Ich werde dich nicht bedrohen. Aber ich sage dir jetzt zum neunhundertundachtundzwanzigsten und letzten Mal: Bitte tu so etwas nicht wieder! Du bringst mich an den Rand des finanziellen Ruins!“ Willie schaute den Außerirdischen beschwörerisch an, drehte sich abrupt um und verließ das Wohnzimmer.

ALF war erschrocken. Willies leiser Tonfall hatte tatsächlich bedrohlich geklungen. Allerdings fand ALF es schon mehr als ungerecht, jetzt dafür verantwortlich gemacht zu werden, daß die Bauchrednerpuppe stumm war.

„Ich werde Willie ein paar Blümchen schicken. Zur Versöhnung! Bitte bring mir das Telefon!“ bat ALF dann Lynn.

Aber die machte seine Idee gleich kaputt: „Nein, lieber nicht. Du mußt aufhören, anderer Leute Geld auszugeben!“

„Wieso?“ Das sah ALF nicht ein. „Die Leute lieben es, wenn man ihr Geld ausgibt. Auf Melmac bedeutet das soviel wie ‚Ich mag dich!‘“

Lynn versuchte ihm klarzumachen: „Wenn du Paps weiterhin auf diese Weise magst, bringst du ihn noch ins Armenhaus!“ Sie begab sich zurück an den Eßtisch zu ihren Hausaufgaben.

ALF verzichtete auf die Wiedergutmachungsblümchen und wandte sich seinem hölzernen Spielgefährten zu. „Mir fällt auf, daß du gar nichts sagst!“ Er wollte es noch einmal im Guten versuchen und pflanzte die Figur vor sich auf den Tisch. Pflopp! Wieder fiel das undankbare Wesen in sich zusammen. Mißmutig versetzte ALF ihm daraufhin einen kräftigen Stoß!

Lynn konnte sich ein Lachen nicht verkneifen. ALF und seine Puppe interessierten sie viel mehr als sämtliche französischen Vokabeln. „ALF, eine Bauchrednerpuppe spricht nicht von allein. Der muß man das Sprechen beibringen. Gibt es denn keine Gebrauchsanweisung?“

ALF ließ seine Puppe auf dem Tisch liegen und wühlte noch einmal die verbliebenen Styroporkügelchen in dem riesigen Karton durcheinander. „Hier ist so was!" Triumphierend zog er ein Faltblatt hervor und reichte es Lynn.

Lynn überflog die Beschreibung und demonstrierte ALF, wie er die Puppe halten müsse. „Schau her! Du nimmst die Figur in die linke Hand, ziehst die kleine Schnur, und sie sagt alles, was du willst. Paß auf!"

Tatsächlich bewegte die Puppe ihren Mund und grüßte: „Hallo, ALF, freut mich, dich kennenzulernen!"

Der Gegrüßte starrte die Puppe wie gebannt an. Er konnte es gar nicht glauben, daß sie tatsächlich mit ihm gesprochen hatte. Jetzt war er richtig verunsichert, schaute von Lynn zur Puppe und wieder zurück. Nur etwas kam ihm komisch vor: „He, Lynn, die spricht genau wie du!"

„Aber das war doch ich! Paß auf, ich zeig' es dir noch einmal!" Lynn hielt die Puppe in der linken Hand und zog immer wieder an einer dünnen Schnur. Die Puppe bewegte dadurch ihren Mund zu Lynns Worten: „Hallo, ALF. Probier es doch selbst mal mit mir!"

ALF traute seinen Augen und Ohren nicht und stierte wieder auf die sprechende Puppe. Sein Mund stand vor Erstaunen weit offen. Dann schüttelte er den Kopf und fragte Lynn erstaunt: „Und der sagt wirklich alles, was ich will?"

Lynn nickte nur, gab ALF die Puppe zurück und ermunterte ihn: „Versuch es doch!"

ALF wendete den Holzkerl von vorn nach hinten und von hinten nach vorn. Dann murmelte er vor sich hin: „So einen Burschen hatten wir bei uns auf dem Melmac. Unser Präsident! Der hat auch nur das herausposaunt, was wir ihm vorgesagt haben!" Dann nahm er die Figur selbst in die Hand, zog an der kleinen Schnur und quasselte sofort los: „Hi, Lynn, erzähl mir doch mal, was das für ein verrückter Kerl ist, der da seine Hand in meinen Rücken steckt."

Lynn schüttelte sich vor Lachen. „ALF, du darfst beim Sprechen die Lippen nicht bewegen!"

„Welche Lippen?"

„Du mußt mit geschlossenem Mund sprechen. Schau mal, so!"

„Oh, gut! Null Problemo! Das haben wir gleich!" Mit geschlossenem Mund schob ALF einen neuen Satz von einer Seite zur anderen. Es sah aus und klang, als würde er eine zu heiße Kartoffel im Munde bewegen. „Hallo, Lynn, kannst du mich verstehen, wenn ich jetzt so mit dir rede? Oder war es anders irgendwie besser?"

Die Puppe klappte dazu ihren Mund auf und zu. Allerdings paßten Wörter und Lippenbewegungen nicht zusammen. Es sah zu komisch aus.

Im selben Augenblick steckte Kate ihren Kopf durch die Wohnzimmertür. Als sie die Styroporverwüstung auf dem Teppich sah, war sie sofort wieder verschwunden. Dann tauchte sie mit dem Staubsauger auf.

„He, Kate", ALF machte sie sofort von der Seite an, „kannst du mit dem Staubsaugen nicht ein bißchen warten? Wir sind hier gerade bei einer wichtigen Besprechung!"

„Ich will ja gar nicht staubsaugen. Du machst das!" Kate lächelte ALF süßlich an und wurde dann noch deutlicher: „Schon meine Mutter hat immer gesagt: Wer nicht arbeitet, soll auch nicht essen!"

„So etwas Gemeines soll unsere reizende Großmutter Dorothy ausgeplaudert haben? Das überrascht mich! Glaubst du das?" Fragend sah ALF Lynn an, während sich Kate wieder in die Küche verzog.

„Nimm es dir zu Herzen, und leg das Ding lieber beiseite!"

„Das ist kein Ding. Das ist mein neuer Freund!" empörte sich ALF. Dann aber schlug er lieber wieder einen versöhnlicheren Tonfall an. Vielleicht hatte Lynn im Gegensatz zu ihm eine Idee, wie er seinen neuen Freund nennen könnte?

„Normalerweise haben die so idiotische Namen wie Mortimer, Snerd oder Knucklehead Smith!"

ALF gefiel keiner von Lynns Vorschlägen. Suchend

schaute er an die Decke, rollte seine Augen nach innen und konzentrierte sich. Dann schoß es aus ihm heraus: „Heureka! Ich nenne ihn Paul!"

Darüber konnte Lynn sich nun wirklich nicht begeistern.

Aber ALF erklärte ihr, daß Paul auf dem Melmac als absoluter Renner unter den Doofinamen galt. „Stell dir vor, da habe ich mal zu einem Burschen Paul gesagt, und der ist mit dem Messer auf mich losgegangen. Und weißt du, was noch schlimmer ist als Paul? Sohn eines Pauls. Das sollte man besser nie zu einem sagen!"

„Ah, jetzt weiß ich Bescheid, auch wenn ich keine Ahnung habe, wieso. Nur eines weiß ich genau, ich verzieh' mich jetzt in mein Zimmer, sonst werde ich mit meinen Schulaufgaben nie fertig." Lynn raffte ihre Bücher zusammen und war verschwunden.

Null Problemo für ALF. Denn im selben Moment kam Brian. „Vielleicht kannst du mir beim Bauchreden helfen?" überfiel ihn ALF.

„Klar. Womit fangen wir an?" meinte Brian und sah sich die Puppe an, die ALF fest in seiner linken Hand hielt.

„Zuerst mußt du den Staubsauger anstellen und die Styroporflocken vom Teppich saugen!" ALF zeigte auf die Verwüstung, die sein Paket mitten im Zimmer hinterlassen hatte. Schlitzohrig spekulierte er auf Brians Gutmütigkeit. Er hatte den Jungen aber deutlich unterschätzt.

„Ja, denkste! So blöd war ich früher mal! Spiel mit dir allein!" Brian zeigte ALF einen Vogel und haute wieder ab.

„He, warum lauft ihr denn alle weg? Ist denn da keiner, der ein bißchen Spaß mit mir haben will?" rief ihm der verlassene Außerirdische hinterher und fuhr dann erschrocken herum.

„Doch, ich!"

Paul hatte mit ihm gesprochen! Hatte er wirklich? Oder doch nicht? ALF war völlig verwirrt. Er glaubte, deutlich eine Stimme gehört zu haben. Oder hatte er sich das vielleicht bloß eingebildet? Irritiert schaute der Außerirdische dem hölzernen Paule lange und tief in die leblosen Augen. Dabei wurde der Grundstock für eine ungewöhnliche Freundschaft gelegt.

„Täterätää!“ Nach dem Abendessen flog plötzlich die Durchreiche auf, und ALF erschien mit seinem Freund Paul im Arm. Er wollte seine Familie mit einem Puppenspiel überraschen. „Willkommen beim Tannerschen Küchentheater! Heute unterhalten Sie Gordon Shumway und Paul.“

Lynn und Brian kicherten.

„Wir bitten um Ruhe und Aufmerksamkeit für die Künstler — und gleich den ersten Lacher.“ Aufmunternd sah ALF Puppenpaule an und forderte ihn auf: „Sag: Guten Abend, Paulchen!“

„Guten Abend, Paulchen!“ schnarrte es, und Paule bewegte dazu seine Lippen im richtigen Takt.

ALF war außer sich vor Begeisterung und klopfte mit seiner Rechten mehrmals frenetisch auf die Durchreiche. Die Tanners lachten. Es war einfach zu komisch, wie sich ALF bemühte, Paules Worte herauszupressen, ohne seinen eigenen Mund zu bewegen.

„Schau, Pauli, es sieht so aus, als ob sie sich über dich freuen!“ Wieder sprach ALF zu seinem hölzernen Freund.

„Aber nur aus der sicheren Entfernung, weil wir ihnen so nicht ihr Popcorn weggrabschen können!“ Paul analysierte die Situation ganz nüchtern, so als sei er schon eine Weile mit den Tanners vertraut.

Wieder belohnten Kate, Willie und Lynn ALFs Vorführung mit begeistertem Applaus.

„ALF, wie hast du das nur so schnell gelernt?“ Lynn konnte kaum glauben, daß der Außerirdische in so kurzer Zeit die Puppe beherrschte.

„Ich sauge solche Dinge ruck, zuck in mich auf!“ antwortete ALF.

Und sofort ertönte die schnarrende Stimme Pauls: „Bloß diese kleinen Stereopordinger saugst du nicht so schnell auf. Die waren doch ruck, zuck unterm Teppich!"

„Bist du wohl ruhig!" ALF versuchte, seinem Freund den Mund zuzuhalten, und schrie dann auf: „Autsch, der hat mich gebissen!"

„Sei froh, daß ich nicht verraten habe, was du mit Willies brandneuem ...", plapperte die Puppe sofort weiter.

„Wir müssen jetzt leider sofort Schluß machen!" ALF geriet in Panik. Wer weiß, was Paule sonst noch alles ausquatschen würde. Formvollendet verbeugten sich beide vor ihrem Publikum, und ALF posaunte: „Wir verabschieden uns mit einem Zitat meines lieben Großvaters: Tola nogri boda nodata!"

„Ist das Melmackisch?" Lynn war beeindruckt.

„Nein, das ist Kauderwelsch!" kam es von Paul, und er fügte dann noch hinzu: „ALFs Großvater war ein plappernder Dorftrottel, hahaha!"

Erschrocken starrte ALF seinen hölzernen Freund an. Was erzählte der denn da? Doch schnell hatte er sich wieder gefangen und verlangte nach Applaus.

Alle waren begeistert, sogar Willie! „Sehr gut, sehr gute Show! Und das für nur neunundzwanzig fünfundneunzig. Da haben wir tatsächlich kein schlechtes Geschäft gemacht!" Willie war gut gelaunt und nahm sich selbst auf die Schippe.

„Okay, okay. Man soll aufhören, wenn es am schönsten ist. Wir verabschieden uns jetzt mit unserer Glanznummer!" ALF stimmte an: „Marmor, Stein und Eisen bricht ..."

„... aber unsere Freundschaft nicht!" tönte Paul weiter.

Von da an waren ALF und Paul unzertrennlich. Der gemeinsame Erfolg hatte die beiden Außenseiter zusammengeschweißt. Tanners beobachteten die dicke Freundschaft allerdings mit gemischten Gefühlen. Irgendwie schien diese

Puppe eine geheimnisvolle Macht über den Außerirdischen auszuüben. Kate ließ ALFs seltsames Verhalten keine Ruhe mehr. Selbst abends im Bett grübelte sie noch darüber nach.

„Hast du gesehen, wie ALF und Paul Poker gespielt haben?" Kate kuschelte sich an Willie und murmelte: „Es war ganz komisch. Paul hat ständig gemogelt. Aber ALF tat so, als bemerkte er es nicht."

Willie gähnte laut und zufrieden. Er hatte im Moment keinerlei Lust, sich mit ALFs Psyche auseinanderzusetzen. Wenigstens war ALF abgelenkt! Willie genoß es einfach, das Schlafzimmer mal eine Weile mit Kate allein zu haben. Aber als er näher zu Kate rücken wollte, tauchte ein hölzerner Kopf unter dem Bett hervor und schnarrte in penetranter Art: „He, Fans! Laßt euch nicht stören!"

„ALF, du sollst dich nicht unter unserem Bett verstecken! Was wollt ihr hier?" Wütend war Kate hochgefahren.

Jetzt kam auch ALF zum Vorschein. Er spielte das Unschuldslamm: „Wende dich vertrauensvoll an meinen Freund Paul! Es war seine Idee!"

Kate spielte das Spiel mit und fragte tatsächlich den Holzkopf: „Was willst du jetzt hier?"

„Die Show geht weiter!" schnarrte Paul.

„Nein, die Show ist geplatzt. Ihr beiden geht ins Bett!" Kate zeigte zur Tür. „Wenn ihr glaubt, daß wir ohne euer Theater nicht schlafen können, befindet ihr euch auf dem Holzweg! Gute Nacht!"

Damit hatte Kate ALF ins Mark getroffen. „Holzweg? Wie meinst du das? Damit kränkst du meinen Freund an der Wurzel seiner Herkunft!" Schützend legte ALF seinen rechten Arm um ihn und drückte sein Gesicht an Pauls Schulter. Die Welt war so gemein zu ihnen.

„Jetzt raus, aber dalli!" Willie hatte genug von dem Theater der beiden Unzertrennlichen. Er sehnte sich nach Ruhe. Sein barscher Befehl zeigte dieses Mal sofort Wirkung. Willie war selbst überrascht.

„Komm, ALF!“ drängelte Paul. „Laß uns gehen. Denen kannst du dein Talent aufs Bett kotzen, sie erkennen es nicht!“

ALF hatte es plötzlich eilig. Obwohl er keineswegs zimperlich war, gingen ihm Pauls Böswilligkeiten ein wenig zu weit. Paul wurde immer unverschämter und wuchs ihm langsam, aber sicher über den Kopf!

Bevor ALF die Schlafzimmertür hinter sich zuziehen konnte, hatte Paul seinen vorwitzigen Schädel noch mal dazwischengeschoben und machte Kate erneut an. „He, Baby!“

Mit einem energischen Griff in den Nacken zog ALF seinen Freund zurück und ließ dann endlich die Schlafzimmertür von außen ins Schloß fallen.

„Das nimmt langsam groteske Formen an!“ seufzte Willie und löschte das Licht.

Mitten in der Nacht wurde er wach. Das Roastbeef beim Abendessen war wohl eine Spur zu salzig gewesen. Willie hatte Durst. Leise, um Kate nicht zu wecken, stand er auf und tappte in die Küche. Im Kühlschrank mußte noch eine Flasche Bitter Lemon sein.

Gerade als Willie die Kühlschranktür öffnen wollte, überraschte ihn die gräßliche Schnarrstimme aus dem Hintergrund: „Wenn du Roastbeef suchst, kannst du lange suchen. Es ist ausgegangen!“

„ALF, bist du immer noch wach?“ Suchend schaute sich Willie in der Küche um und entdeckte das Schlafkörbchen des Außerirdischen unterm Küchentisch.

„ALF schläft längst, wer hier wach ist, bin ich, hihihi!“

Willie fand die penetrante Stimme von ALFs „zweitem Ich“ langsam, aber sicher unerträglich. Er starrte in das Körbchen. Es sah tatsächlich so aus, als ob ALF schliefe. Jedenfalls atmete er tief und gleichmäßig. Verwirrt fuhr sich Willie durch sein Haar. Träumte er? Er wußte es im Moment nicht so genau. Wer beherrschte hier eigentlich wen?

Ein Außerirdischer eine Holzpuppe oder eine Holzpuppe einen Außerirdischen? Oder machte sich das ungewöhnliche Duo vielleicht sogar über alle anderen lustig? Zu dieser nächtlichen Stunde war das zuviel für Willie. Ohne sich weiter um die Freunde zu kümmern, schnappte er sich seine Getränkeflasche und zog sich ins Schlafzimmer zurück.

Paul hatte ALF fest im Griff. Auch am nächsten Tag gab er keine Ruhe. Er focht regelrechte Kämpfe mit ihm aus und beschimpfte ihn und seine Familie. Das kleine Knuddelwesen aus dem All wirkte richtig niedergeschlagen. Paul hatte ihm sogar eingeredet, sich dünnezumachen, abzuhauen auf Nimmerwiedersehen. Mit Erfolg. Widerstrebend und seufzend packte ALF in der Garage seinen kleinen Reisekoffer.

„Geht die Packerei nicht ein bißchen schneller!" nörgelte Paul.

„Nein, nicht mit einer Hand! Außerdem verstehe ich gar nicht, wieso wir abhauen wollen. Mir gefällt es hier eigentlich ganz gut." ALF versuchte ein letztes Mal, seinen Holzkopf umzustimmen.

„Willst du weiterhin Perlen vor die Säue werfen? Dieses Haus ist ein Gefängnis. Sing-Sing im Villenviertel. Nichts wie raus hier!" Paul kannte keine Gnade. Und ALF gehorchte. Als er zu guter Letzt noch seinen Trainingsanzug und ein Paar warme Socken einpacken wollte, überraschte Brian die Unzertrennlichen bei ihrer Geheimaktion.

„He, ALF, was machst du denn da?" erkundigte sich der Junge interessiert.

„Ich packe meine Siebensachen. Wir haben uns entschlossen abzuhauen!" gab ALF zur Antwort. In seiner Stimme schwang ein trübseliger Unterton mit.

Doch sofort fuhr Paul dazwischen und verpaßte ALF einen Rüffel: „Dampfplauderer! Setz doch gleich in die Zeitung, was du vorhast. Vielleicht rollen sie uns dann einen roten Teppich aus."

Brian verstand überhaupt nichts mehr. Warum ließ sich ALF das bieten? Sonst wußte er sich doch auch in jeder Lebenslage zu helfen. Er machte sich Sorgen um seinen zotteligen Freund und wollte etwas unternehmen, bevor es zu spät war.

„Das mit dem Ausreißen werde ich Paps erzählen!" beschloß der Junge und rannte aus der Garage.

ALF war sauer. Paul, so fand er, ging mit seinen frechen Sprüchen entschieden zu weit. „Ich weiß gar nicht, warum ich mit dir befreundet bin!" Seine Stimme klang traurig.

„Weil ich dein Alter ego bin!" schnarrte der Holzkopf.

„Was bist du?"

„Ich bin dein zweites Ich und sage dir, was du zu tun hast. Jetzt schnapp dir das Funkgerät da drüben. Das versetzen wir!"

„Das können wir doch nicht machen. Das gehört Willie!" ALFs Protest klang matt.

Brian hatte seinen Vater gerade rechtzeitig gefunden und in die Garage geschleppt. In der Tür hatten sie Pauls letzten Satz noch mitbekommen.

Willie brauste auf und schrie ALF an: „Du wirst hier gar nichts anrühren. Und ich glaube, es wird langsam Zeit, daß ich dir mal diese Puppe wegnehme."

„Nein, nein! Bitte nicht. Ohne Paul kann ich nicht leben!" ALF legte seinen Arm um den Holzbengel.

Der aber fuhr sofort schweres Geschütz gegen Willie auf: „Bleib, wo du bist, sonst hast du gleich ein paar Splitter in der Schnauze!"

Inzwischen war auch Kate in die Garage gekommen. Sie versuchte ihr Glück mit einem anderen Angebot. „Paul ist doch nur ein Spielzeug. Wir könnten ihn eintauschen gegen eine ALF-Puppe." Erwartungsvoll sah sie ihn an.

„Warum tauschen wir dich nicht lieber um gegen Miß Piggy von der Muppet Show. Die kann wenigstens gut kochen!"

Erschrocken hielt sich ALF die rechte Hand vor den Mund. Er schämte sich für die Frechheiten seines Freundes. „Das reicht, Mister Vorlaut! Du kommst in den Ofen!" Kate hatte die Nase voll von dieser Figur. Ein Außerirdischer allein war schon anstrengend, ein Außerirdischer mit seinem zweiten Ego fast nicht zu ertragen!

„Nein, nein! Ihr dürft Paul nicht von mir trennen. Wir würden sterben!" Wieder stellte sich ALF schützend vor seinen Freund.

Kate überlegte fieberhaft, wie die Situation zu entkrampfen war. Im Augenblick war kein richtiges Gespräch möglich. Um Zeit zu gewinnen, schickte sie ALF und Paul erst mal rüber ins Haus. Dann hielt Kate mit Willie Krisenrat. So konnte es nicht weitergehen. Man mußte ALF helfen, sich von dieser Puppe zu lösen. Allein würde er es nicht mehr schaffen.

Vielleicht wußte Larry einen Ausweg. Der Psychiater, ein Freund von Willie, hatte ALF schon mal aus der Klemme geholfen. Und danach hatte er, wie Willie sich genau erinnerte, nicht mal eine Rechnung geschickt.

Gut, daß Larry schon bald auftauchte. Denn ALF wirkte immer bedrückter. Er hatte längst die Kontrolle über den kleinen Puppendiktator verloren.

Die Geschichte mit der Puppe interessierte Larry brennend. So etwas hatte er bisher in seiner Praxis noch nicht erlebt.

„Wo ist der Patient?" drängelte er gleich nach der Begrüßung. Kate und Willie schickten ihn seufzend ins Wohnzimmer. Sie selbst blieben vorsichtshalber in der Küche zurück.

Kaum hatte Larry das Wohnzimmer betreten, schnarrte Paul: „Was ist das denn für eine schräge Type? Wieso schneit der einfach so hier herein?"

„Hallo, Larry, schön dich zu sehen!" begrüßte ALF den Psychiater. Er war wirklich erfreut über den Besuch. Dann senkte er seine Stimme und flüsterte Paul zu: „Das ist Larry, mein Seelenklempner. Der ist in Ordnung!"

„Sag ihm, er soll sich schleichen. Bei mir ist keine Schraube locker. Und sonst drehe ich sie selber fest!"

ALF sah Larry hilfesuchend an. Pauls Ausfälle wurden ihm immer peinlicher.

Larry tat, als habe er die Frechheiten der vorlauten Puppe gar nicht mitbekommen, und setzte sich zu ALF aufs Sofa. „Na, was gibt's Neues?" begann er die Unterhaltung.

„Neues? Also bestimmt nicht dein Anzug. Als der gemacht wurde, war noch nicht mal die Nähmaschine erfunden! Hähähä!" Paul schüttelte sich vor Lachen.

„Na, du bist aber ein witziges Kerlchen!" Larry beschloß, erst mal auf Paul einzugehen.

„Warte ab. Du wirst noch früh genug auf mich sauer sein, du verbohrter Holzkopf!"

„Verbohrter Holzkopf! Das klingt originell, besonders aus deinem Munde!" spottete Larry und setzte noch hinzu: „Kein Wunder, daß du mit den Tanners nicht auskommst! Was hast du eigentlich gegen sie?"

„Ich hasse ihre idiotischen Vorschriften: Iß nicht die Katze, mach keine Teller kaputt, iß nicht die Katze ...!"

„Und du, ALF, bist du auch gegen diese Vorschriften?"

„Ja, besonders gegen die Vorschrift Nummer eins und drei!"

Larry lächelte wissend vor sich hin. Er kam dem Problem langsam näher. Das Puppenspiel hatte eine tiefere Ursache.

Der Holzbengel schnarrte währenddessen weiter wie eine Spieluhr: „Schmeiß kein Essen auf die Erde! Iß nicht vom Fußboden! Tritt die Gäste nicht vors Knie!"

„Autsch!" schrie Larry im selben Moment auf.

Paul hatte seinen Holzkopf mit voller Wucht gegen Larrys rechtes Knie geknallt. Jetzt fragte er ihn hämisch: „Na, sind wir immer noch Freunde?"

Larry gab so schnell nicht auf. „Und ob, du nettes Kerlchen, du!“ sagte er mit schmerzverzogenem Gesicht. Dann humpelte er in die Küche und beschwerte sich bei Kate und Willie über diesen kleinen Gewaltherrscher. Er setzte sich zu den beiden an den Küchentisch und rieb sich sein Knie, das langsam anschwoll. „Ihr solltet ihm verbieten, so mit euren Gästen umzuspringen!“

„Verbieten!?“ schnaubte Willie verächtlich. „Sag mir lieber, was mit ALF los ist!“

„Na ja, ich habe eine Theorie. Seit ALF bei euch wohnt, mußte er immer sein bestes Benehmen zeigen. Das hält auf Dauer keiner aus. Und deshalb benutzt er jetzt die Puppe, um Dampf abzulassen.“

Kate war verwirrt. „Das war sein bestes Benehmen? Er muß Dampf ablassen? Und wir?“

„Larry, was können wir tun?“ fragte Willie jetzt ganz direkt. Er wollte keine Zeit mehr verlieren. Wer wußte schon, was ALF-Paul sonst noch alles einfallen würde.

„Ich habe eine Idee. Sie mag vielleicht ein bißchen drastisch sein, aber ich glaube, wir sollten es versuchen. Wir Psychologen meinen, daß jeder hin und wieder mal eine Vorschrift übertreten sollte. Das ist gut für das seelische Gleichgewicht. Also kurz und gut: Ihr solltet ihn die Katze fressen lassen!“

„Wa-we-was?“ stotterte Willie und starrte Larry an, als habe der ihm soeben vorgeschlagen, er solle demnächst als Seiltänzer sein Geld verdienen.

„Nein!“ Kates Tonfall ließ keine Diskussion über dieses Thema mehr zu. Sie würde Lucky nicht opfern! Schon gar nicht diesem Holzkopf! Nie und nimmer!

„Gibt es keine andere Möglichkeit, Larry?“ flehte Willie seinen Freund an.

Der Psychiater runzelte die Stirn. „Vielleicht reicht es auch, wenn wir ALF ein paar Teller zerdeppern lassen!“

„Und meinetwegen darf er auch Popcorn auf dem Teppich verstreuen!“ bot Kate großzügig an.

„Auch nicht schlecht! Los, kommt! Wir probieren das aus!" Kate schnappte sich einen Stapel Teller und Larry die Schüssel voll Popcorn vom Tisch. Dann marschierten sie im Gänsemarsch ins Wohnzimmer.

„He, ALF, schau mal, da kommt die dreifache Einfältigkeit!" schnarrte Paul sofort los.

„Sollten wir das Problem nicht doch besser mit einer Kreissäge lösen?" Kate schäumte schon wieder vor Wut über das hölzerne Mistvieh.

„Nein, nein, nein!" Larry nahm sich einen Teller vom Stapel und knallte ihn mit voller Wucht auf den Fußboden. Dann reichte er auch Kate und Willie einen Teller.

Klirr, schepper, schepper! Die Scherben und Splitter flogen weit auseinander.

ALF traute seinen Augen nicht. „Was ist das? Was macht ihr da?" erkundigte er sich vorsichtig.

„Unser Meißner Porzellan!" verkündete Kate.

„Wir zerschlagen es!" erklärte Willie und schnappte sich sofort den nächsten Teller. Auch ihm machte es Spaß, Dampf abzulassen.

„He, ALF, willste auch mitmachen?" lockte Larry. „Das macht irre Spaß!"

„Tu's nicht! Das ist eine Falle!" warnte Paul.

„Nein, das ist es nicht! Wenn du dich nicht traust, kannst du auch mit Popcorn üben. Schmeiß es durch die Gegend, wohin du willst! Hier!" Willie stellte die volle Schüssel vor ALF auf den Tisch.

ALF schüttelte den Kopf. „Das ist zu schön, um wahr zu sein!" sagte er. Dann nahm er mit seiner rechten Hand vorsichtig ein paar Popcorn-Körner und warf sie in die Luft. Verunsichert schaute er zu Kate. Würde jetzt ein Donnerwetter folgen? Doch Kate klatschte begeistert in die Hände.

Jetzt schaufelte ALF mit seiner ganzen Hand das Popcorn aus der Schüssel und verstreute es auf dem Fußboden.

„Bravo! Bravo!" rief Larry.

„Das macht mir echt Spaß, Leute. Gebt mir ein paar Teller!" ALF lebte auf und schenkte Pauls Warnungen keine Beachtung mehr.

„Wieviel Punkte kriege ich, wenn ich das Bild von Kates Mutter treffe?" wollte ALF wissen und zielte mit dem Teller auf die Kommode.

„Einhundert!" entfuhr es Willie. Doch Kates eisiger Blick ließ ihn zusammenzucken.

ALF zielte, aber warf daneben. Großmama Dorothy lächelte weiter. „Los, mehr Teller her. Die grinst mich immer noch so unverschämt an!" forderte er.

Zu spät. Die Teller waren alle kaputt.

„Nimm etwas anderes. Zum Beispiel diese widerliche halbe Portion da!" Larry deutete auf Paul.

ALF starrte Paul einen Moment lang an und sagte dann langsam und nachdenklich: „Ja, du bist klein und widerlich!"

„Und du bist eine Melmac-Memme!"

„Das sagst du? Ausgerechnet du? Du hast doch versprochen, du wärst für immer mein Freund!"

„Das war wohl ein Versprecher!"

Larry wollte diesen Zweikampf zwischen Paul und ALF beenden. Er spürte deutlich: ALF war in diesem Moment auf seine Hilfe angewiesen. „Sag mal, ALF, brauchst du wirklich so einen Freund?"

Wieder starrte Melmac-ALF auf die Holzpuppe. Dann gab er sich selbst einen Ruck und zischte Paul an: „Larry hat recht, so jemanden wie dich brauche ich wirklich nicht! Verschwinde, du Holzkopf!"

„Verschwinde, du Holzkopf!" schnarrte es ein letztes Mal.

Dann flog in hohem Bogen eine Holzpuppe auf das Bild von Großmutter Dorothy zu. Klirr! Das Glas war zerbrochen. Die Puppe lag regungslos auf dem Boden. Sie hatte ausgeschnarrt.

Willie, Kate und Larry hielten die Luft an. Sie starrten auf ALF. Wie würde er reagieren?

ALF aber schmunzelte und beugte und streckte die Finger seiner linken Hand. Ein seltsames Gefühl, sie frei bewegen zu können.

Kate löste sich als erste aus der Erstarrung. „Wie fühlst du dich, ALF?" erkundigte sie sich ganz vorsichtig.

„Großartig!" Großspurig klopfte sich ALF vor seine Heldenbrust. „Ich bin auf einem richtigen Zerstörungstrip!"

„Und wegen Paul?"

„Na ja, vielleicht wird er mir fehlen, aber ich werde schon darüber hinwegkommen!" Einen Augenblick lang blickte der Außerirdische nachdenklich zur Decke. Dann gab er bekannt: „Ich bin drüber weg!"

„Wirklich?" Willie konnte kaum glauben, daß man so schnell einen Freund vergißt.

„Ich habe einen Freund verloren, dafür aber meine linke Hand zurückbekommen. Das ist doch auch nicht schlecht." Wieder bewegte er die Finger seiner linken Hand und sah sie prüfend an.

Dann streckte er sie demonstrativ weit vor. „Wenn ich mich recht erinnere, waren wir beim Werfen auf Großmama stehengeblieben! Los, Willie, du bist an der Reihe!

Nebenjob gesucht

Es war ein richtig gemütlicher Nachmitag. ALF lümmelte sich auf der Couch herum und wühlte in Stapeln von Zeitungen und Papier. Endlich hatte er, was er suchte: ein Kreuzworträtsel!

„Man muß schließlich auch an seine Bildung denken!" murmelte er zufrieden vor sich hin. Er legte die Stirn in nachdenkliche Falten und fing an zu knobeln. Da kam Brian zur Tür hereingeschlurft. Er brachte die Post von draußen mit.

„Hallo, Brian, was bedeutet das Wort ‚fatal'?" ALF blickte kurz von seinem Rätsel hoch.

„Keinen Schimmer!" brummte Brian und knallte seine Schultasche auf den Stuhl. Er war schlecht gelaunt.

„Wozu schicken wir dich dann in die Schule?" empörte sich der bildungshungrige Melmac.

„Keinen Schimmer!" setzte Brian ungerührt hinzu.

Im nächsten Moment aber war das Thema schon abgehakt: ALF hatte nämlich die Post entdeckt. „He, schmeiß mir mal die Post rüber", bestürmte er Brian. „Ich warte auf eine Nachricht von den Streichholzleuten. Denen hab' ich eine Zeichnung geschickt für einen Wettbewerb!"

Mißmutig gab ihm der Junge die Post. Schließlich war es ALF nicht zuzumuten, seinen gemütlichen Kuschelplatz auf der Couch zu verlassen.

Mit geübtem Blick erkannte ALF sofort, daß nichts für ihn dabei war. „Postwurfsendungen, Werbung", brummelte er. „Aber hier, ein Katalog mit Reizwäsche! O Kate, du raffiniertes Weibchen, du!" kicherte er vor sich hin, während er die Briefe durchschaute. Dann stöhnte er laut auf.

„Hat ihnen dein Gemälde nicht gefallen?" erkundigte sich Brian teilnahmsvoll und schaute ALF über die Schulter.

„Schlimmer. Dieser Brief kommt von dem College, auf

das Lynn gehen möchte." ALF wiegte den braunen Umschlag bedenklich lange in seinen behaarten Pfoten.

„Und was ist an dem Brief so schlimm?" Brian kapierte mal wieder gar nichts.

„Das College ist in Massachusetts", erklärte ALF dem begriffsstutzigen Erdenmenschen gereizt. „Und wenn Lynn in Massachusetts aufs College geht, dann kann sie wohl kaum noch hier wohnen."

Wie auf ihr Stichwort erschien Lynn im Wohnzimmer.

„Hallo, Lynn. Es ist keine Post für dich gekommen!" überfiel ALF sie und blickte teilnahmslos zur Zimmerdecke.

Lynn hatte den Braten natürlich prompt gerochen. „Stimmt nicht. Was hast du denn da in der Hand?" fragte sie ALF direkt.

ALF schwenkte bedächtig seinen Riffelrüssel und versuchte, den schicksalhaften Umschlag schnell hinter einem Kissen zu verstecken. Zu spät.

„Zeig mal her!" forderte Lynn und streckte ihm die Hände entgegen.

„Moment, Moment!" ereiferte sich ALF. „Was bedeutet eigentlich ‚fatal'?"

„Fatal?" wiederholte Lynn und starrte ALF verständnislos an.

„Klingelingeling! Der Kandidat erhält zehn Punkte. Und damit brauchst du nicht mehr aufs College!"

College? Das Wort hatte magische Wirkung. Lynn schnappte sich mit einem Griff die Post und wühlte sie hastig durch. Schließlich entdeckte sie besagten Brief. Mit zitternden Fingern riß sie den Umschlag auf, zog den Bogen heraus und überflog ihn. Dann schlug sie begeistert die Hände zusammen. „Oh, großartig. Das ist super. Das ist fantastisch. Ich kann es nicht fassen. Ich muß sofort Lory anrufen!" Vor Begeisterung sprang Lynn gleich zweimal in die Luft und tanzte dann aus dem Zimmer.

Eine halbe Stunde später hörte ALF ein Klicken im Telefon. Lynn hatte endlich aufgelegt. Wahrscheinlich wußten jetzt alle ihre Freundinnen Bescheid. Muffelig taperte ALF in Lynns Zimmer.

Lynn lag auf ihrem Bett und blätterte in den Prospekten vom College. „Schau mal her, ALF, das ist wirklich Spitzenklasse. Hier, der Tennisplatz und das Schwimmbad. Und die Zimmer sind toll eingerichtet. Ich freu' mich so!"

ALF starrte auf die bunten Bilder. Als Kommentar entfuhr ihm ein tiefer Seufzer.

„Was stöhnst du denn so!"

Lynn warf dem Außerirdischen vor ihrem Bett einen überraschten Blick zu.

„Ach, gar nichts!"

„Guck, das ist die Mensa!" Lynn wandte sich erneut ihren Prospekten zu.

Wieder entfuhr ALF ein etwas undefinierbarer, aber mitleiderregender Klagelaut.

„Stimmt etwas nicht mit dir?" erkundigte sich Lynn jetzt besorgt.

„Was interessiert dich das noch? Du wohnst doch schon nicht mehr hier. Du ziehst aus. Du wirst nicht anrufen. Und du wirst nicht schreiben." ALF hatte bereits der Abschiedsschmerz erwischt. Seine Stimme war zittrig, er mußte sich schneuzen. Verlegen drehte er sich um. Die Treulose sollte sein heulendes Elend nicht sehen.

„Aber, ALF", widersprach Lynn erschrocken, „wenn ich jetzt nach Amherst ins College gehe, dann bedeutet das schließlich nicht, daß wir uns nicht wiedersehen!"

ALF kehrte auf der Stelle um und sah seine Freundin vorwurfsvoll an. Er hatte seine Fassung wiedergewonnen. „Warum gehst du denn überhaupt? Warst du hier vielleicht nicht glücklich? Oder ist es wegen Kate?"

„Nein, ALF, ich gehe nicht wegen Kate. Und ich bin hier auch nicht unglücklich. Ich glaube eben, es wird Zeit für mich, auf eigenen Füßen zu stehen, eigene Entscheidungen zu treffen und eigene Fehler zu machen."

„Deine Fehler kannst du hier genauso machen. Glaube mir, ich spreche aus Erfahrung."

Endlich begriff Lynn: ALF kämpfte um sie. Sie sollte nicht woanders zur Schule gehen. Er wollte sie ständig um sich haben. Lynn war gerührt. Sie nahm den Melmac in den Arm und versuchte, ihn zu trösten. „Du wirst mir auch sehr fehlen, ALF. Aber ich schreibe dir jede Woche eine Karte. Und dann schicke ich dir auch ein Sweatshirt von unserem College."

„Sweatshirt? Warum soll ich denn schwitzen? Schick mir lieber ein ganz normales Hemd!" verlangte Alf.

Da klopfte es an der Tür, und schon standen Willie und Kate im Zimmer. Mit ernsten Gesichtern. Willie trug das Haushaltsbuch unter den Arm geklemmt.

„He, ihr kommt genau zur richtigen Zeit", platzte ALF heraus. „Wir sprechen gerade über Schwitzen. Was wollt ihr zu dem Schweißthema beitragen!"

Willie wischte sich erst mal den Schweiß von der Stirn. Ihm wie auch Kate war es unbehaglich zumute. „Wir würden dieses Thema ganz gern verschieben. Kate und ich haben nämlich etwas mit Lynn zu besprechen."

„Gut, dann werde ich inzwischen zum Kühlschrank eilen und dort beim Hackbraten verweilen!" dichtete das Genie ALF und wackelte zur Tür. „Mach's gut, Kumpel, bis dann, Kumpelin!" verabschiedete er sich von Willie und Kate und verschwand.

Lynn sah ihre Eltern prüfend an. Allein die Tatsache, daß sie ALF hinauskomplimentiert hatten, deutete schon auf eine Unterhaltung mit Tragweite hin. „Ist was passiert? Ihr guckt so verstört!" fragte sie.

Kate seufzte. „Ich fürchte, wir haben schlechte Nachrichten für dich, Schatz."

Willie wollte ihr helfen, fand aber auch nicht die richtigen

Worte. „Ähm, ich hab's mir hin und her überlegt. Ein dutzendmal, aber ich, ähm, ich weiß einfach nicht, wie ich es dir sagen soll."

„Wir können es uns nämlich nicht leisten, dich auf eine andere Schule zu schicken!" So, jetzt war es heraus. Kate war erleichtert.

Und Lynn war verdattert. Sie saß mit offenem Mund da. Dann schnappte sie nach Luft und fuhr ihre Eltern an: „Aber als ich mich angemeldet habe, habt ihr gesagt, es wäre kein Problem!"

Kate und Willie blieb nichts anderes übrig, als ihrer Tochter reinen Wein einzuschenken. Verlegen erwähnten sie ihre angespannte Finanzlage und gewisse unerwartete Ereignisse, die immer wieder tiefe Löcher in die Haushaltskasse rissen. Die Rede war von ALF.

„Du weißt ja", Kate versuchte an Lynns Vernunft zu appellieren, „ich wollte den ganzen Tag arbeiten gehen. Dann hätte ich etwas dazuverdienen können. Aber mit ALF im Haus ist das einfach nicht möglich."

Willie kam auf die vielen Extraausgaben zu sprechen. „Denk nur mal, äh, an all das Essen für ALF und die Schäden, die er, äh, angerichtet hat, und dann die Reparaturen ..."

„Ich hätte es wissen müssen ...", meinte Lynn schnippisch.

„Du bekommst eine wirklich erstklassige Ausbildung in einer staatlichen Universität, aber du wirst zu Hause wohnen müssen." Kate wollte das unangenehme Thema energisch beenden. Sie war enttäuscht, denn sie hatte mehr Verständnis von ihrer Tochter erwartet. Kopfschüttelnd verließ Kate das Zimmer.

Willie machte einen neuen Versuch. „Wenn es dir vielleicht ein Trost ist: Wir haben hier die seltene Gelegenheit, mit einem Außerirdischen zu leben, und das kann dir Amherst nicht bieten", erklärte er.

„Das werde ich ja wohl nie beurteilen können!" gab Lynn gereizt zurück. Dieser Einwand machte sie erst richtig sauer.

Willie sah endlich ein, daß es im Moment wirklich nicht besonders sinnvoll war, die Diskussion weiterzuführen. Überhaupt kam ihm seine Tochter plötzlich reichlich verwöhnt und quengelig vor. „Es tut mir leid, Lynn, wenn du jetzt unglücklich bist. Aber du weißt, man kann im Leben nicht alles haben, was man sich wünscht!"

„Wirklich, Dad?" spottete Lynn. „Wo warst du denn auf dem College?"

Willies Binsenweisheit hatte wenig gefruchtet.

Willie holte kurz Luft und murmelte dann leise: „Amherst." Dann fiel ihm glücklicherweise noch eine Ausrede ein, und er ergänzte mit fester Stimme: „Aber meine Eltern hatten auch keinen Außerirdischen!" Mit diesen Worten verließ er das Zimmer.

Lynn erschien mit rotgeweinten Augen beim Abendessen. Lustlos stocherte sie auf ihrem Teller herum. Nicht mal für ihre Lieblingsplätzchen konnte sie sich erwärmen, was ALF aber nicht weiter zu stören schien. „Also, dann eines mehr für mich", stellte er befriedigt fest.

„Und eins für mich!" Brian machte ebenfalls seine Ansprüche geltend und schnappte sich schnell ein Plätzchen vom Teller. „Weißt du, wie man die ißt, ALF? Man nimmt das Oberteil ab, und dann schleckt man das cremige Zeug heraus."

Aufmerksam verfolgte ALF Brians Demonstration.

„Wirklich? So ess' ich immer Mayonnaise aus Gläsern." In der Erinnerung daran rülpste ALF laut vor sich hin.

Lynn machte ihren Vater ironisch von der Seite an: „Du hast ganz recht, so eine Ausbildung könnte mir Amherst wirklich nicht bieten!"

Kate zog die Augenbrauen hoch und erklärte Lynn ein letztes Mal, daß sie es sich nicht leisten könnten, sie auf eine auswärtige Schule zu schicken. Damit war das Thema für Kate beendet. Demonstrativ stand sie auf und räumte die Teller vom Tisch.

Lynns Augen schwammen in Tränen. Sie sprang hoch und verkündete schluchzend: „Gut, ich gehe jetzt auf mein Zimmer. Das ist der Platz, wo ich die nächsten vier Jahre bleiben werde." Dann rannte sie raus.

Willie, der stets fürchterlich unter Familienstreitigkeiten litt, preßte seine Handflächen an den Kopf und stöhnte: „Das ist ja schrecklich!"

„Finde ich nicht. Freut euch doch. Eure Tochter bleibt noch für vier Jahre!" ALF war sichtlich zufrieden mit der neuen Entwicklung. „Oder wollt ihr eure Tochter unbedingt loswerden?"

„Wir wollen sie überhaupt nicht loswerden", stellte Willi entrüstet klar. „Aber es tut uns weh, wenn sich unser Kind etwas wünscht, was wir ihm nicht geben können."

ALF hatte aufmerksam zugehört. Jetzt tat ihm Lynn doch leid. Angestrengt dachte er nach. Dann kam ihm eine Idee. „Brian, bring mir mal das Haushaltsbuch, weißt du, diesen Schinken mit dem Titel ‚Vom Winde verweht!' Hahaha! Ich muß mich mal um die Gesundung der Finanzen kümmern."

ALF nahm sich das Ausgabenbuch genau unter die Lupe.

„He, Willie, sieh dir das mal an. Die Rechnung für neue Bremsbeläge ist doch wirklich ein bißchen übertrieben!" bemängelte Rechnungsprüfer ALF.

„Natürlich! Du hast recht. Ich wäre außerdem viel schneller zu Hause, wenn ich nicht mehr bremsen würde!" gab Willie zurück.

ALF war bereits beim nächsten Posten. „Und diese vielen Lebensmittelrechnungen!" Aber gerade noch rechtzeitig bekam er die Kurve: „Na ja, die sind wohl nicht zu bremsen ... Obwohl Katzenfilet wesentlich billiger ist als Roastbeef."

ALF überprüfte Ausgabe für Ausgabe, fuhr mit seinem haarigen Finger von Posten zu Posten und landete schließlich bei „Verschiedenes".

„Zehntausend Dollar! Seid ihr wahnsinnig. Ihr solltet wirklich aufhören, soviel Verschiedenes zu kaufen."

Jetzt war für Kate die Stunde der Wahrheit gekommen. „ALF, eigentlich wollten wir es dir ja gar nicht sagen. Aber diese Ausgaben unter Verschiedenes, das sind Kosten, die nur dich betreffen!"

ALF klappte vor Erstaunen seinen Riffelrüssel auf und rief: „Nein! Das ist doch nicht möglich. Auf Melmac könnte man damit regelrecht eine vierköpfige Familie ernähren!"

„Auf der Erde auch. Keine Sorge!" sagte Willie trocken. Er klopfte ALF auf die Schulter und verließ die Küche.

Langsam dämmerte es dem Außerirdischen. „Dann bin ich womöglich der Grund dafür, daß Lynn nicht aufs Internat gehen kann?" Fragend schaute er Kate an.

Die nickte nur resigniert und zog hilflos ihre Schultern hoch. Dann stand auch sie auf und ging ins Wohnzimmer.

ALF schüttelte den Kopf und begann zu wehklagen: „Ich fühle mich wie Schleim. Ich fühle mich wie schleimiges Gedärm. Ich fühle mich wie schleimiger Gedärmeabfall. Ich fühle mich wie Schleimgedärmeabfall auf einem offenen Feuer." Er legte eine kurze Kunstpause ein und erkundigte sich dann bei Brian: „Und wie fühlst du dich?"

„Zum Kotzen!"

Die nächsten Stunden verbrachte ALF grübelnd. Er mußte einfach einen Weg finden, so viel Geld aufzutreiben, daß Tanners ihre Tochter auf ein Internat schicken konnten. Das, so fühlte ALF ganz deutlich, war er seiner geliebten Lynnie einfach schuldig. Zumal es an ihm lag, daß die Familie in diesen finanziellen Engpaß geraten war. Endlich fand er *die* Lösung.

„Kate! Willie! Wo ist der Feuerlöscher?" schrie ALF aus

Leibeskräften und wandte jetzt keinen Blick mehr von der Stoppuhr in seiner Hand. Laut zählte er mit.

Kate und Willie stürzten ins Wohnzimmer.

„Zwei Komma drei Sekunden! Ein neuer Rekord!" ALF schaute begeistert auf seine Stoppuhr.

„Es brennt ja gar nicht!" stieß Kate erleichtert aus.

„Das weiß ich. Ich brauche nur einen Moment eure Aufmerksamkeit!" verkündete ALF seelenruhig und erklärte dann großmütig, er habe sich Gedanken gemacht, wie er Lynn doch noch den Collegebesuch in Amherst ermöglichen könne.

„Willie, ich besorge dir eine Nachtarbeit. Wie ich bemerken muß, bist du jeden Abend zu Hause und hängst hier nur herum. Das gehört jetzt der Vergangenheit an. Du bekommst einen Zweitjob." ALF deutete auf eine Zeitung. „Ich habe ein Angebot. Als Herrentoilettenbetreuer."

Willie lief rot an. Aber scheinbar ruhig erkundigte er sich dann: „Sehe ich vielleicht aus wie der geeignete Betreuer für Herrentoiletten?"

„Nein, im Augenblick schäumst du wie ein Stück Kernseife. Also, morgen um neun Uhr kannst du dich dort vorstellen." Für ALF war dieses Thema abgehakt. Er wandte sich an Kate. „Wie ich bemerke, bist du auch nicht gerade gewinnbringend tätig. Ich habe da ein paar spezielle Vorschläge, Telefonwerbung zum Beispiel."

„Ich passe!" gab Kate kurz und bündig zurück.

ALF hatte allerdings noch andere Angebote aus der Zeitung gesucht: Zum Beispiel könnte Kate ja auch als Modell arbeiten. Und Brian ließe sich in einem Fernsehspot für Müsli unterbringen.

Willie und Kate zeigten sich wenig bereitwillig.

„ALF, wir wissen durchaus zu schätzen, was du versuchst, aber du mußt die Sache schon uns überlassen", stellte Willie fest. „Es wird uns nichts anderes übrigbleiben, als ein paar Opfer zu bringen!"

„Opfer bringen? Wollt ihr mich etwa in einen Vulkankrater stoßen?"

„Nein, nein, keine Angst. Du darfst bei uns bleiben!" beruhigte ihn Kate. Liebevoll strich sie dem entsetzten Melmac über sein zotteliges Kopfhaar.

ALF zog Bilanz aus dem wenig erfolgreichen Gespräch. „Also, ich glaube, ich habe keine andere Wahl: *Ich* suche mir einen Job."

„Du?" entfuhr es Kate und Willie. Aber das konnte man ja wohl nicht ernst nehmen. Lachend verließen sie das Wohnzimmer.

ALF blieb mit seiner Zeitung zurück. Plötzlich hatte er eine Anzeige entdeckt, die ihn ganz besonders ansprach. Gesucht wurde ein Zeitungsjunge. „Mann, das klingt nach einem Superhelden. Was für ein majestätischer Titel!"

Mitten in der Nacht kurvte ALF mal wieder zum Tannerschen Schlafzimmer rüber. Sich dezent räuspernd, versuchte er, auf sich aufmerksam zu machen. Vergeblich. Kate und Willie schliefen fest. Erneut räusperte sich ALF. Keine Reaktion. Da auch lautes Husten und Keuchen nichts nutzte, zog der Außerirdische Kate kurzerhand die Bettdecke weg.

„ALF!" rief Kate verärgert. Jetzt wurde auch Willie wach.

ALF trug sein Anliegen vor. „Wenn ihr schon munter seid, könnte ich euch vielleicht mal im Wohnzimmer sprechen!"

„Jetzt? ALF, wir sind müde. Wir möchten beide schlafen." Willies Stimme klang flehend. Er kannte diese nächtlichen Diskussionen zur Genüge. Meistens fingen sie ganz harmlos an und endeten zwei Stunden später mit einem großen Knall.

„Wie ihr meint. Aber ich verstehe nicht, wie ihr schlafen könnt in Anbetracht dessen, was sich in eurem Wohnzimmer befindet!" Ohne ein weiteres Wort trottete ALF wieder nach draußen.

ALF hatte die Wirkung seines letzten Satzes wohl ganz richtig berechnet. Kate und Willie sahen sich eine Sekunde lang an. Dann sprangen sie, wie von der Tarantel gestochen, aus dem Bett und rasten ins Wohnzimmer.

Dort fanden sie mitten im Raum einen riesigen Stapel Zeitungen. ALF stand stolz daneben und bot ihnen an: „Vielleicht sollte ich es euch erklären!"

„Nein, nein, laß mich raten!" fuhr Kate dazwischen. „Du bist Zeitungsjunge geworden."

„Ich bevorzuge die Bezeichnung ‚Zeitungsperson', das Geschlecht ist neutral!"

ALF hatte tatsächlich den Job als „Zeitungsperson" bekommen. Und weil es ihm darum ging, möglichst schnell möglichst viel Geld zu verdienen, hatte er sich gleich zehn Bezirke geben lassen.

„Zehn Bezirke?" keuchte Willie ungläubig. „Dann müßten hier ja fünfhundert Exemplare liegen."

„Ganz genau sind es fünfhundertundeins. Sie haben mir irrtümlicherweise eine Zeitung zuviel gegeben." ALF kicherte ob dieses Geschenks in sich hinein. Dann aber kam er wieder zur Sache.

„Also, ihr beide zieht euch jetzt lieber an!" forderte er Kate und Willie auf.

„Wozu?"

„Wenn diese Zeitungen nicht ausgetragen werden, bleiben fünfhundert Menschen ohne Nachrichten, ohne Wetterbericht und ohne Comics. Na ja, die Comics kapiert sowieso keiner richtig. Sie sind irgendwie schlechter geworden."

„Willie ... Willie", stotterte Kate, „ich ... Willie ..." Ihre Stimme wurde entschlossen. „Ich sage es nicht gern ... Hör, Willie, wir werden diese Zeitungen austragen müssen. Fünfhundert Menschen wollen ihre Nachrichten haben."

„Prima. Und ich kriege als Prämie ein neues Fahrrad." ALF grinste zufrieden vor sich hin. In Gedanken malte er sich schon das Zehn-Gang-Fahrrad aus, das unter den erfolgreichsten Zeitungspersonen verlost werden sollte. Aber jetzt, so beschloß er, wollte er sich erst mal für ein paar Stündchen aufs Ohr legen. „Ach, auf eurem Rückweg könntet ihr mir ein paar Hamburger oder lieber noch Catburger zum Frühstück mitbringen!" bat er und wollte sich klammheimlich verdrücken.

Doch da hatte ALF die Rechnung ohne Kate gemacht. „Bleib stehen, Zeitungsperson. Du kommst mit uns!"

Willie hatte ALF schon im Nacken gepackt und ins Wohnzimmer zurückgezogen.

ALF wehrte sich vergeblich und schrie: „Spinnt ihr? Ich darf doch keine Zeitungen austragen. Es könnte mich jemand sehen!"

„Dann hat er Pech gehabt!" Willie kannte kein Pardon.

Wenig später fuhren die drei mit dem Tannerschen Wagen in den hereinbrechenden Morgen. Keinem war die Gegend vertraut, die zu ALFs Bezirken gehörte. Langsam lenkte Kate durch die unbeleuchteten Straßen. Die Hausnummern waren nicht zu entziffern.

„Jetzt weiß ich endlich, was Morgengrauen bedeutet!" nörgelte ALF im Fond des Wagens. Dann dirigierte er mit einem Blick auf seine Liste und einen Stadtplan. „Also, hier könnte es sein. Nein, nein, nein, nein, nein. O ja, ja, doch, doch, genau, hier sind wir richtig. Willie, schmeiß die Zeitung raus. Los! Wirf!"

Willie warf die Zeitung mit voller Wucht aus dem Fenster und traf eine Mülltonne. Ein lautes Scheppern, die Mülltonne war umgefallen. In den Nachbarhäusern gingen die ersten Lichter an.

Von hinten aus dem Wagen hörten Kate und Willie einen Würgelaut und dann das Bekenntnis des außerirdischen Zeitungsjungen, daß er sich geirrt habe. Willie hatte zu allem Überfluß die Mülltonne des falschen Hauses getroffen.

„Das darf nicht wahr sein!" stöhnte Kate und hielt den Wagen an.

„Für was haltet ihr mich denn? Für einen Hellseher?" verteidigte sich ALF. „Es ist dunkel auf der Straße. Soll ich vielleicht für eine Weile fahren?"

Kate beschloß, lieber Willie das Lenkrad zu überlassen. ALF vertiefte sich wieder in seinen Stadtplan und erteilte von hinten neue Befehle.

„Okay, Willie. Bieg hier links ab."

Willie drehte nach links.

„Ach nein, nein, rechts, rechts!" plärrte ALF.

Willie schlug nach rechts ein.

„Das ist zu weit rechts, mehr geradeaus. Geradeaus!"

Willie folgte ALFs Anweisungen und fuhr weiter.

„Okay, und jetzt, jetzt nach rechts, nach rechts, Mann, fahr doch nach rechts. Warum biegst du nicht ab?"

„Weil da keine Straße ist!" seufzte Willie.

„Gut pariert, Willie!" lobte ALF.

Zwei Stunden lang kurvte Willie nach ALFs hochpräzisen Richtungsangaben durch seine Bezirke. Nach einer Weile funktionierte sogar die Arbeitsteilung: ALF dirigierte Willie und gab gleichzeitig Kate seine Anordnungen. Die donnerte auf ALFs Zuruf jedesmal mit voller Kraft eine Zeitung direkt vor die Haustür der Bezieher.

Schließlich waren nur noch wenige Exemplare übrig. Die Zeitungspersonen fuhren und fuhren und fuhren.

„Was ist jetzt eigentlich los? In den letzten fünfzehn Minuten haben wir keine einzige Zeitung mehr ausgeliefert?" wunderte sich Willie.

Aus dem Fond kam keine Antwort.

„Bist du sicher, daß du weißt, wo wir hinmüssen, ALF?" erkundigte sich Kate.

Keine Antwort. Erstaunt sah sich Kate um: ALF lag hinten in die Polster gekuschelt und schlief friedlich vor sich hin. Kate nahm ALFs Liste und den Stadtplan an sich, und Willie fuhr nach ihren Angaben weiter.

Endlich hatten es die Tanners geschafft. Eine einzige Zeitung war übrig, und die gehörte den Ochmoneks. Gähnend taperte Kate die Stufen zum Haus der Nachbarn hoch und legte die Zeitung mit einem tiefen Seufzer auf deren Fußmatte.

Im selben Moment ging das Licht an, und Rachel im rosaroten Morgenmantel stand vor der Tür. Anscheinend hatte sie schon auf ihre Zeitung gewartet, denn sie brummelte vor sich hin: „Na, das wurde aber auch Zeit!" Da erst entdeckte sie die Nachbarin. „Kate! Bist du unser neuer Zeitungsjunge?" rief sie überrascht.

„Wir sagen lieber ‚Zeitungsperson'. Das ist neutraler", wich Kate aus.

„Aber Kate, ihr hättet uns doch sagen können, daß ihr mittellos seid!" empörte sich Rachel.

„Nein, Rachel, wir verdienen uns nur etwas nebenbei, damit Lynn ins Internat kann!" wehrte Kate ab und drehte sich um. Sie sehnte sich nach nichts mehr als nach einem heißen Kaffee und einem warmen Zimmer.

ALF und Willie saßen bereits am Frühstückstisch, als Kate müde ins Haus wankte und von ihrer Begegnung mit Rachel berichtete. „Sie glaubt, wir wären pleite."

„Wir und pleite!" brauste Willie da auf. „Ich habe einen Job, ich habe einen Zeitungsbezirk oder besser zehn. Und um neun habe ich ein Einstellungsgespräch für einen Job als Herrentoilettenbetreuer!" Entkräftet ließ Willie seinen Kopf auf den Frühstückstisch fallen.

Da hatte er aber nicht mit ALF gerechnet. „He, keine Müdigkeit vorschützen! Gleich wird die Abendausgabe angeliefert, Willielein."

„Abendausgabe? Es gibt keine Ausgabe mehr. Dieser Irrsinn wird sofort gestoppt!" brüllte Willie da los.

„Was ist schon dein Schlaf im Vergleich zum Lebensglück unserer Tochter!" ALF ließ nicht locker.

„Unsere Tochter? Was redest du da? Es ist nicht unsere Tochter, äh ...", verhedderte sich der todmüde Willie.

„Wer ist nicht eure Tochter?“ Lynn erschien am Frühstückstisch. Sie hatte gerade noch Willies letzte Worte mitbekommen.

„Du!“ sagte ALF.

„Seit wann?“ fragte Lynn nüchtern.

Gerade als Willie zu einer Erklärung ansetzen wollte, war von draußen die alles durchdringende Stimme von Rachel zu hören. ALF verschwand unter dem Tisch, und Kate ging zur Tür.

Rachel brachte Essen für die notleidenden Tanners. Alles Reden und Abwehren half nichts. Kate mußte die milde Gabe annehmen. Kopfschüttelnd trug sie das Tablett in die Küche. Lynn verstand inzwischen gar nichts mehr. Es war Zeit, ihr alles zu erklären.

„Rachel hat mich heute morgen beim Zeitungsaustragen gesehen“, berichtete Kate.

„Zeitungsaustragen? Du? Wieso? Was ist hier eigentlich los?“ stotterte Lynn.

Willie erklärte die Situation „Das war ALFs Idee. Er hat einen Job als Zeitungsperson angenommen, um genügend Geld auf die Beine zu bringen, damit du aufs College kannst.“

Lynn starrte fassungslos vom einen zum anderen. „Das habt ihr für mich gemacht? Ich glaube, ich habe mich benommen wie eine dumme Gans. Es tut mir sehr leid.“

ALF rief Lynn ihre Lage in Erinnerung: „Tja, aber du sitzt immer noch bei uns fest!“

„ALF, Mami, Paps! Ich kann genausogut hier auf ein College gehen. Fast alle meine Freundinnen sind auf einer staatlichen Schule. So schlimm kann das nicht sein!“ Lynn nahm ihre Mutter in den Arm.

„Ach, Lynnie, ich freu’ mich so, daß du das verstehst!“ Willie war mal wieder tief gerührt. „Und vielleicht kannst du ja auch in ein, zwei Jahren wechseln!“

ALF aber kam schnell wieder in die Niederungen des Alltags zurück. „Genau! Und in der Zwischenzeit leben wir wie die Maden im Speck von Ochmoneks Kichererbsen und Cocktailzwiebeln."

„ALF, du kannst alles aufessen!" bot ihm Kate großzügig an.

„Null Problemo! Aber, ich muß euch sagen, igitt, da sind ja Kutteln drin!"

Onkel Albert

ALF machte auf Bildung. Schon seit Stunden blätterte er angestrengt in einem Lexikon herum. Er war so in seine Studien vertieft, daß er zunächst gar nicht wahrnahm, als Willie aus dem Büro nach Hause kam. Erst als der Hausherr eine große, in Geschenkpapier eingepackte Schachtel auf den Tisch knallte, sah ALF kurz hoch. Nur kurz tobte der Kampf in ihm. Dann hatte die Neugier über seinen Hunger nach Bildung gesiegt.

Wie von einer Tarantel gestochen, sprang der Melmac auf und schlich sich an Willie heran. „Was ist da drin, Willie?" Der direkte Weg ist immer der beste, dachte er sich.

„Danke, mir geht's gut! Und wie geht es dir?" Willie spannte ihn absichtlich auf die Folter.

„Ich bin von Neugier gepeinigt. Und von Geheimnissen umgeben. Vergeblich suche ich Hilfe im Lexikon." Demonstrativ legte ALF das Buch wieder zur Seite. „Also, was ist in der Schachtel?" bohrte er unbarmherzig weiter.

Da mischte sich Kate in das Ratespiel ein: „Kennst du zufällig die Redensart: ‚Neugier ist der Tod der Katze?'"

Katze? Das klang wie Musik in ALFs Ohren. „Ja, dann läßt man sich wohl am besten die Senfsoße reichen. Denn die paßt hervorragend zu so einem Leckerbissen."

Aber ALFs Idee stieß auf wenig Verständnis. Schließlich ließ sich Willie dann doch zum Auspacken bewegen, um den Schleier des Geheimnisses zu lüften.

Da kam Brian ins Wohnzimmer. „Hallo, Daddy, was hast du denn da mitgebracht?" erkundigte auch er sich neugierig.

„Eine tote Katze, Brian. Ich geb' dir gern was davon ab!" bot ALF seinem kleinen Freund großzügig an.

„Quatsch! Natürlich ist das keine tote Katze, aber etwas, was dir und Brian bestimmt Freude machen wird." Willie warf ALF einen vorwurfsvollen Blick zu.

ALF rätselte weiter. Da fiel ihm wieder sein Lexikon ein, mit dem er sich vorhin so intensiv beschäftigt hatte: „Vielleicht sind es die Überreste eines Elefantenmenschen?"

Um ALFs Phantasie nicht zu noch kühneren Überlegungen anzuheizen, beschloß Willie, schnell die Schachtel zu öffnen. Stolz hielt er seine Neuerwerbung hoch. Es war ein aluminiumbeschichtetes Igluzelt.

„Ich dachte, du hättest vielleicht Spaß daran, mal hinter dem Haus zu campen!" wandte er sich wieder an Melmac.

ALF war empört. „Wie kommst du denn auf die Idee? Was soll ich im Zelt? Kühlschrank, Fernseher und Badezimmer sind hier im Haus! Meinst du vielleicht, ich bin ein Primitivo?"

Willie ging auf diesen Einwand erst gar nicht ein. Für ihn war es schon beschlossene Sache. „Also, du wirst es dir ganz gemütlich einrichten in diesem Zelt. Nur für ein paar Tage!" Willies Tonfall ließ erkennen, daß er nicht bereit war, noch länger darüber zu diskutieren.

„Wieso? Was soll ich im Garten?" ALF gab nicht nach. Wenigstens wollte er eine Begründung hören.

Auch Kate und Brian starrten Willie erstaunt an. Was hatte dieses ALF-Camping nur zu bedeuten?

Willie ließ die Katze aus dem Sack: „Mein Onkel Albert hat angerufen. Er kommt zu Besuch!"

Diese Nachricht schlug ein wie eine Bombe. Brian stöhnte auf und wurde ganz blaß.

Und Kate japste entsetzt: „Ausgerechnet Onkel Albert!" Dann schlug sie vor Entsetzen die Hände vors Gesicht. Auch Willie sah nicht gerade glücklich aus.

ALF sah erstaunt von einem zum anderen. Über diesen Besuch schien sich ja wirklich keiner zu freuen. Vielleicht konnte er die Geschichte mit dem Zelt doch noch abbiegen!

„Wozu kommt er her? Wer hat ihn überhaupt eingeladen?" ereiferte sich Kate. „Ihm gefällt es hier ja doch nicht. Er wird wieder an allem rummeckern!"

„Rummeckern!" Dafür hatte ALF sogar Verständnis. „Na ja, ein Paradies ist das hier ja auch wirklich nicht gerade!"

Kate warf ihrem außerirdischen Dauergast einen wütenden Blick zu. Sie brauchte auch gar nichts weiter zu sagen. Der Melmac verstand auch so, was sie meinte: Er hatte es gerade nötig, sich zu beschweren und sich auf die Seite von Onkel Albert zu schlagen.

Nachdem der Besuch offenbar nicht abzuwenden war, wollten die Tanners keine Zeit verlieren. Gleich am nächsten Tag machte sich Willie an den Aufbau des Igluzelts. Doch schon bald mußte er feststellen, daß der Verkäufer mächtig übertrieben hatte, als er erklärte, das Zelt sei mit wenigen Handgriffen aufgebaut. Jedenfalls paßten bei ihm die einzelnen Stangen und Haken einfach nicht richtig zusammen. Und aus der miserablen Übersetzung des japanischen Textes in der Anleitung wurde er auch nicht schlau.

Es dauerte gar nicht lange, und ALF gesellte sich als interessierter Zuschauer dazu. Und er hatte Willie etwas Wichtiges mitzuteilen: „Willie, wir haben alle darüber abgestimmt. Onkel Albert soll im Zelt schlafen!"

„Nein, du kommst ins Zelt, ALF!" Willie ließ nicht mit sich reden.

„Mist!" zischte ALF und überlegte sich schnell eine neue Strategie. „Ich will aber nicht draußen schlafen. Der Garten wimmelt von gepanzerten Blutegeln!"

Willie durchschaute dieses Manöver sofort. Geduldig erklärte er ALF, daß es sich bei den Panzeregeln um ganz harmlose Schnecken handele. Und er versuchte ihm den Aufenthalt in der freien Natur schmackhaft zu machen.

„Schau, ALF, normalerweise müßtest du in der Garage übernachten. Da ist doch das Zelt mal eine nette Abwechslung für dich."

ALF verstand die Welt nicht mehr. „Jetzt hör mir zu,

mein letzter Willie ...", maulte er verärgert. „Wenn Onkel Albert so eine Art Pest für euch ist, warum sagt ihr ihm nicht einfach, er soll bleiben, wo der Pfeffer wächst?"

„Weil ich das nicht tun kann. Er gehört zur Familie", versuchte Willie seine verzwickte Lage zu erklären.

„Na toll ... Ihr könnt ihn nicht ausstehen, und teilt eure Betten mit dem Ekel. Feine Familie, in die ich da geraten bin ..."

„Hilf mir lieber, das Zelt aufzubauen!" bat Willie, um die Diskussion zu beenden und ALF auf andere Gedanken zu bringen. Angestrengt schaute er wieder in die Anleitung. „Reich mir doch bitte mal die Schachtel mit den Flügelmuttern!"

„Flügelmuttern?" Dieses Wort kam ALF irgendwie bekannt vor. „Äh, ich fürchte, die habe ich aufgefuttert!" gab er dann kleinlaut zu.

Willie glaubte, sich verhört zu haben. „Was hast du? Du hast die Flügelmuttern aufgegessen?"

„Sieht ganz so aus. Ich habe ‚Geflügelbutter' gelesen. Übrigens: Such bitte nicht nach den Zeltpflöcken! Da stand ‚Heringe' drauf."

Willie hatte die Nase von ALFs Hilfe schon wieder gestrichen voll. Bevor der Vielfraß vielleicht auch noch die Zeltwand hinunterschlang, wollte er den Rest der Aufbauarbeiten doch lieber allein machen.

ALF verzog sich schmollend in den hinteren Teil des Gartens. „Ich bin da drüben, wenn du mich brauchst", rief er Willie noch zu.

„Ich werde dran denken, wenn es vielleicht allzuglatt gehen sollte", brummte Willie vor sich hin. Erneut starrte er verzweifelt auf die Bedienungsanleitung.

In dem Moment kam Kate mit zwei Kaffeebechern und der Nachricht aus der Küche, daß Onkel Albert gerade angerufen habe. Schonend versuchte sie, ihren Mann auf weitere Neuigkeiten vorzubereiten. Doch bevor sie dazu kam, tönte es schon von hinten aus dem Garten: „Kommt er vielleicht gar nicht?“

„Freu dich nicht zu früh. Er kommt bestimmt!“ Kate machte ALFs neu aufkeimende Hoffnung mit einem Schlag wieder zunichte. „Und er möchte wissen, was für eine Schuhgröße Willie hat“, fuhr sie fort.

„Typisch! Warum soll er sich Schuhe mitbringen, wenn er meine anziehen kann!“ Willie war bei Onkel Albert auf alles gefaßt.

„So ein Schnorrer!“ tönte auch ALF vorwurfsvoll. „Und welche Schuhe soll ich dann anziehen?“

„Und außerdem fragte er nach meiner Kleidergröße. Vielleicht will er uns Geschenke mitbringen?“ Kates Gesichtsausdruck zeigte allerdings allzu deutlich, daß sie an diese Möglichkeit selbst nicht glaubte.

Da näherte sich ALF wieder dem Zeltplatz. „Schenkste! Denkste! Der Kerl ist vielleicht ein Transvestit. Dem werde ich wohl mal tüchtig die Leviten lesen müssen.“

Willie war da aber ganz anderer Meinung. Ein für allemal stellte er fest, daß ALF keinem der Tannerschen Gäste zu nahe treten werde. Auch nicht Onkel Albert. Obwohl der es ja eigentlich verdient hätte.

Willie brauchte nur an all die Ärgernisse und Nervereien zu denken, die Onkel Albert ihnen stets bereitet hatte, und ihm verging völlig die Lust auf ein Wiedersehen. Außerdem hatte man ja jetzt ALF, und dieser Dauergast aus dem fernen Weltraum strapazierte ihre Nerven tagein, tagaus schon genügend. Doch gegen Onkel Albert war ALF der reinste Waisenknabe.

Willie ließ es sich nicht nehmen, Onkel Alberts Liebenswürdigkeiten gekonnt zu imitieren. Mit ausholenden Gesten und verkniffenem Gesicht versuchte er, wie sein Onkel zu sein: „He, es ist eiskalt hier drin, dreh die Heizung an! Was stinkt denn hier so? Kochst du etwa wieder, Kate? Was ich noch sagen wollte, ich bleibe eine Woche länger ...“

Willies Vorführung hatte ALF schwer beeindruckt. „Wow! Das bringst du fast besser als Bette Davis!" schmeichelte er sich ein. Gleichzeitig nutzte er die Gelegenheit, erneut auf sein Schicksal hinzuweisen: „Willie, ich kann wirklich nicht im Zelt übernachten. Ich habe eine Todesangst im Freien. Ich bin mal in einen Kometenregen geraten und hatte meinen Schirm nicht dabei!"

„Deine Nummer ist aber auch nicht schlecht, ALF", lobte Kate.

„Danke, danke", wehrte der Melmac bescheiden ab. „Eigentlich wollte ich erst ohnmächtig werden, aber ich glaube, es ging auch so!"

„Nur haben wir dir die Show nicht abgekauft!" Willie triumphierte.

„Wirklich nicht?" Urplötzlich faßte sich ALF erschrokken ans Herz und sank wie ohnmächtig zur Erde.

Kate blieb davon unbeeindruckt. „ALF, du bist auf eine Schnecke gefallen!"

Kreischend war der eingebildete Kranke in Null Komma nichts wieder auf den Beinen, um sich sofort zur anderen Seite fallen zu lassen.

Kate und Willie amüsierten sich köstlich. Doch ALF mußte einsehen, daß ihm auch diese Vorführung nichts nutzte. So fügte er sich schließlich brummelnd und grummelnd in sein Schicksal — nicht ohne Onkel Albert Tausende von gepanzerten Blutegeln an den Hals zu wünschen.

Um in der freien Wildbahn nicht zu verhungern, mußte ALF sich möglichst schnell um die nötige Verpflegung kümmern. Brian half ihm dabei. Sie saßen in der Küche und hatten Kühltruhe und Kühlschrank einer ausgiebigen Plünderung unterzogen. Zusammen gingen sie noch einmal die Verpflegungsliste durch und überprüften die schon bereitgestellten Vorräte.

„Schokoladenkuchen? Schokoladeneis? Schokoladenpudding? Aknetücher?" las Brian vor.

„Alles vorhanden!" ALF war zufrieden.

„Was macht ihr denn hier? Will jemand auswandern?" Lynn war in die Küche gekommen und sah sich verwundert die Lebensmittel auf dem Tisch an.

ALF fühlte sich noch immer in der Rolle des Märtyrers. „Wenn ich schon unterm Himmelszelt schlafen muß, dann will ich wenigstens nicht verhungern!"

Lynn verstand ALFs Gejammere nicht. „ALF, es ist doch nur für zwei Tage!" versuchte sie ihn zu beruhigen.

„Deswegen nehme ich ja auch keine Zahnbürste mit!" konterte der Außerirdische.

Von draußen waren mit einemmal laute Stimmen zu hören. Kate und Willie kamen mit dem Besuch. „Wir sind daa...a! Wir sind zurück mit Onkel Albert!"

ALF schaute Lynn erstaunt an. „Warum brüllen die beiden denn wie die Verrückten?"

„Das ist das Signal für dich. Du mußt sofort ins Zelt."

„Und ich dachte schon, sie hätten das Gehör verloren." Mißmutig trottete ALF nach draußen.

„Komm, Brian, setzen wir unser Sonntagsgesicht für den alten Knacker auf und begrüßen ihn!" ermunterte Lynn ihren kleinen Bruder. Am liebsten hätten die beiden sich mit ALF in den Garten verdrückt.

Onkel Albert, ein guterhaltener Endsechziger mit schütteren grauen Haaren, sah in seinem gepflegten dunklen Anzug aus wie der reiche Onkel aus Dallas. Gespannt musterte er seine Verwandtschaft. Er hatte nämlich tatsächlich Geschenke mitgebracht! Willie und Kate waren gerade dabei, die Kartons und Schachteln auszupacken.

„Oh, Slipper! Wie aufmerksam!" murmelte Willie. Verwundert schaute er Onkel Albert an.

Kate hielt nicht weniger verblüfft ein leuchtendrotes Modellkleid in der Hand. Onkel Albert hatte genau ihren Geschmack getroffen.

„O Onkel Albert, dieses Kleid ist umwerfend!“ rief sie begeistert aus. Man sah, daß ihre Freude echt war.

„Ich weiß, ich weiß, schließlich habe ich es ja auch selbst ausgesucht!“ erwiderte Onkel Albert selbstbewußt.

Erst jetzt registrierte Onkel Albert, daß Lynn und Brian die ganze Zeit über auch anwesend gewesen waren.

„Ja, seh sich doch einer diese reizenden Kinder an!“ entfuhr es ihm.

Brian drehte sich erstaunt um. Wen meinte er wohl damit? Über welche Kinder sprach er? Auch Lynn erkundigte sich ungläubig: „Uns?“

„Lynn, du bist ja geradezu zu einer reizenden jungen Dame aufgeblüht“, schwärmte Onkel Albert weiter. Er machte aus seiner freudigen Überraschung kein Hehl.

Jetzt wurde Lynn richtig verlegen. In ihrem Gesicht konnte man aber ablesen, daß sie sich über dieses unerwartete Kompliment richtig freute. „Das ist das Netteste, was du mir je gesagt hast, Onkel Albert. Vielen Dank.“

Dann war Brian an der Reihe. „Du erinnerst dich an meinen Namen?“ Der Junior war richtig baff.

„Aber sicher, mein Junge! Sag mal, wie würde dir diese englische Baseballmütze gefallen?“ Onkel Albert setzte Brian erwartungsvoll die Mütze auf den Kopf.

„Was soll die denn kosten?“ erkundigte sich Brian vorsichtshalber. Bei Onkel Albert konnte man ja nie wissen!

„Natürlich ein Geschenk von mir!“ Er verblüffte die Tanners schon wieder.

Brian blieb vor Überraschung und Freude fast der Mund offenstehen. Er wollte sofort in den Garten rennen. Begeistert rief er: „Danke, die muß ich sofort ...“

Kates erschrockenes Gesicht warnte Brian in letzter Sekunde, und er vollendete den Satz gekonnt: „... dem Jungen im Zelt zeigen.“

Onkel Albert war etwas verunsichert. Auf seinen fragenden Blick hin erklärte ihm Lynn schnell: „Er bildet sich ein, er hätte einen Freund draußen im Zelt. Wir spielen das Spiel ihm zuliebe mit!"

Onkel Albert zog nun für Lynn eine schicke Lederumhängetasche hervor und hielt sie ihr wie einen Köder vor die Nase. „Lynn, rate mal, wo ich die herhabe!"

„Die hast du bestimmt im Bus gefunden!" Lynn war wahrlich nicht auf den Mund gefallen.

„Denkste. Nein, die ist von Gucci!" triumphierte der Onkel. Ihm schien die Schenkerei riesigen Spaß zu machen.

„Gucci? Aus dem teuren Laden? Kaufst du denn deine Sachen nicht mehr im Supermarkt?" wollte Willie dann wissen.

„Aber so was doch nicht." Onkel Albert zeigte sich empört. „Da kaufe ich doch keine Geschenke für meine bezaubernde Lynnie."

Betroffen schauten die Beschenkten vor sich hin. Sie hatten Onkel Albert wirklich unrecht getan. Aber bevor Rührung aufkommen konnte, überraschte er sie mit der nächsten Idee. Er wollte die ganze Familie zum Essen ausführen. Auf seine Rechnung natürlich! „Aber ich zahle nicht für Brians unsichtbaren Freund!"

Auch beim Essen ließ sich Onkel Albert nicht lumpen. Natürlich gab's zunächst mal einen Aperitif und dann ein komplettes Menü mit allem Drum und Dran. Immer wieder ermunterte er Brian, sich doch noch ein Eis zum Nachtisch zu bestellen. Er dürfe es für seinen Freund mitessen.

Aber auch Brians unsichtbarer Freund nutzte die Gunst der Stunde, sich in der Küche mal wieder richtig satt zu essen.

So wurde für alle der Abend ein richtiges Erlebnis.

Später im Bett zogen Kate und Willie Bilanz: „Hast du gesehen, was ihn das gekostet hat! Und er gibt dreißig Prozent Trinkgeld!"

„Früher gab er höchstens dreißig Cents." Willie mußte lachen. Die seltsame Verwandlung des alten Ekels in den wohltätigen lieben Onkel Albert war ihm immer noch rätselhaft.

„Was machen wir nun mit dem Essen, das ich vorbereitet hatte?" fragte seine praktisch veranlagte Frau.

Die Frage erübrigte sich. Statt einer Antwort von Willie war unter dem Bett ein lautes Rülpsen zu hören. ALFs Kopf und seine übrige haarige Gestalt tauchten mit Ächzen und Schmatzen neben Willie auf. In der Hand hielt er einen Teller mit den Resten des Abendessens.

„Willste 'ne Bulette?" fragte er Willie und hielt ihm den Teller direkt unter die Nase. Dabei rutschte beinahe die Beilage, Nudeln mit Ketchupsoße, auf Willies Kissen. Geistesgegenwärtig schnappte sich Willie den Teller und stellte ihn erst mal auf den Nachttisch.

Glücklich strahlend erklärte ALF dann, daß sich Kate nun nicht mehr um das Abendessen sorgen müsse. Das habe er verputzt. Und das erstemal in seinem Leben sei er wirklich satt geworden. Dank Onkel Albert!

„Warum bist du jetzt nicht in deinem Zelt?" sagte Kate und kam damit auf das Wesentliche zu sprechen.

„Im Zelt?!" Entsetzen packte den kleinen Außerirdischen. „Es ist wirklich gefährlich da draußen. Gerade mußte ich eine zehn Meter lange Wasserschlange mit meinem Taschenmesser erlegen." Und auf Willies Bettdecke demonstrierte er mit Hackbewegungen, wie er das gefährliche Untier getötet habe.

Willie war wenig beeindruckt. „Also, bei uns gibt es keine zehn Meter langen Wasserschlangen. Das müßte ich wissen!"

„Aber wenn ich dir's sage! Sie war hellgrün, und sie spuckte Wasser!" Willie bekam postwendend eine volle Ladung von ALFs feuchten Demonstrationsversuchen ab.

Langsam dämmerte es Willie. „Das war der neue Gartenschlauch!“ erklärte er Kate mit resigniertem Unterton in der Stimme.

Jetzt ging auch ALF ein Licht auf. „Ach so, deshalb hat sie am Wasserhahn genuckelt.“

Willies weitere Versuche, ALF ins Zelt zurückzuschicken, scheiterten. Der ängstliche Außerirdische versuchte mit immer neuen Argumenten die Erlaubnis zum Bleiben zu bekommen. Wie ein Wasserfall sprudelte es aus ihm heraus: „Ich kann nicht! Ich langweile mich. Ich brauche ein bißchen Gesellschaft. Ich brauche eine Frau!“

Kate schreckte hoch. „Wie bitte? Eine Frau?“

„Ach, die Rasse ist gar nicht so wichtig. Hauptsache, ich bekomme Gesellschaft. Ich bin schon ganz verzweifelt!“

„Schau mal, ALF!“ versuchte Kate ihn zu trösten. „Deine Zeit im Zelt geht dem Ende zu. Nur noch einen Tag! Onkel Albert reist morgen abend ab.“ Und mit ernstem Ton in der Stimme fuhr sie fort: „Also, ich muß morgen früh zum Einkaufen. Das heißt, daß du mit Onkel Albert allein bist. Und ich möchte, daß du mir versprichst, daß du hinter deinem Reißverschluß im Zelt bleibst.“

Vom ängstlichen, einsamen Außerirdischen kam zunächst keine Antwort. „Ich vermisse die Kulturfilme!“ maulte er schließlich.

„Seit wann siehst du denn Kulturfilme?“ fragte Willie höhnisch zurück.

Kate aber hatte längst verstanden, daß sich ALFs Kulturbegriff ein wenig von dem ihres Mannes unterschied. „Er meint die Filme, in denen der eine Kojote sein schräges Spielchen mit dem Roadrunner treibt“, klärte sie Willie auf.

„Genau, die meine ich. Am Freitag ist der Kojote von einer dreißig Meter hohen Klippe gestürzt. Und ich muß wissen, ob er überlebt hat.“

Erst als Kate und Willie schließlich demonstrativ das Licht löschten, zog sich der Melmac schmollend in den Garten zurück.

Am nächsten Morgen wartete Onkel Albert bereits wieder mit neuen Überraschungen auf. „Also, dann mach' ich euch mal das Frühstück!" begrüßte er Willie und Kate aufgekratzt.

Wie schon am Vorabend schauten sich die Tanners mal wieder erstaunt an. Das sollte Onkel Albert sein?

„Sag mal, Onkel Albert", faßte sich Willie schließlich ein Herz, „was ist los mit dir? Wieso bist du auf einmal so nett zu uns?"

Kate zählte auf: „Das Abendessen und die Taxifahrten, die Gucci-Tasche, Slipper und dreißig Prozent Trinkgeld ..."

„Schon gut, schon gut. Ich erzähl's euch. Aber setzen wir uns!"

Onkel Albert nahm mit Kate und Willie am Tisch Platz. Und dann erzählte er von seinem Herzinfarkt und dem anschließenden Aufenthalt im Krankenhaus.

„Ich habe einen Monat lang flachgelegen. Keine Besucher! Keine Genesungswünsche! Nicht mal ein Telefonanruf. Mich hat keiner vermißt, also hat sich auch keiner nach mir erkundigt. Da erst ist mir aufgefallen, was ich für ein Miesling gewesen sein muß. Und ich habe beschlossen, mich zu ändern. Deshalb bin ich auch hergekommen!"

Kate war gerührt. Sie tätschelte Onkel Alberts Hand und bedankte sich für den tollen Anfang, den er gemacht habe. Keiner habe ihn wiedererkannt.

„Danke, Katie. So was höre ich gern. Und jetzt zieht aber los, bevor der alte Miesling wieder zum Vorschein kommt. Ich muß den Thunfisch für heute abend vorbereiten."

Kate verabschiedete sich mit einem Küßchen auf Onkel Alberts Wange. „Ich gehe nur einkaufen und bin bald wieder zurück", versprach sie.

Im Hause Tanner herrschte Ruhe. Lynn und Brian waren in der Schule, Willie im Büro und Kate beim Einkaufen. Onkel Albert machte sich sofort an die Arbeit und bereitete das Abendessen vor. Plötzlich, beim Zwiebelschneiden, hörte er Geräusche aus dem Garten: laute Musik, Klingeln, Pfeifen.

Etwas irritiert schaute er aus dem Fenster, entdeckte aber nichts. Gerade als er sich wieder den Zwiebeln zuwenden wollte, hörte er laute Stimmen. Der alte Mann schüttelte nachdenklich den Kopf. Ein seltsames Haus war das hier. Onkel Albert beschloß, der Sache auf den Grund zu gehen und im Garten nachzuschauen.

Er folgte den Geräuschen und kam zum Zelt von Brians unsichtbarem Freund. Sicherlich hatte Brian vergessen, sein Transistorradio abzudrehen, dachte sich Onkel Albert. Ohne lange zu überlegen, zog er den Reißverschluß auf und starrte mitten in ALFs Gesicht.

ALF war erschrocken.

Onkel Albert war erschrocken.

ALF faßte sich schnell. „Möchtest du ein Plätzchen?"

Onkel Albert griff sich nur an sein Herz und sank lautlos in sich zusammen.

ALF schüttelte den Kopf. „Schon gut. Dann eben nach dem Nickerchen."

Wenig später läutete im Sozialamt das Telefon. Willies Kollege Herb reichte den Hörer weiter.

„Hier, für dich, Willie. Klingt wie Sammy Davis junior!"

Willie übernahm das Gespräch und hörte, wie ALF Sammy Davis junior parodierte: „He, Mann, wie findest du diesen Trick?"

„Warum rufst du mich hier im Büro an?" fuhr Willie ALF so laut an, daß Herb richtig zusammenzuckte. „Du hast versprochen, im Zelt zu bleiben!"

ALF kam gleich zur Sache. „Die Dosenpfirsiche sind alle. Und ich brauche auch Weinblätter, gelbes Zellophan und einen Anhänger für die Zehe."

„Einen Anhänger für was? Was soll das überhaupt?" schrie Willie genervt ins Telefon.

„Also gut! Es sollte eine Überraschung werden. Aber Onkel Albert ist tot.“ In ALFs Stimme war keine Spur von Trauer zu bemerken.

„Bist du von allen guten Geistern verlassen?“ herrschte Willie ihn an.

Doch ALF konnte ihn trösten. „Nun mach dir mal keine Sorgen, Willielein. Ich habe die Situation voll im Griff. Ich habe schon mit dem Einbalsamieren angefangen. Deswegen brauche ich auch unbedingt die Pfirsiche ...“ Dann legte er den Hörer auf.

Willie schmiß ebenfalls den Hörer auf die Gabel und raste wie von einer Tarantel gestochen nach Hause.

ALF hatte in der Zwischenzeit das Wohnzimmer mit Luftballons und Girlanden geschmückt. Er selbst trug zur Feier des Tages ein rotes Karnevalskostüm und ein buntes Papphütchen auf dem Kopf.

Als Kate vom Einkaufen zurückkam, war er eifrig mit den Vorbereitungen für das Fest beschäftigt.

„ALF, was ist denn hier passiert, wo ist Onkel Albert?“ rief Kate erstaunt.

„Wir haben Grund zum Feiern. Onkel Albert ist gegangen!“ grinste ALF und rasselte dazu fröhlich mit einer Kinderrassel.

„Gegangen? Er ist weg, ohne sich zu verabschieden?“ Kate konnte das kaum glauben.

„Er ging ziemlich plötzlich!“ gab ALF zurück.

Im dem Moment stürzte Willie ins Haus. Ohne ein Wort über ALFs Dekorationskünste zu verlieren, ließ er sich in Kates Arme fallen und schluchzte: „Ist das wahr mit Onkel Albert?“

Kate verstand überhaupt nichts mehr. Sie hatte die ganze Tragweite von Onkel Alberts Abschied noch immer nicht erkannt. „Tja, anscheinend schon“, sagte sie leichthin. „Er hat sich benommen wie der perfekte Gast, kommt, ist ganz reizend und geht, bevor er uns lästig wird.“

Willie starrte seine Frau ungläubig an. Wie konnte sie nur so herzlos sein?

ALF hielt diese Gefühlsduselei einfach nicht mehr aus. Ungeduldig reichte er Willie ein Papphütchen. „Was ist los, Mann? Wir feiern! Hier, setz das auf!" forderte er ihn auf.

Jetzt reichte es Willie. „Hast du denn keinen Respekt vor dem Tod?" brüllte er ALF an.

„Tod?" Kate wurde blaß. „ALF, du hast gesagt, Onkel Albert ist gegangen!"

„Ja, aber er ist nicht weg!" Allmählich fand ALF Spaß an diesen Wortspielereien.

Jetzt erst wurde Kate das ganze Ausmaß von ALFs Inszenierung bewußt. „O mein Gott!" stöhnte sie nur und sank auf die Couch.

„Was ist passiert? ALF, sofort raus mit der Sprache! Was genau ist passiert?" Willie hatte endgültig genug von dieser Schmierenkomödie, die der Außerirdische hier veranstaltete.

„Nun", fing ALF zögernd an, „ich war im Zelt und hab' ferngesehen. Übrigens, der Kojote hat den Roadrunner wieder nicht gekriegt. Da steckt plötzlich Onkel Albert seinen Kopf rein!"

„Und er hat dich gesehen?" fragte Willie fassungslos.

„Ja, ich hab' ihm eines von Kates Plätzchen angeboten. Und da ist er umgefallen." Demonstrativ ließ ALF seinen Riffelrüsselkopf zur Seite kippen.

„Komm, nimm das mit den Plätzchen nicht persönlich. Manche Leute vertragen eben keine Süßigkeiten." Er versuchte, die starr vor sich hin stierende Kate zu trösten.

Willie sagte kein einziges Wort. Langsam und bedächtigen Schrittes ging er in den Garten, um nachzusehen, ob ALFs grausige Schilderung der Wahrheit entsprach.

In dem Moment kam Brian aus der Schule. Begeistert schaute er sich um. „Hallo!" begrüßte er Kate und ALF. „Haben wir heute 'ne Party?"

„Ich versuche, es hinzukriegen!“ erklärte ALF
„Das ist keine Party!“ schnitt Kate dem Außerirdischen sofort das Wort ab.
„Wieso eigentlich nicht?“ ALF wandte sich an Brian und legte ihm vertrauensvoll die Pfote auf die Schultern. „Brian, es ist genau wie eine Geburtstagsparty, nur daß ein anderer die Kerzen ausblasen muß!“
Da kam Willie mit Leichenmiene aus dem Garten zurück und bestätigte die traurige Tatsache.
„Hab' ich doch gesagt, daß er von uns gegangen ist!“ wiederholte ALF triumphierend. „Warum glaubt mir denn niemand?“
„Wer ist gegangen? Was ist hier eigentlich los?“ Brian verstand überhaupt nichts mehr.
ALF zog den Junior näher an sich heran. „Brian, Onkel Albert ist gegangen. Er ruht unter den Pfirsichen. Wir können ihn nur noch mit der Gießkanne besuchen.“ Der Außerirdische machte eine Kunstpause. „Du bist ein gescheiter Junge. Der Tod ist ein frohes Ereignis, ein Ereignis zum Feiern. Wenigstens auf Melmac war das so!“ Zur Bestätigung warf er eine Handvoll Konfetti in die Luft.
„Das ist hier aber nicht Melmac, das ist die Erde. Und bei uns ist der Tod eine sehr traurige Sache!“ schrie Willie ihn an. Ihm war der plötzliche Tod des Onkels ziemlich zu Herzen gegangen. Und dem Partyspuk würde er jetzt sofort ein Ende bereiten.
Zunächst mußte er sich aber um seinen kleinen Sohn kümmern. Er setzte sich mit Brian auf die Couch. Schützend legte er seinen Arm um ihn. Dann versuchte er, ihm die traurige Nachricht so schonend wie möglich beizubringen.
Auch ALF machte plötzlich ein betroffenes Gesicht. „Ist das wirklich eine traurige Angelegenheit für euch? Dann könnte ja das eine oder andere, was ich gesagt habe, so aufgefaßt werden, als wäre ich taktlos!“

„Soll ich jetzt traurig oder fröhlich sein?“ Brian war völlig verwirrt.

„Traurig!“ Jetzt wandte sich auch Kate an Brian. „Jemand, der dich geliebt hat, ist von dir gegangen!“

ALF war da ganz anderer Meinung. „Ich finde, er sollte fröhlich sein. Betrachtet das doch mal aus Onkel Alberts Blickwinkel. Er wird nie mehr traurig sein, nie mehr hungrig, nie mehr müde. Er kommt nie mehr zu spät zur Arbeit, seine Zeit kam, und er ging.“

„Ich muß immer denken, es war meine Schuld. Ich war nicht vorsichtig genug. Ich packte ALF ins Zelt. Onkel Albert sah ihn und starb wahrscheinlich vor Schreck.“ Willie war tieftraurig und fühlte sich schuldig am Tod des Onkels.

Das ging ALF aber entschieden zu weit. Jetzt riß plötzlich Willie die Rolle des Märtyrers an sich. Heftig protestierte er: „Also, wenn schon jemand Onkel Albert umgebracht hat, dann war ich es doch wohl!“

Von einem Moment auf den anderen setzte er eine tragische Miene auf und sein Papphütchen ab. Ohne noch einen Blick auf seine Festvorbereitungen zu werfen, schlurfte er in den Garten. Ab sofort würde er draußen im Zelt seine Trauer pflegen.

Zwei Tage später war die Beerdigung. Kate und Willie trugen dunkle, bedeckte Kleidung. Bevor sie das Haus verließen, nahm Willie Lynn in den Arm und ließ seiner Trauer freien Lauf: „Ich finde es so furchtbar, daß Onkel Albert gerade jetzt sterben mußte. Er hatte sich so verändert, er war richtig prima.“

„Ja, das stimmt! Und wie wird ALF damit fertig?“ fragte Lynn.

„Nicht so gut. Er denkt immer noch, er wäre schuld.“ Kate blickte besorgt drein.

Willie konnte das langsam wirklich nicht mehr mit anhören. „Völliger Blödsinn“, sagte er. „ALF konnte wirklich nichts dafür, daß Onkel Albert seine Nase ins Zelt gesteckt hat!“

„Das habe ich ihm auch gesagt. Aber er meint, er hätte den tödlichen Blick, und wir sollten ihm einen Waffenschein für sein Gesicht besorgen“, entgegnete Kate.

„Ich werde mal mit ihm reden!“ Lynns Entschluß stand fest, und sie wollte die Gelegenheit nutzen, während Willie und Kate im Bestattungsinstitut waren.

Im Garten entdeckte Lynn eine Umzugskiste, auf der mit großen Buchstaben gepinselt war: *Vorsicht!* und *Lebensgefahr!* und *Nicht hineinschauen!*

Langsam schlich sie sich an die Kiste ran und klopfte dagegen. „ALF? ALF, bist du da drin?“

Dumpf tönte es dann von innen: „Geh weg von mir!“

„Ich habe einen Bananenkuchen für dich!“ lockte Lynn. „Also, komm schon raus da!“

Und wieder kam die Grabesstimme von ALF aus der Kiste: „Nein! Wenn du mich siehst, mußt du sterben!“

Lynn gab nicht auf. „Ich hab' dich doch schon so oft gesehen. Ich weiß, wie du aussiehst, ALF!“

Da öffnete sich plötzlich langsam die Kiste, und der Außerirdische erschien. Über seinen Kopf hatte er zwei große Einkaufstüten aus Papier gezogen. „Ich bin zu deinem Schutz doppelt behütet“, erklärte er die Vermummung.

Lynn zog ihm die Tüten vom Kopf. „Na komm, jetzt iß erst mal eine Kleinigkeit!“ schlug sie vor.

„Ich bin nicht hungrig!“

Lynn erkannte, daß es ALF wirklich ernst sein mußte mit seiner Trauer. „Wie war denn das mit dem Tod auf Melmac?“ wollte sie wissen.

ALF erzählte ihr von dem großen Unterschied: „Der Tod auf Melmac ist völlig berechenbar. Jeder stirbt im selben Alter, mit sechshundertfünfzig Jahren. Da gibt es keine Überraschungen. Man kann alles planen. In der Woche vor dem

Abtritt verschenkt man seine persönliche Habe, und bereits ein Jahr früher wird die Kreditkarte eingezogen."

Lynn fand das gar nicht gut. „Ich hätte Angst davor, genau über meinen Tod Bescheid zu wissen!"

„Nein", widersprach ALF, „ich hätte Angst, es nicht zu wissen. Deshalb habe ich auch ein schlechtes Gewissen wegen Onkel Albert. Ich habe ihn vor seiner Zeit geholt. Mir hat er es zu verdanken, daß er keine Chance hatte, sich vorzubereiten."

Lynn kam endlich der rettende Gedanke. „Doch, er hatte seine Chance. Schau, Onkel Albert kam her, um sich zu bessern. Er wollte uns zeigen, daß er ein netter Kerl sein kann. Viele Menschen bekommen diese Chance nicht, aber er hatte sie."

„Ehrlich?" ALF sah Lynn hoffnungsvoll an.

„Ehrlich!" versicherte sie.

„Tja, wenn das wahr ist, dann komme ich vielleicht eines Tages darüber hinweg. Aber bis dahin bleibe ich noch hier in meiner Kiste."

Lynn hatte durchaus Verständnis dafür. ALF brauchte eben noch Zeit zum Nachdenken. Ein bißchen traurig und nachdenklich, drehte sie sich um und wollte gehen. Da steckte der Außerirdische noch mal seinen Kopf aus der Kiste und rief: „He, Lynn, du kannst mir aber den Bananenkuchen hierlassen!"

Später am Abend besuchte Willie den trauernden Außerirdischen. Es war schon dunkel. ALF saß mit Anorak und Schal im Gartenstuhl und betrachtete sinnierend den Sternenhimmel.

„Na", fragte Willie, „hast du genug von der Kiste?"

„Ja. Wie war die Beerdigung? Wie hast du's überstanden?" erkundigte sich ALF mitfühlend.

Willie setzte sich zu ALF. „Oh, es war nicht so schlimm, wie ich dachte. Als ich hinkam, na ja, da war ich erst mal richtig fertig. Aber dann, ähm, dachte ich an die letzten Tage mit Onkel Albert. Und dann erinnerte ich mich an etwas, was du gesagt hattest. Ja, ich mußte sogar lachen, weil ich ihn plötzlich in einem ganz anderen Licht sah. Niemand auf der Welt hat sich um ihn gekümmert. Ich spürte direkt, wie glücklich er jetzt sein müßte."

ALF war von diesem Bekenntnis tief beeindruckt. „Du sprichst schon fast wie ein echter Melmac. Ich wette, daß Onkel Albert in diesem Moment auf uns herabschaut und uns zuhört."

Beide schauten eine Weile zum Himmel. Jeder hing seinen Gedanken nach. Plötzlich rief Willie in die Dunkelheit: „Onkel Albert! Danke, daß du vorbeigekommen bist!"

Dann wandte er sich wieder an ALF: „Was machst du denn jetzt noch hier draußen?"

„Na ja, ich bedenke unsere Position in der Unendlichkeit des Universums!" entgegnete ALF.

Mit dieser philosophischen Betrachtung traf er genau Willies Stimmung. „Ja, es ist demütigend, wenn uns gesagt wird: Ein Menschenleben ist nur ein kleiner Gedankenstrich in der Ewigkeit!" antwortete er.

„Ja, wenn wir zu den Sternen schauen", ergänzte Philosoph ALF, „wird uns für einen Augenblick klar, wie inkonsequent wir alle wirklich sind."

Dann kam er aber schnell wieder auf die Niederungen der Erde zurück: „Vor allem kriege ich bei diesem Anblick eine Genickstarre. Willie, würdest du mir bitte meinen Kopf wieder einrenken?"

Der Geist aus der Flasche

Es sollte eine Überraschung für Kate werden. ALF hatte sich die größte Mühe gegeben und mit seiner schönsten Schrift den Willkommensgruß an die Wand gepinselt. Gut sichtbar, genau gegenüber dem Eingang, prangte an der Wand in knalligroter Schrift: „Willkommen, ihr Schlafsaalköniginnen!"

Doch wieder mal war Undank der Welt Lohn. Kate schrie entsetzt auf, als sie das Machwerk ihres außerirdischen Gastes erblickte. Wie konnte er ihr das nur antun?

Seit Tagen war im Hause Tanner geputzt, gewienert und alles auf Hochglanz gebracht worden. Es glänzte und funkelte wie vor einem Staatsbesuch.

Der Besuch, den Kate erwartete, war ihr mindestens genauso wichtig: Für diesen Abend hatten sich ihre Zimmergenossinnen vom College angekündigt.

Schon Wochen zuvor hatte Kate ALF unmißverständlich darauf hingewiesen, wie wichtig ihr dieses Wiedersehen war.

„Ich lade meine Freundinnen alle vier Jahre mal ein, und deshalb mag ich es auch gar nicht, wenn man meine Vorbereitungen stört, klaro, mein Freund!!"

„Okay, okay! Null Problemo! Von jetzt an bin ich ein netter kleiner, angepaßter Außerirdischer!" ALF war damit bei Kate im Wort.

Um so wütender reagierte man in der Tanner-Familie nun auf sein Begrüßungsgraffito.

„Wann? ... Wie? ... Und warum hast du das gemacht?" knurrte Willie den Melmac drohend von der Seite an.

„Vor einer halben Stunde ... Fettkreide ... Ich dachte, es wäre eine gute Idee!" ALFs Antworten waren kurz, ehrlich und präzise.

Bis zum Empfang der College-Sause, wie ALF verächtlich Kates Schulfreundinnen nannte, blieben noch zwei Stunden. Es war keine Zeit zu verlieren. Willie hatte inzwischen die Leiter, eine Scheuerbürste und Schmierseife organisiert und versuchte mit Ächzen und Stöhnen, die Schmiererei zu entfernen. Doch selbst intensives Bürsten und Schrubben half nichts. ALFs Willkommensgruß war nach wie vor deutlich zu erkennen, und die Wand drum herum schmutzigrosa verfärbt.

„Vielleicht merken es deine Freundinnen gar nicht?" Lynn hatte sich die ganze Bescherung bisher wortlos angesehen, aber ihre Bemerkung wirkte wenig überzeugend.

„Sie werden es nicht bemerken, weil sie heute abend gar nicht hier sein werden!" antwortete Kate wütend. Sie hatte längst ihren Entschluß gefaßt. Wenn sie schon ihre Schickimicki-Freundinnen in ihre bescheidene Hütte einlud, dann sollte dort wenigstens alles tipptopp sein. Schließlich wollte sie sich ja nichts nachsagen lassen ...

In dem Moment läutete das Telefon. Und genauso schnell, wie Kate umdisponiert hatte, nahm sie auch schon den Hörer ab.

„Hallo, Betty? Ähm, hier ist Kate. Wir können uns heute nicht bei mir treffen. Der Maler ist nicht ganz fertig geworden. Wie wäre es, wenn wir uns in der alten Campus-Bar ‚Summa cum lustig' treffen? Ja, prima, sieben Uhr ist mir recht! Ja gut, du rufst Maura an, ich sag Sylvia Bescheid! Also bis später!"

ALF war enttäuscht. Er hatte sich so auf den Besuch gefreut. Etwas Abwechslung in seinem langweiligen Alltagsleben wäre nicht schlecht gewesen.

„Wenn ich ein Paranoiker wäre, müßte ich jetzt denken, dieses sprunghafte Verhalten hätte etwas mit mir zu tun!" murmelte er und schmiß sich mißmutig aufs Sofa.

Willie hatte inzwischen seine Säuberungsversuche eingestellt. Er war völlig entnervt. „Ich glaube, es wäre das beste, wenn wir die Wand übermalen!" schlug er vor.

„Typisch! Das würdest du Kunstbanause tatsächlich fertigbringen. Du würdest glatt auch einen Rembrandt oder Picasso übermalen!"

ALFs Maulen nutzte gar nichts. Niemand hörte ihm zu. Willie suchte bereits nach Farbresten in der Garage.

„Beige, ausgerechnet!" stänkerte ALF weiter. „Das nenne ich wahre Treue zu einer Farbe!"

„Die Wand wird wieder beige gestrichen, und damit basta! Und wenn du, ALF, dich dabei noch irgendeinmal einmischst, wirst du von einem Elektrorasierer kahlgeschoren. Ist das klar?"

Erschrocken fuhr sich ALF durch sein Kopfhaar. Wenn Kate diesen Tonfall anschlug, war es ihr ernst. Das wußte er aus leidvoller Erfahrung ... Insofern war er richtig froh, als Kate kurz darauf ausgehfertig in der Tür stand, herausgeputzt und umhüllt von orientalischen Düften. Vielleicht würde der Abend mit dem Rest der Famile Tanner ja ein wenig lustiger werden als mit dieser aufgedrehten Schlafsaalkönigin früherer Zeiten.

Im „Summa cum lustig" ging es bald hoch her. Maura, Betty und Sylvia erzählten aus ihrem Leben. Eine jede war natürlich erfolgreicher als die andere. Dennoch war die Stimmung ausgelassen. Vier inzwischen in die Jahre gekommene Frauen, die kicherten, gigerten und über anzügliche Witze kreischten wie präpubertäre Teenager. Und genau wie früher im College nahm man sich auch heute noch gelegentlich auf die Schippe.

„Wenn du so weitermachst, Maura, wirst du es noch zur Vorsitzenden am Obersten Bundesgericht bringen!" meinte Betty bewundernd.

„Keine Chance", schränkte Maura lachend ein. „In den Sechzigern habe ich mal Marihuana geraucht. Und unser Staat vergißt nichts! Aber was machst du, Betty?"

„Immer dasselbe. Ich verkaufe nach wie vor Häuser an der West Side." Betty erzählte von ihren Erfolgen mit einer

Selbstverständlichkeit wie jemand, der tagtäglich Shampoo in einem Drogeriemarkt abkassiert.

„Ja, ja. Sie ist wieder mal unsere Verkäuferin Nummer eins“, spottete Sylvia. „Und ihre Prämie war ein Cadillac passend zum Blazer!“

„Klar, aber der Blazer ist beige, und das ist völlig nichtssagend!“ gab Betty schlagfertig zurück.

Beige? Kate runzelte die Stirn. So etwas Ähnliches hatte sie vor kurzem doch erst gehört.

Auch Sylvia hatte natürlich von Erfolgen zu berichten. Schlagwortartig zählte sie auf: „Postkartenstand verkauft, Schreibwarenladen eröffnet, gegen eine Papiermühle eingetauscht und dafür einen Wald gekauft!“

„Das ist ja phantastisch, Kinder! Und was treibst du so, Kate?“ wollte Maura jetzt wissen.

„Wir sind zu fünft, ähm, vielmehr zu viert. Da ist genug zu tun!“ Kate hatte keinerlei Minderwertigkeitsgefühle in dieser Runde. Sie machte einen so zufriedenen Eindruck, daß ihre drei beruflich erfolgreichen Freundinnen mit einem Male richtig nachdenklich wirkten.

„Manchmal wünsche ich mir, ich hätte mich auch so entschieden. Im harten Geschäftsleben komme ich mir als Frau gelegentlich vor wie ein Außerirdischer!“ gab Sylvia offen zu.

Kate zuckte richtig zusammen. *Außerirdische* Gefühle waren sogar ihr als Familienmutter bestens vertraut. Wahrscheinlich sogar besser als Sylvia.

Wie jedes Jahr verging auch dieser Abend wie im Fluge. Als erstes mußten sich Betty und Sylvia verabschieden, um noch die Nachtmaschine nach New York zu erwischen.

„Ein Treffen im Jahr, das ist wie zwei Minuten! Viel zu kurz!“ sagte Maura, die Staatsanwältin, als die beiden gegangen waren. Sie schien es nicht so eilig zu haben.

„O Maura, tut mir leid, ich muß leider auch gleich weg. Aber ich wollte dir noch etwas sagen. Wir sind alle unheimlich stolz auf dich. Und ich bin tief beeindruckt, was du im Leben schon alles erreicht hast!“

Maura starrte Kate fassungslos an. Und von einem Augenblick auf den anderen brach Maura in Tränen aus. Schluchzend sank sie an Kates Schulter.

Kate war völlig verblüfft. Diese so selbstsichere Frau ... Fieberhaft überlegte sie: Hatte sie etwas Falsches gesagt?

„Maura, ich meinte das als Kompliment!“

„O Kate“, schniefte Maura, „ich kann nicht nach Hause. John und ich hatten einen furchtbaren Krach. Kann ich heute nacht bei euch schlafen?“

Einen Moment lang dachte Kate an die Malerarbeiten. „Nein!“ entfuhr es ihr. Mauras Antwort war ein Weinkrampf.

Schlagartig wurde Kate klar, daß sie dieses Häufchen Elend nicht sich selbst überlassen durfte. Schnell berichtigte sie sich: „Was rede ich denn? Natürlich kannst du über Nacht bei uns bleiben. Ich muß vorher nur einen ganz kurzen Anruf machen, okay? Ich bin gleich wieder da.“

Bei Tanners waren die Malerarbeiten noch voll im Gange, als das Telefon klingelte.

„Es ist Mami!“ rief Brian seinem Vater zu und reichte ihm den Hörer. Willie drückte ALF den Pinsel in die Hand und warnte ihn ausdrücklich: „Paß auf, und mach keinen Blödsinn!“

„Werde ich nicht“, beteuerte ALF.

„Und iß ihn nicht auf!“ Willie traute dem Melmac alles zu.

„Von Lecken hat er aber nichts gesagt“, meinte ALF augenzwinkernd zu Brian und steckte sich den Pinsel probeweise in den Mund.

Am anderen Ende der Leitung informierte Kate inzwischen Willie kurz über die Situation. „Maura will bei uns übernachten. Sie hatte einen Riesenkrach mit John und ist völlig durcheinander. Ich möchte ihr gern helfen. Meinst du, wir kriegen das hin?"

„Ach natürlich, Schatz. Die Farbe ist schon fast trocken. Wir müssen nur noch den Künstler verstecken."

Wer Hilfe brauchte, konnte auf die Tanners zählen. Das war eins von Willies ehernen Prinzipien.

„Also gut! Wir kommen in ungefähr einer halben Stunde. Maura kann ja auf der Couch schlafen!" schlug Kate vor.

„Ja, kein Problem!"

In dem Moment war ein höllisches Scheppern zu hören, von einer unheimlichen Stille gefolgt.

„Willie?" fragte Kate vorsichtig. Sie vernahm ein tiefes Schnaufen und dann Willies gepreßt klingende Stimme: „Glaubst du, sie könnte auch auf dem Klappbett schlafen?"

ALF hatte die Leiter samt Farbeimer umgestoßen. Die Farbe Beige verteilte sich gerade über die himmelblaue Wohnzimmercouch.

Der Junge Wilde vom andern Stern rührte sich nicht vom Fleck. Noch immer hielt er brav den Pinsel in der Hand. Überrascht betrachtete er zunächst die Couch und dann sein Fell. Er hatte Glück gehabt. Die beigefarbene Soße hatte ihn verschont.

Angesichts seines Künstlerpechs war es sicherlich nicht schlecht, für ein Weilchen zu verschwinden, dachte er. Und lauthals verkündete er: „Ich werde jetzt in die Garage gehen!"

„Nein, das wirst du nicht!" stellte Willie klar.

„Gut, dann werde ich jetzt nicht in die Garage gehen. Wohin möchtest du mich haben?"

„Du wirst heute nacht in Brians Zimmer schlafen!"

„Aber ich möchte nicht in Brians Zimmer schlafen. Seine blöde Smurf-Uhr beleidigt mich!"

„Und du schläfst heute nacht in Brians Zimmer!" Willie ließ nicht mit sich reden. Er riß ALF den Pinsel aus der Hand, um wieder an die Arbeit zu gehen.

„Ich werde also in Brians Zimmer schlafen, obwohl mich seine blöde Smurf-Uhr beleidigt!"

ALF ergab sich schmollend in sein Schicksal — vorerst jedenfalls.

Während sich Kate und Maura in der Campus-Bar noch einen Abschiedsdrink genehmigten, schufteten Willie und Brian wie besessen, um das Tohuwabohu im Wohnzimmer zu beseitigen. Das völlig mit Farbe durchtränkte Sofa stellten sie in den Garten. Und für die Nacht machte Willie gerade ein Klappbett für Maura zurecht und legte frisches Bettzeug darauf.

„Prima, das ist gut für mich!" kommandierte ALF selbstzufrieden-frech.

„Danke für das ALF-Hauswirtschafts-Gütesiegel!" gab Willie müde zurück. Ihm reichte es langsam.

In dem Moment trafen Kate und Maura mit dem Taxi ein. Schon von weitem war Kates übertrieben laute Stimme zu hören. Sie kündigte ihrer lieben Familie ihr Kommen an.

„So, da sind wir, Maura!" brüllte sie, als hätte ihre Freundin gerade einen Hörsturz erlitten.

ALF hatte das Signal verstanden. Wie immer, wenn es interessant wurde, mußte er verschwinden. Doch heute fügte er sich ohne große Proteste.

„Wenn ihr mich braucht, findet ihr mich in Brians Zimmer — zusammen mit diesem grinsenden blauen Idioten!" verabschiedete er sich und trottete hinaus.

Noch immer schrie Kate vor der Tür rum. „Ich muß jetzt nur noch aufschließen und ... schon sind wir drin."

„Ja, gut, Kate, nur los", brüllte jetzt auch Maura, die überhaupt nicht mehr wußte, was in die gute Kate gefahren war. „Was immer du schreist, ich bin bereit."

Im nächsten Augenblick sprang die Tür auf, und Willie nahm mit großen Hallo die Jugendfreundin seiner Frau in Empfang: „Willkommen in unserer bescheidenen Hütte!"

Maura, ganz strahlende Erfolgsfrau, bedankte sich artig

für die freundliche Begrüßung und die Übernachtungsmöglichkeit.

„Normalerweise steht da eine Couch!" Kate deutete nervös auf das Klappbett mitten im Wohnzimmer. „Aber wir lassen sie gerade reinigen!"

„Und verbrennen!" murmelte Willie und verschwand, um eine weitere Decke für Maura zu holen.

Kate war überrascht über Mauras Verhalten. Kaum zu glauben, daß sie noch vor einer Stunde als weinendes Nervenbündel um Hilfe gebeten hatte. Offensichtlich hatte sie wohl den Knatsch mit ihrem Mann völlig vergessen?

„Vielleicht willst du John anrufen und ihm sagen, daß du bei uns bist!" schlug Kate vor und fügte hinzu: „Ich koche uns in der Zwischenzeit einen Tee!"

Maura schüttelte energisch den Kopf. Für einen Moment wirkte sie alt und verhärmt: „Ist nicht nötig. Ich verderbe ihm sonst nur den Abend!" murmelte sie.

Kate wollte nicht länger nachbohren. Manche Probleme konnte man von außen ohnehin nicht lösen.

„Willst du den Tee mit Zitrone oder mit Sahne?" versuchte sie schnell das Thema zu wechseln.

„Nur 'nen Schluck Bourbon, bitte!"

Bevor Kate vor Überraschung noch etwas sagen konnte, ging auch schon die Haustür auf. Lynn kam nach Hause.

„O Lynnie, du kennst doch Missis Norris?" stellte Kate ihre Freundin vor.

„Natürlich! Schön, Sie zu sehen!" strahlte Lynn.

„Lynnie! Ich kann es gar nicht fassen. Ist das etwa das kleine Mädchen, das immer auf meine Gesetzesbücher gesabbert hat?" Maura war von Lynns gewinnendem Wesen regelrecht fasziniert.

„Na ja, das ist aber schon eine Weile her. Inzwischen habe ich mehr Respekt vor den Gesetzen entwickelt. Besonders, nachdem ich Ihr Plädoyer ‚Staat versus Büttner' gelesen habe. Das war einfach brillant!"

Kate hatte inzwischen den Tee gebracht, und Lynn setzte sich noch eine Weile zu den beiden Jugendfreundinnen an den Tisch.

„Du hast wirklich mein Plädoyer gelesen?" Maura griff die Bemerkung von vorhin noch einmal auf. Nachdenklich schaute sie die siebzehnjährige Collegeschülerin an. Lynns natürliche Ausstrahlung begeisterte sie. Sie seufzte. Dann nickte sie Kate zu. „Du kannst wirklich stolz auf deine Familie sein, Kate!"

Es war schon nach Mitternacht, als ALF aufwachte. Wieder einmal ließ ihn dieses quälende Rumoren in der Magengegend nicht schlafen. Leise stand er auf und tappte zur Küche. Er brauchte nicht mal das Licht anzuschalten, denn den Weg dorthin kannte er bestens.

Gerade als er im Kühlschrank nach etwas Eßbarem fahndete, erschreckte ihn eine hohe Frauenstimme: „Hallo, da bist du ja!"

Instinktiv duckte sich ALF, so als würde er dadurch unsichtbar.

„O je!" entfuhr es ihm. Langsam drehte er sich ängstlich um.

Am Küchentisch saß eine blonde Frau im Bademantel. In einer Hand hielt sie ein Wasserglas, in der anderen eine Schnapsflasche. Die langen Haare standen wirr nach allen Seiten. Das konnte nur Maura sein, schloß ALF messerscharf. Und die hätte ihn natürlich nicht sehen dürfen. Heiliger Katzengott! Was würde das wieder für ein fürchterliches Theater mit den Tanners geben. Schon beim Gedanken daran wurde ihm ganz übel.

„Na, komm schon, Sammy", lockte Blondie, „hast du wirklich gedacht, du kannst mich reinlegen mit dieser albernen Verkleidung!" Ihre Stimme klang schrill und kippte ständig über.

ALF begriff gar nichts. Was redete die Frau da?

„Sammy? Wer ist Sammy?“

Maura lachte hysterisch auf. „Frag doch nicht so blöd, Sammy! Das bist du! Und jetzt hör auf mit diesen Albernheiten und trink was mit mir.“ Sie stand auf und wankte zum Küchenschrank, um ein Glas für ihren Trinkkumpan zu holen.

Mit einem Schlag war ALF alles klar: Die Frau hatte gewaltig einen sitzen und sah offensichtlich Gespenster. Er schöpfte Hoffnung. Vielleicht war das seine Rettung?

„Also gut, ein kurzer Klarer am Morgen vertreibt Kummer und Sorgen“, stimmte der Melmac dem Angebot von Maura Schnapsdrossel zu und setzte sich zu ihr an den Küchentisch.

„Es ist dir also klar, daß ich ein Produkt deiner Phantasie bin und kein Außerirdischer von einem anderen Planeten!“ ALF versuchte das Gespräch vorsichtig in die von ihm erhoffte Richtung zu steuern.

„Klar, meinste vielleicht, ich bin blöd?“ Maura nahm einen tiefen Schluck aus dem Glas, verdrehte die Augen und goß auch der zotteligen Erscheinung einen guten Schluck ein. ALF nahm das Glas und hielt es prüfend unter seinen Riffelrüssel.

„Du mein liebes Kanonenrohr? Was ist denn das für ein scharfes Zeug?“ Erschrocken zuckte ALF zusammen.

„Also, was soll das nun wieder heißen? Wir beide trinken seit sieben Jahren zusammen Tequila! Und immer hast du gesagt, daß es besser schmeckt, als es riecht!“

„Das hoffe ich aber sehr! Nun, wenigstens ist ein Wurm drin ...“

ALF nahm all seinen Mut zusammen und dann einen tiefen Schluck aus dem Glas.

„Hilfe, Hilfe!“ keuchte er. „Bring den Feuerlöscher. Ich verbrenne!“ Dann holte er tief Luft und verdrehte die Augen. „Ich habe mich geirrt. Es schmeckt viel schlimmer, als es riecht!“

Maura amüsierte sich köstlich. Sie hielt ALFs Verrenkungen für eine Art Sondervorführung. „So komisch wie heute hast du noch nie ausgesehen!" gluckste sie.

„Du solltest mich mal im Bikini sehen!" gab ALF zurück.

„Und mit diesem Monsterfell, Sammy, schlägst du sogar noch deinen irren Auftritt damals als Hund in einem Cowboykostüm!" lallte Maura weiter. Sie kriegte sich gar nicht mehr ein vor Lachen.

Jetzt war ALF völlig überzeugt, daß er mit seiner Vermutung richtig lag. Die Frau schwebte bereits im Schnapsdelirium! Der konnte er jetzt alles erzählen. So ließe sich vielleicht auch der Big-Krach mit Kate und Willie vermeiden.

„Wie oft bin ich dir denn schon erschienen?" erkundigte er sich neugierig bei seiner nächtlichen Trinkgenossin.

„Du tauchst immer so beim dritten Glas auf und verschwindest irgendwann bei meinem Blackout!"

„Na ja, da bin ich wenigstens verläßlich."

„Geennauu, mein Freund. Und Salute!" grölte und prostete Maura ALF zu.

Der Melmac riß sich zusammen. Mutig nahm er wieder einen tiefen Schluck aus seinem Glas. Dieses Mal brannte das Feuer schon längst nicht mehr so schlimm. Und den dritten Schluck empfand er fast schon als angenehm. Jedenfalls wurde es ihm davon so richtig schön warm in der Magengegend.

„Das Zeug schmeckt wirklich nicht so schlecht, wie es riecht!" murmelte er. Dann gab er sich einen Ruck und erklärte der mit leeren Augen vor sich hin stierenden Maura unmißverständlich: „Ich muß jetzt gehen. Ich muß schließlich noch in anderer Leute Träume auftreten. Du solltest jetzt auch besser aufhören zu trinken und ins Bett gehen!"

„Ja, ja! Gleich!" Maura goß sich ein neues Glas mit Tequila voll.

Als ALF vom Stuhl rutschte, hatte er weiche Knie. Die

Küche drehte sich, und der Kühlschrank kam bedrohlich auf ihn zu. War das vielleicht das Ende dieses Planeten? Auf allen vieren kroch ALF aus der Küche.

Maura bemerkte davon schon nichts mehr. Sie war in sich zusammengesunken.

Willie und Kate wurden wenig später von einem seltsamen Rumoren geweckt. ALF tastete sich stöhnend die Flurwand Richtung Schlafzimmer entlang.

Willie stand auf. Und als er die Tür öffnete, fiel ihm der Außerirdische wie ein Brett direkt vor die Füße.

„ALF, was treibst du hier?"

„Ich ... ich stöhne ... und taste mich durch ... und suche ein Plätzchen, wo ich in Frieden sterben kann", lallte ALF. „Laßt mich in euer Bett!"

„ALF, bist du krank? Was ist passiert?" Kate war inzwischen hinzugekommen. Sie sah richtig besorgt aus. Dieser nächtliche Auftritt hatte so gar nichts mit ALFs sonstigen Besuchen im Tannerschen Schlafzimmer gemein.

„Ich wurde vergiftet", keuchte der Außerirdische und ließ seltsame Würgegeräusche folgen. „Erdmikroben sind unterwegs. Das habe ich im Fernsehen gesehen. Bevor die Außerirdischen einen Planeten zerstören, werden sie von den Erdmikroben erwischt." Wieder stöhnte ALF auf. Er machte einen erbärmlichen Eindruck.

„Meine Zunge fühlt sich ganz pelzig an!" murmelte er und streckte sie Willie zum Begutachten raus.

„Deine Zunge *ist* pelzig! Was hast du denn gegessen?" Kate wollte der Sache jetzt auf den Grund gehen.

„Was ich immer esse ... alles was da ist. Ich glaube, man nennt es Tequila!" ALFs Antwort kam leise und ziemlich matt.

„Du solltest nicht trinken. Das ist nicht gut für dich!" mahnte Willie.

„ALF, ich fürchte, du hast einen ordentlichen Kater!" Kate konnte es nicht fassen.

„Kater? Schön wär's! Dann bräuchte ich mich ja nicht dem Suff ergeben!"

Dann erzählte er von Maura und seinem nächtlichen Erlebnis in der Küche. „Ich glaube, sie ist eine Schnapsdrossel!" schloß er seine eindrucksvolle Schilderung über das nächtliche Gelage.

Willie und Kate waren außer sich. Sie konnten einfach nicht glauben, daß sich Maura zusammen mit ALF in der Küche betrunken hatte.

„Doch, doch. Sie hält mich jetzt für ihren imaginären Saufkumpan, der ihr immer nach dem halben Fünftel erscheint ... was ein Zehntel sein muß. O Mann, rechnen tut weh!" ALF stöhnte zum Steinerweichen.

„Ja, ja, trinken tut nicht gut!" Willie sah sich ALF mitleidig an.

„Ach, wem sagst du das? Ich bin von jetzt an für immer weg von der Flasche. Aber ihr solltet euch um den Schluckspecht in der Küche kümmern!"

„Ich lasse meine Freundin nicht beleidigen!" Kate ergriff jetzt eindeutig Partei.

Willie wollte vermitteln. „Ihr Name ist Maura. Nur auf dem College nannten wir sie manchmal Miß Bourbon! In ihren besten Zeiten damals hat sie vierzehn Bourbon-Mixgetränke in einer Nacht geschafft!"

Dies reichte ALF. Sein Magen revoltierte. „Entschuldigt mich! Aus dem Weg! Sonst fährt mir die Kloschüssel weg." ALF hielt sich seine Schnauze zu und rannte zur Toilette.

Als er nach einer halben Stunde endlich aus dem Bad zurückkam, ging es ihm schon wesentlich besser. Und er hatte auch ausnahmsweise überhaupt nichts dagegen, daß Willie ihn sofort ins Bett schickte. ALF mußte erst mal seinen Kater loswerden ...

Kaum war ALF verschwunden, ergriff Willie erneut das Wort. „Ähm ... vielleicht sollten wir mal sehen, in welcher Verfassung Miß Bourbon ... äh, ich meine Maura, ist."

Kate sah ihn böse an. Jetzt machte sich auch noch Willie über ihre Freundin lustig.

„Kate, mach dir bitte nichts vor!" Willie versuchte sich zu rechtfertigen. „Maura hat früher schon zu viel getrunken, und sie tut es heute immer noch. Du hilfst ihr nicht, wenn du versuchst, darüber hinwegzusehen. Sprich mit ihr!"

„Du meinst, sie ist eine Alkoholikerin?" Kate starrte Willie ungläubig an. „Aber sie ist doch so erfolgreich und motiviert ..."

„... und unglücklich!" ergänzte Willie. Er nahm Kate tröstend in den Arm. Er war sich sicher, daß Kate eine Lösung finden würde.

Am nächsten Morgen saß Maura schon um sieben Uhr mit Lynn am Frühstückstisch. Sie wirkte müde und abgeschlafft. Selbst ihr Make-up konnte die Spuren der schlaflosen Nacht kaum übertünchen. Doch auch jetzt noch schauspielerte sie die Erfolgsfrau glänzend und erzählte Lynn absurde Anekdoten aus der Welt der Paragraphen.

„Und welches sind die wichtigsten Eigenschaften einer Anwältin am Obersten Bundesgericht?" wollte Lynn wissen. Sie war tief beeindruckt von der Freundin ihrer Mutter.

„Viel Unverfrorenheit und glänzende Schuhe!" Maura hatte offensichtlich keine Lust, sich zu so früher Stunde auf eine ernste Fachsimpelei einzulassen.

Gähnend kam jetzt auch Willie in die Küche geschlurft. Kate folgte ihm. Auch ihr saß der Schlaf noch fest in den Augen. Müde ließ sie sich auf einen Stuhl fallen.

„Ich hoffe, du hast gut geschlafen, Maura. Möchtest du nicht etwas zum Frühstück?" erkundigte sich Kate, ganz Gastgeberin. „Vielleicht einen Tomatensaft?"

„Pur?" fragte Maura lachend.

Kate nickte nur und sah Willie bedeutungsvoll an. Der hatte es besonders eilig heute morgen. Die Tasse Kaffee hatte er nur so in sich hineingeschüttet.

„Komm, Lynn, wir müssen gehen“, drängelte er, „sonst kommst du zu spät zur Schule und ich zur Arbeit.“

Lynn stopfte sich noch ’nen Toast in den Mund. „Ach, Daddy, könntest du mich bei der Schule absetzen? Julies Wagen ist kaputt.“

Willie stutzte. „Kaputt?! Hat er mal wieder einen Platten?“

„Nein, Daddy ... einer von den Dichtungsringen läßt Treibstoff durch in den Ansaugstutzen. Und irgendwas stimmt auch nicht mit dem Differential.“

Willie sah seine Tochter nur verblüfft an. „Ich bitte um Entschuldigung“, murmelte er geistesabwesend zu Kate und Maura. „Wir machen uns auf den Weg, sobald ich ... äh ... sobald ich meinen Bourbon ... ich meine ...“

Abrupt hörte er auf zu sprechen. Er ging auf Maura zu, nahm sie herzlich in den Arm und wünschte ihr ausdrücklich alles Gute für die Zukunft.

Auch Lynn verabschiedete sich mit einer Umarmung. Sie mochte Maura wirklich gern und wollte ihr das auch zu verstehen geben.

„Es war so schön, daß Sie da waren. Ich habe einen Mordsrespekt vor Ihnen und möchte später mal so werden wie Sie.“

Völlig unvermittelt brach Maura in Tränen aus. Genau wie am Vorabend in der Campus-Kneipe, als Kates Bewunderung sie aus der Fassung gebracht hatte.

Lynn war wie vom Donner gerührt. Sie wußte nicht, was sie falsch gemacht hatte. Wortlos zog Willie sie aus der Küche.

Kate legte tröstend den Arm um Maura und führte sie wie ein kleines Kind zu ihrem Stuhl zurück. Sie spürte genau, daß jetzt der Moment gekommen war, wo sie mit ihr sprechen mußte.

„War wohl ’ne schlimme Nacht!“ Sie versuchte, unauffällig auf das heikle Thema zu sprechen zu kommen.

Maura aber schüttelte den Kopf und schniefte.

Kate nahm jetzt all ihren Mut zusammen und steuerte das Problem direkt an: „Maura, ich weiß nicht recht, wie ich es dir sagen soll, aber ist dir eigentlich bewußt, wieviel du trinkst?"

„Was redest du da?" brauste Maura auf. „Klar, ich trinke. Aber nicht mehr als andere Leute auch. Das ist wirklich kein Problem für mich!" Ihr Verdrängungsmechanismus funktionierte wirklich hervorragend.

Kate schüttelte nur den Kopf und seufzte. Jetzt sah sie die fahrigen Handbewegungen und die flackernden Augen ihrer Freundin das erstemal ganz deutlich. Sie wußte, daß Willie mit seiner Vermutung recht hatte.

Maura versuchte, Kates Bedenken weiter zu zerstreuen. „Ach, Kate, du weißt, ich hatte einen schlimmen Streit mit meinem Mann. Außerdem stehe ich arbeitsmäßig ziemlich unter Druck. Da hilft mir ein Gläschen oder zwei, mich zu entspannen!"

Nachdenklich stützte sie ihren Kopf in die Hände und fuhr gleich fort: „Sieh mal, gestern abend habe ich ein oder zwei Drinks genommen, weil ich glücklich war, daß ich bei euch bleiben konnte. Dann habe ich noch ein, zwei Gläser getrunken, bevor ich ins Bett ging. Das war wirklich alles!"

„Falsch!" Wie Phönix aus der Asche stand plötzlich ALF am Tisch. Er war unbemerkt in die Küche getapert und hatte Mauras letzte Sätze mitbekommen.

Maura geriet sichtlich in Panik. Ihre Augen wurden vor Entsetzen groß wie Untertassen.

„Sammy!" schrie sie auf. „Kate, siehst du den ...?"

Doch Kate war selbst viel zu erschrocken, um einen Ton herauszubringen. Das war ALFs Chance.

„Kate kann mich nicht sehen und hören. Nur du, Maura, kannst das. Denn ich bin dein kleiner Saufkumpan. Das weißt du doch!"

Blitzschnell hatte Kate kapiert, auf was ALF hinauswollte. Mit Unschuldsmiene fragte sie jetzt Maura: „Was hast du? Ich sehe gar nichts?“

ALF war jetzt gnadenlos. Er ging auf Maura zu und fauchte sie an: „Na, mach schon ... sag's ihr nur. Und wenn du schon dabei bist, erzähl ihr auch von dem Hund im Cowboydreß.“

Maura konnte jetzt nur noch stammeln. Sie beschrieb ALF als den kleinen Mann, der ihr manchmal im Traum erschiene. „Aber ich habe ihn bisher noch nie am Morgen gesehen.“

„Siehst du ihn nur in der Nacht, wenn du getrunken hast?“ forschte Kate vorsichtig nach.

„Ja, aber das passiert mir wirklich nicht oft!“

Jetzt mischte sich ALF wieder ein. „Ich wette, Kate wird dich gleich fragen, wie lange du mich schon siehst!“ Der Außerirdische hatte die Fäden fest in der Hand.

Und prompt erkundigte sich Kate: „Ähm, wie lange geht das denn schon so!“

„Ein paar Wochen, glaube ich!“ murmelte Maura leise.

ALF traute seinen Ohren nicht. Gestern abend hatte das schließlich ganz anders geklungen. Streng faßte er nach: „Wie lange?“

„Ein Jahr!“ antwortete Maura.

„Ein Jahr!“ ALF trommelte nervös mit seinen Pfoten auf den Tisch.

„Zwei oder drei Jahre!“

Sammy-Melmac räusperte sich bedenklich. Für wie dusselig hielt die ihn eigentlich?!

„Also gut, sieben Jahre!“

Jetzt war es heraus! Maura wagte nicht mehr, Kate anzuschauen. Jetzt konnte sie auch alles andere zugeben.

„Nun ...“, begann sie zögernd. „Es ist so: Der Streit mit John hat auch mit dem Alkohol zu tun. Er hält mich für eine ...“

„Schnapsdrossel?“ fuhr ALF dazwischen.

„Nein, er irrt sich, ich bin keine Alkoholikerin!" schrie Maura nun in Panik heraus.

ALF ließ nicht locker. „Maura, Maura, sieh doch nur, wer hier ist. Dein imaginärer Saufkumpan! Um halb acht Uhr früh am Morgen. Willst du dich vielleicht für den Rest deines Lebens mit mir herumschlagen?"

„Nein!" schluchzte Maura und wurde erneut von einem Weinkrampf geschüttelt.

ALF und Kate harmonierten bestens in ihrem improvisierten Rollenspiel. Jetzt war Kate wieder an der Reihe.

„Maura, vielleicht ist jetzt ein guter Zeitpunkt für dich, dir helfen zu lassen. Es gibt genügend Stellen, wo man anrufen kann. Die beraten einen dann, wie man mit so einem Problem fertig wird." Zärtlich legte sie den Arm um die schluchzende Freundin. „Ich kann gar nicht mit ansehen, wie traurig du bist!"

„Danke, Kate. Ich werde darüber nachdenken. Ich verspreche es dir!"

Noch einmal meldete sich ALF zu Wort: „Prima, Maura. Mach's gut! Ich hoffe, du siehst mich nie wieder!" Und genauso lautlos, wie er gekommen war, schlich er aus der Küche und legte sich wieder aufs Ohr. Sein Kater hing ihm noch immer ganz schön in den Knochen.

Ein paar Wochen später kam bei den Tanners ein Brief aus einer Privatklinik an. Neugierig öffnete Kate die Post.

„Hört mal zu, der Brief ist von Maura! Liebe Kate", las sie laut vor. „Seit meinem Besuch bei euch habe ich damit begonnen, mein Leben neu aufzubauen. Das ist eine schwierige Sache, aber ich habe eine Gruppe von Leuten gefunden, die mir helfen und mich unterstützen. Langsam schmeckt mir sogar schon der reine Tomatensaft. Haha! Ich hoffe, ich kann euch bald zu einem Abendessen einladen, mit alkoholfreien Getränken!"

Kate sah die anderen strahlend an. Maura hatte es gepackt.

„Hat sie mich auch eingeladen?“ meldete sich nun ALF zu Wort.

„O Sammy, ich glaube nicht, daß sie dich noch einmal wiedersehen möchte. Aber nimm das bitte nicht persönlich!“

„Nach allem, was ich für sie getan habe, tut sie jetzt so, als gäbe es mich nicht ...“, maulte ALF.

Da streichelte Kate ihrem Außerirdischen liebevoll über das Kopfhaar. „Aber wir wissen, was du geleistet hast. Und deshalb schulden wir dir auch etwas. Du darfst dir was wünschen!“

„Etwas Großes?“ ALF bekam große sehnsüchtige Augen.

Kate und Willie nickten.

Sofort stürzte sich ALF auf den Lebensmittelkatalog, der auf dem Tisch lag. Hektisch blätterte er darin rum.

„Gut, ich wünsche mir Käselaib Nummer 37, Wahnsinns-Munster, 50-Pfund-Stück, neunundneunzig fünfundneunzig. Spitze! Den nehm' ich!“

„Das ist 'ne Menge Holz ...!“ entgegnete Willie.

„Aber auch 'ne Menge Käse!“ gab ALF zurück. „Warte“, schrie er plötzlich, „ich seh' gerade, es gibt noch größere ...“

Die Beförderung

ALF konnte es nicht mehr hören. Entweder war die Telefonrechnung zu hoch, oder die Lebensmittel kosteten zuviel, mal jammerte Willie über seine Autokosten, dann wieder verschlang die Reparatur der Waschmaschine eine Unsumme. Stets drehten sich die Klagen der Tanners ums liebe Geld. Und wenn die Rede erst auf die Steuern kam, war mit Willie überhaupt nicht mehr zu spaßen. So konnte es nicht weitergehen, hatte ALF beschlossen und wollte sich nun mit ganzer Kraft für die Tanners einsetzen.

Auf dem Eßtisch im Wohnzimmer lagen ganze Stapel mit Papier verstreut. ALF hatte einen Taschenrechner vor sich stehen und war ganz in seine neue Aufgabe vertieft. Nur beiläufig stocherte er in Willies Abendessen herum.

„Wenn der Betrag in Zeile fünfundsechzig größer ist als der in Zeile vierunddreißig, ziehen Sie ihn vom Betrag in Zeile zweiundvierzig ab", las ALF leise aus einem Steuerratgeber ab. Irritiert schüttelte er den Kopf.

Da kam Kate mit einem Korb frischer Wäsche ins Wohnzimmer. Mißtrauisch beäugte sie das Durcheinander auf dem Tisch und erkundigte sich: „Was machst du da eigentlich, ALF?"

Helfer ALF gab wahrheitsgemäß Auskunft: „Das siehste doch! Ich mache Willies Steuererklärung und verdrücke sein Abendessen."

„Laß Willies Essen in Ruhe!" befahl Kate und zog ihm den Teller weg. „Seit wann verstehst du denn was von Steuern?"

„Ich bin Experte in bezug auf Reisen, Bewirtung und Veranlagung!" protzte ALF.

Auf Kate machte er damit aber wenig Eindruck. „Deine Veranlagung ist Gefräßigkeit!" stellte sie klar.

„Na, wenn schon, das kann Willie unter Bewirtung absetzen", gab ALF ungerührt zurück und wandte sich wieder seinen Berechnungen zu.

„Guten Abend, allerseits!" Willie war nach Hause zurückgekehrt und begrüßte seine Familie ungewohnt fröhlich.

Kate sah ihn gespannt an. Schließlich hatte Willie an diesem Tag ein Bewerbungsgespräch geführt, was man aber ALF und den Kindern bislang verschwiegen hatte.

„Kinder, ich habe es geschafft. Ich bin eben gerade zum Bezirksleiter befördert worden." Stolz und erwartungsvoll blickte Willie um sich.

Kate stellte den Wäschekorb ab, umarmte Willie und gab ihm einen Kuß. „Ich gratuliere!"

Auch Lynn, die zusammen mit Brian ins Wohnzimmer kam, freute sich sichtlich. „Das ist ja super. Bist du jetzt Bezirksleiter für ganz Los Angeles?"

„Na ja, nicht gerade von Los Angeles!" wehrte Willie ab.

„Fullerton?"

„Nein!"

„Anaheim?" mischte sich jetzt auch Brian ein.

„Nein!"

ALF fand dieses Quiz albern. „Also entweder du sagst uns jetzt, wo das Gebiet ist, oder wir holen die Karte und werfen Pfeile!"

„Genau gesagt, bin ich Bezirksleiter für das große Gebiet San Diego!" gab Willie dann bekannt.

Einen Moment lang herrschte betroffenes Schweigen.

Schließlich traute sich Lynn die entscheidende Frage zu stellen: „San Diego? Heißt das vielleicht, daß wir umziehen müssen?"

Willie druckste herum: „Das wird sich nicht vermeiden lassen."

„Wir können nicht umziehen", maulte Brian. „Ich habe hier Wurzeln geschlagen!"

„Und bei mir kommt jetzt das letzte Jahr auf der High-School!" stöhnte Lynn.

Brian wandte sich hilfesuchend an ALF. „Du willst doch auch nicht umziehen. Habe ich recht, ALF?“

„Ich bin noch schwankend. Einerseits wäre mir ein Tapetenwechsel nicht unangenehm, aber andererseits ängstigt mich der Killerwal Shamu“, erklärte ALF. Im Grunde quälten ihn ganz andere Sorgen. Zunächst wollte er etwas geklärt wissen. „Ich nehme an, ihr nehmt mich mit, wenn ihr umzieht, oder?“ fragte er vorsichtig.

„Ja, vielleicht, wenn du endlich damit aufhörst, Willies Abendessen zu verschlingen!“ Kate ließ mal wieder keine Gelegenheit aus, ALF zu erpressen.

„Na ja, eine kurze Gaumenbefriedigung gegen eine langfristige Sicherheit. Beides hat seine Reize.“ ALF seufzte tief. „Ich muß noch darüber nachdenken!“ Für ihn gab's an diesem Tag nichts mehr zu tun. Schließlich war sein Finanzgenie jetzt, da Willie befördert wurde, wohl nicht mehr gefragt. ALF schlappte zu seinem Körbchen.

Willie war enttäuscht. Die Reaktion seiner Familie hatte ihm schon einen Teil der Freude an seiner Beförderung kaputtgemacht.

Die nächsten Wochen vergingen wie im Flug, und Willies erster Arbeitstag in San Diego rückte rasend schnell näher. Mit Rücksicht auf Lynn wollte Willie zunächst mal ein Jahr lang pendeln. In dieser Zeit konnte man in Ruhe einen Käufer für das Haus suchen, hatten sich Kate und Willie überlegt. Das bedeutete für Willie, daß er morgens in aller Herrgottsfrühe aus dem Hause mußte und abends erst spät zurückkam.

Am ersten Arbeitstag warf Kate Brian, Lynn und ALF schon um halb sechs Uhr morgens aus den Federn. Sie sollten sich von Willie verabschieden.

„Guten Morgen, Brian. Ich weiß, es ist noch früh, aber ich bin sicher, dein Vater freut sich, wenn du ihm auf Wiedersehen sagst.“

„Ja, ja, ja!" murmelte Brian schlaftrunken vor sich hin.

„Weißt du, als du noch ein Baby warst, hast *du* uns um sechs Uhr morgens geweckt!" plauderte Kate weiter.

„Mann, du kannst aber ganz schön nachtragend sein!" nuschelte Brian vor sich hin.

Auch Lynn war noch äußerst schweigsam an diesem Morgen. Sie setzte sich an den Frühstückstisch und griff nach einem Zimtröllchen. Lustlos knabberte sie daran herum.

Nur ALF war die Fröhlichkeit in Person. Er, der normalerweise nicht vor zehn Uhr aus seinem Körbchen fand, schlurfte bereits fröhlich singend durch die Gegend. „San Diego, wart auf mich, Melmac tausch' ich ein für dich!" krächzte er und schleppte eine vollgepackte Reisetasche in die Küche.

Lynn und Brian warfen ihm einen genervten Blick zu, und Kate stellte klar: „Ich habe dir doch gesagt, ALF, der Umzug kommt erst später!"

ALF ließ sich nicht beirren, sondern sang weiter: „Meine Koffer sind gepackt, ich bin reisefertig!"

„Möchtest du vorher vielleicht noch frühstücken?" erkundigte sich Kate ironisch.

„Ja, was glaubst du denn?" ALF gab seine Bestellung auf. „Ich nehme erst mal Schinken und Eier, dann Würstchen und Speck und Leber mit viel Zwiebeln und Hühnerpastete!"

„Es gibt Haferbrei!" Damit holte Kate ihn auf den Boden der Tatsachen zurück.

„Das paßt mir sehr. Mein Cholesterinspiegel hat Millionenwerte", gab ALF lächelnd zurück. Heute morgen konnte ihn nichts erschüttern.

Endlich erschien auch Willie in der Küche. Obwohl er angestrengt versuchte, Zuversicht und gute Laune auszustrahlen, wirkte er doch ziemlich nervös.

„Schatz, was möchtest du zum Frühstück?" erkundigte sich Kate liebevoll.

„Danke, nichts Besonderes. Ich nehme nur ein Zimtröllchen!"

„Tut mir leid, es sind keine mehr da", erklärte ALF und schnappte sich schnell das letzte Röllchen vom Teller.

Doch das ließ sich Willie auch an diesem Morgen nicht bieten. „Her damit!" kommandierte er und nahm ALF das Gebäck kurz entschlossen wieder weg.

Brian rückte nun mit seiner Überraschung heraus. „Wir haben ein Geschenk für dich, Paps", sagte er und reichte Willie ein Päckchen.

„Für mich? Wie lieb von euch!" Sofort packte Willie das Geschenk aus. Es waren Kassetten für das Autoradio. „Oh, klassische Bücher zum Hören. ‚Schuld und Sühne', ‚Madame Bovary', ‚Die strenge Schwester'. Wirklich sehr aufmerksam von euch. Vielen Dank!"

Von draußen schallte Trevors Stimme ins Wohnzimmer. Selbst so früh am Morgen war der Nachbar schon in Höchstform, zumindest was die Lautstärke seiner Stimme anging.

„ALF, verschwinde, das ist Trevor!" befahl Willie.

„Möchte mal wissen, wann der schläft!" gab ALF gereizt zurück und trollte sich dann in die Küche.

Kaum war Trevor im Wohnzimmer, saß er auch schon am Frühstückstisch. „Nett von euch, daß ihr gleich für mich mitgedeckt habt!"

„Warum sind Sie denn gekommen?" wollte Willie wissen.

„Ach ja, ich wollte Ihnen Glück wünschen für Ihren neuen Job und mal fragen, warum Sie noch nicht weg sind. Diese Fahrt nach San Diego ist schrecklich."

„Ja, Sie haben ganz recht. Ich mach' mich jetzt besser auf den Weg."

Sofort sprangen alle auf und verabschiedeten sich von Willie. Brian drückte Willie noch einmal die Kassetten in die Hand und Kate ihm ein Küßchen auf die Wange.

„Auf Wiedersehen, zusammen! Und noch einen Gruß an,

ähm, an alle, denen ich fehlen könnte." Willie zwinkerte Brian zu und verschwand.

Abends wartet Kate ungeduldig auf Willies Rückkehr. Sie wußte, daß er kaum vor neun Uhr zu Hause sein konnte. Inzwischen war es aber schon fast elf Uhr. Sie machte sich Sorgen und sah immer wieder aus dem Fenster. Nichts rührte sich. Da beschloß sie, ins Bett zu gehen. Als sie ins Schlafzimmer kam, traute sie ihren Augen nicht. Da lag doch dieses außerirdische Felltier in Willies Bett und verspeiste Knäckebrot.

„Sei doch bitte so nett, und saug mir mal die Krümel aus meinem Fell!" erdreistete sich ALF.

„Ich wünsche, daß jeder unnütze Krümel aus diesem Bett entfernt wird, du eingeschlossen. Und zwar sofort." Kate war wirklich nicht in der Stimmung, mit ALF eine Diskussion zu führen.

„Ruhig, Kate, ruhig. Ich weiß, daß du dir Sorgen wegen Willie machst. Aber er kommt bald nach Hause. Und ich werde hier bei dir bleiben, bis er da ist."

„Guten Abend!" Ein ziemlich abgekämpfter Willie stand in der Tür und starrte ALF entgeistert an: „Genau das hatte ich mir zu sehen gewünscht — in meinem Bett."

„Schatz, es ist elf Uhr nachts. Was ist passiert?" erkundigte sich Kate aufgeregt.

„Ach Kate, ich bin auf der Autobahn in einen Riesenstau geraten. Jetzt bin ich fix und fertig." Und mit einem Seitenblick auf ALF fuhr er fort: „Ich hoffe, das mit dem Knäckebrot im Bett ist schon geklärt. Ich bin zwar sehr müde, aber auf Glassplittern könnte ich trotzdem nicht schlafen."

„Dann leg dich doch am besten nicht vor den Geschirrschrank", riet ALF.

Kate ging erst gar nicht auf ALFs Frechheiten ein, sondern kümmerte sich weiter um Willie. „Ach Schatz, du siehst völlig erledigt aus. Vielleicht ist es besser, du nimmst dir in San Diego unter der Woche ein Zimmer."

Willie schüttelte den Kopf. „Das geht doch nicht, Kate. Das kostet zuviel."

ALF, das Spartalent, wußte einen Ausweg: „Du könntest dir doch das Zimmer teilen. Mit einer Blonden und einer Brünetten."

Willie hatte eine andere Idee: Man würde eben doch früher als geplant nach San Diego umziehen. Zumindest erreichte er mit diesem Vorschlag eines: ALF verschwand auf der Stelle aus seinem Bett.

„Ich geh' schon mal packen!" verabschiedete er sich und warf Kate ein Kußhändchen zu.

Während Kate noch überlegte, wie der Hausverkauf am schnellsten über die Bühne zu bringen wäre, und Willie davon träumte, daß man sich in San Diego vielleicht sogar ein größeres Haus leisten könnte, steckte ALF erneut den Kopf durch die Tür.

„Entschuldigung, habt ihr da irgendwo im Bett meinen Streichkäse gefunden? Wenn ja, behaltet ihn!" Und weg war er wieder!

Gleich in der nächsten Woche gaben die Tanners eine Anzeige auf, um ihr Haus zu verkaufen.

Und wenige Tage später kamen auch schon die ersten Interessenten. Die Burgers zum Beispiel. Sie fanden das Haus geradezu ideal, um daraus eine Frühstückspension zu machen. Kaum hatte Kate das Paar verabschiedet, machte sie ihrer Meinung Luft. „Ich werde nicht erlauben, daß jemand aus diesem Haus eine Frühstückspension macht!"

„Hat da jemand Frühstück gesagt? Ich nehme gern Schinken und Eier und Würstchen und äh ..."

„ALF, es ist vier Uhr nachmittags!" Kate versuchte umsonst, den Außerirdischen zu unterbrechen, der soeben aus der Garage zurückkehrte. Während der Hausvorführung hatte er sich dort verbergen müssen.

„... und Speck und Leber und Hühnchenpastete!" Erst jetzt beendete ALF seine Bestellung.

„Ich mag gar nicht daran denken, daß mal andere hier wohnen!" seufzte Lynn.

„Und ich mag nicht daran denken, daß es noch vierzehn Stunden bis zum Frühstück sind!" ALF ahmte Lynns Tonfall nach.

„Kannst du vielleicht auch mal an etwas anderes als an deinen Magen denken?" Ungewohnt ruppig fuhr Lynn ALF an. „Wir haben zur Zeit wirklich andere Sorgen. Diese ganze Angelegenheit ist ziemlich schmerzhaft für uns!"

„Hey, hey, hey. Hunger tut auch weh. Und glaubt ihr vielleicht, dieses Haus bedeutet für mich nichts? Ich bin persönlich in die Garage gekracht, habe das Badezimmer überflutet und die Küche in die Luft gejagt." Ein paarmal schniefte ALF laut vor sich hin. Dann hatte er seinen persönlichen Schmerz überwunden und riet den anderen: „Verkauft doch das Loch!"

Währenddessen kämpfte Willie Tanner verzweifelt darum, an seinem neuen Arbeitsplatz ein Bein auf die Erde zu bringen. Ohne große Erfolge allerdings. Das Sozialamt in San Diego war in den letzten Jahren miserabel geführt worden. Willies Vorgänger hatte die Arbeit gewaltig schleifenlassen. Willie mühte sich nun zwar redlich, aber die Berge auf seinem Schreibtisch wurden von Tag zu Tag höher.

Zudem war er umgeben von einer ganzen Truppe unwilliger Mitarbeiter, die nicht einsahen, warum sie ihm unter die Arme greifen sollten.

Willie war unter Erfolgsdruck. Er mußte sich bei seinem neuen Job bewähren. Doch vor lauter Arbeit wußte er nicht mehr, wo ihm der Kopf stand.

Und das Telefon klingelte ununterbrochen. „Es ist Ihr Sohn!" meldete gerade die Sekretärin.

„Hi, Paps!" kicherte ALF aus dem Hörer.

„ALF, ich bin sehr beschäftigt!"
„Was machst du gerade?"
„Komm bitte zur Sache!"
„Heute haben sich noch zwei Pärchen unser Haus angesehen?"
„Wirklich? War wenigstens ein gutes Angebot dabei?"
„Nichts, was der Rede wert wäre! Was machst du denn so. Willielein. Erzähl doch mal, mir ist gerade langweilig."
„ALF, ich habe wirklich zu tun. Ich kann jetzt nicht reden!"
„Dann leg mich auf die Warteschleife. Ich hör' mir so gern die Musik an."
Auch an diesem Abend war Willie erst wieder nach zehn Uhr zu Hause. Er ging ins Wohnzimmer, wo ALF vor dem Fernseher hockte, sich Werbung anguckte und Willie keines Blickes würdigte.
„Unser nächster Hit, liebe Zuschauer, kommt direkt aus dem Herzen des Orients: ein kompletter Satz von Chin-Tsi-Messern. Und wenn Sie sich sofort entscheiden, erhalten Sie zusätzlich diesen praktischen Kartoffelschäler und diese echt bronzierte Wetterfahne. Am besten, Sie rufen gleich an", forderte der Werbesprecher die lieben Zuschauer auf.
„O ja, das werd' ich, das werd' ich!" ALF sprang hoch und rannte zum Telefon.
„Was denn, was hast du vor?" fuhr Willie dazwischen.
„Ich kaufe dir per Telefon eine echt bronzierte Wetterfahne!"
„Nein, nicht nötig!" stöhnte Willie und nahm ALF den Hörer aus der Hand.
„Denk bitte aber auch noch daran, wenn du kein Geburtstagsgeschenk von mir bekommst!" maulte ALF.
„Bitte, ALF, nicht heute abend", flehte Willie den Außerirdischen an. „Ich bin zu müde!"
„War wohl ein harter Tag, was, Liebling?" ALF äffte gekonnt Kates Tonfall nach.

Willie ließ sich aufs Sofa plumpsen. Kate war bei ihrer Gymnastikstunde. Deshalb war er froh, wenigstens in ALF einen Gesprächspartner zu haben. Erschöpft schüttete Willie ihm sein Herz aus: Sechs Stunden hatte er am Vormittag auf der Autobahn verbracht, dann mußte er sich um Parkplätze für unzufriedene Mitarbeiter kümmern und schließlich sogar jemanden wegen Unfähigkeit und Faulheit feuern.

„Wow! Der totale Kahlschlag!" ALFs Stimme verriet Bewunderung.

„Ich habe zuvor in meinem ganzen Leben noch niemanden feuern müssen, und ich schwöre dir, ich werde so etwas auch nie wieder tun." Willie saß wie ein Häufchen Elend in seiner Sofaecke.

„Hört sich ganz so an, als wärst du von deinem Job nicht sehr begeistert!" schloß ALF aus dem Gespräch.

„Ich habe ein paar Schwierigkeiten, das Ganze in den Griff zu kriegen. Das ist alles!" protestierte Willie matt.

„Tja, mein alter Glitschballtrainer pflegte immer zu sagen: Versuche herauszukriegen, was du nicht kannst, und dann laß es bleiben!"

„Ja, wenn das so einfach wäre!" Willie stand auf und schlurfte langsam ins Schlafzimmer. „Da gibt es Menschen und Dinge, für die ich verantwortlich bin ...", murmelte er vor sich hin.

ALF blieb allein zurück. „Dieser Umzug ist die gequirlte Mäusekacke!" Nachdenklich ließ er seinen Riesenriffelrüssel in seine haarigen Pfoten fallen. „Ich muß da was unternehmen ..."

Am nächsten Wochenende kamen weitere Interessenten für das Tannersche Haus: Howard und Mary. Das junge Paar schien schon von der Lage und dem Äußeren des Gebäudes recht angetan zu sein.

„Es ist wirklich schön. Und wie lange wohnen Sie schon hier?" fragte Mary gleich bei der Begrüßung.

„Unser ganzes Leben. Und wir wollen auch gar nicht umziehen!" stellte Brian klar.

Howard hatte Mitleid mit dem Jungen: „Also wenn wir das Haus kaufen, kannst du uns gern besuchen kommen. Aber ruf vorher an!"

Mary interessierte sich am meisten für die Nachbarn. Ob man mit ihnen auskommen könnte, wollte sie wissen. Sie brachte Kate damit ein wenig in Verlegenheit. Schließlich waren die Ochmoneks ja tatsächlich ein Problem für sich.

„Also, ehrlich gesagt, an die Ochmoneks muß man sich erst ein bißchen gewöhnen!"

„Ochmoneks? Gibt es ein Spray gegen so was?" erkundigte sich Howard, der gar nicht richtig zugehört hatte. Willie erklärte ihm beflissen, daß die Rede von den Nachbarn sei, die Ochmonek hießen.

Lynn ergänzte: „Sie werden sie wahrscheinlich nicht mögen!" Ein warnender Blick von Kate traf sie. So setzte Lynn noch schnell hinzu: „Obwohl sie eigentlich super sind."

Willie wurde das Gespräch langsam zu heikel. Um abzulenken, bot er Mary und Howard an, das Haus zu besichtigen. „Vielleicht möchten Sie inzwischen einen Blick in unseren großen Einbauschrank werfen?" Mit einem Ruck wollte er die Schranktür öffnen. Der Türknauf riß ab, die Tür blieb zu. Überrascht sah sich Willie den Holzknopf in seiner Hand an. „Oh, das kann ich leicht reparieren!" stotterte Willie und trat einen Schritt zur Seite. Im selben Augenblick fiel die Tür des Einbauschranks aus ihren Angeln und krachte mit einem lauten Knall auf den Boden.

Mary sah Willies erschrockenes Gesicht und versuchte, ihn zu beruhigen. „Ach, das macht doch nichts. Howard kann gut mit Werkzeug umgehen!" Im nächsten Moment entdeckte Mary den offenen Kamin und rief ganz begeistert: „Ach, Schatz, schau doch mal! Wie schön! Ein Kamin." Sie wollte sich die Feuerstelle genauer anschauen, da donnerten mit lautem Getöse zwei Backsteine im Kamin herunter und wirbelten eine riesige Aschenwolke auf. Mary bekam einen Niesanfall.

Irritiert blickten sich Willie und Kate an. Mit sanfter Gewalt schob Kate Mary in die Küche, Howard folgte ihnen.

„Oh, was für eine reizende kleine Küche. Na ja, wenn wir mal alles umgebaut haben, wird sie uns schon ausreichen. Glücklicherweise kann Howard gut mit Werkzeug umgehen!" schwärmte Mary weiter.

Kates Stimme hatte einen gereizten Unterton, als sie anmerkte: „Ja, das sagten Sie schon!" Sie gönnte ihr Haus diesen Leuten nicht.

Howard inspizierte die Küche und öffnete den Geschirrschrank. Gerade noch rechtzeitig konnte er zur Seite springen. Das Frühstücksgeschirr fiel ihm entgegen. Kaum hatte er sich von diesem Schreck erholt, kamen verdächtige Geräusche aus der Wasserleitung, ein Gurgeln, Knurren und Rattern.

„Die Leitungen sind wohl auch kaputt?"

Willie starrte auf das Spülbecken und schüttelte ungläubig den Kopf. Das durfte doch nicht wahr sein. So viele Defekte waren bestimmt kein Zufall. Während er noch grübelnd auf die Leitung starrte, rauschte plötzlich das Wasser wie ein Sturzbach in das Becken und spritzte die ganze Küche naß. Willie hechtete zum Hahn, um ihn abzudrehen. Da stoppte der Spuk auch schon, ohne daß einer den Finger gerührt hätte.

„Ich zeige Ihnen am besten jetzt das übrige Haus. Kommen Sie bitte." Genauso energisch, wie Kate die Besucher in ihre Küche geschoben hatte, lockte sie die beiden jetzt wieder heraus.

Howard war inzwischen etwas mißtrauisch geworden: „Verheimlichen Sie uns vielleicht noch ein paar andere kleine Defekte?" fragte er Willie ganz offen.

„Nur einen", knurrte Willie geheimnisvoll. „Und den werde ich mir gleich vorknöpfen!"

Inzwischen war man im Hausflur angekommen. Kaum hatte Kate die Tür geöffnet, begann die Lampe zu flackern.

„Da ist, ähm, da ist wahrscheinlich nur eine Sicherung nicht in Ordnung." Auch Kate verlor langsam die Fassung.

„Wer hat eigentlich dieses Haus gebaut?" wollte Mary wissen. „Die Poltergeist-Spukschloß-Kompanie?"

„Ist hier schon mal jemand ermordet worden?" setzte Howard hinzu.

„Nein, bis jetzt noch nicht!" sagte Kate so laut, daß ALF sie auch im hintersten Winkel des Hauses hören konnte.

„Hier ist das Elternschlafzimmer!" Voller Stolz stieß Willie die Tür auf, schaute sich dann aber sofort ängstlich um.

„Na ja, auf den ersten Blick sieht es ganz harmlos aus", frotzelte Howard.

Um zu retten, was noch zu retten war, gebärdete sich Kate wie ein professioneller Häusermakler. „Ähm, wir haben sehr teure Spannteppiche verlegen lassen. Und, ähm, der Raum liegt da hinten zum Garten. Und wir schlafen hier normalerweise sehr ruhig." Kate machte einen Schritt auf das Bett zu, da fiel, wie von Geisterhand gelöst, die Birne samt Fassung aus der Lampe über dem Bett und zerschlug am Boden.

„Ich glaube, wir haben genug gesehen! Laß uns gehen, Howard!" Fast fluchtartig stürzte das Paar durch den Flur auf die Eingangstür zu. Willie und Kate schauten sich schweigend an.

Plötzlich kam ALF unter dem Bett hervorgetaucht und beschwerte sich: „Konnten sich die beiden nicht wenigstens noch das Bad ansehen? Ich habe mit soviel Mühe jede dritte Kachel gelockert."

Willie reichte es. Er machte einen drohenden Schritt auf den Übeltäter zu. „Und das ist ja noch nicht einmal das Schlimmste, was du bisher angestellt hast." Einen Moment dachte er nach. „Das ist bloß das Fünfzehntschlimmste, was du angerichtet hast."

„Was war Nummer neun?“ ALF wollte Willies Gedächtnis überprüfen.

„Als du den Truthahn mit meinen Shorts gefüllt hast. Aber bitte erklär mir auf der Stelle, was für einen vernünftigen Grund du für dieses neue Desaster gehabt hast!“

Wieder mal kam ALFs große Stunde. Selbstbewußt baute er sich vor Willie auf und erklärte: „Niemand von euch möchte umziehen. Niemand. Auch du nicht!“

„Woher willst du das wissen?“

„Weil du ein Sozialarbeiter bist!“

„Was hat das denn damit zu tun?“

„Versuch mir zu folgen, Willie. Und ich werde versuchen, logisch zu sein.“ ALF taperte voraus ins Wohnzimmer, und Willie folgte ihm widerspruchslos. Beide ließen sich auf der Couch nieder.

Wieder war ALF an der Reihe. „Also, den Begriff Sozialarbeiter könnte man definieren als Person, die für das soziale Wohl arbeitet und damit der Allgemeinheit dient. Ist das richtig?“

Willie nickte nur und hauchte „Ja“.

„Und wie kommt es dann, daß du jetzt dein halbes Leben auf der Autobahn verbringst und dann noch Spielchen spielst wie ‚Parkplatz suchen‘ und ‚Mitarbeiter feuern‘? Mal im Ernst. Warum ziehen wir aus einem Haus, das wir alle gern haben, nur damit du dich für einen Job abrackern kannst, den du nicht magst?“

„Das weiß ich auch nicht!“ Willie war am Ende seiner Kraft. Er sackte in sich zusammen und atmete schwer.

ALF aber jubelte: „Gewonnen!“ Nur ein kleines Problem sah ALF noch: in der Person von Kate.

„ALF, wie konntest du nur ...?“

Gerade als sie mit ihrer Schimpfkanonade beginnen und drakonische Strafen aussprechen wollte, richtete sich Willie wieder auf und fiel ihr ins Wort. „Moment, halt mal, Kate. Bevor ALF von uns die fünfzehntschlimmste Schimpfe kriegt, die er je hatte, möchte ich noch etwas klarstellen. Ruf bitte die Kinder!" bat Willie.

Brian und Lynn waren sofort da. Auch ALF sah Willie erwartungsvoll an. Jetzt würde sich erweisen, ob seine Arbeit gefruchtet hatte.

Willie war aufgestanden und setzte zu einer Ansprache an. „Brian, Lynn, Kate, ALF! Was würdet ihr sagen, wenn ich meinen alten Job wieder annehme und wir ganz einfach in diesem Haus bleiben?"

Vor lauter Jubel war zunächst kein Wort zu verstehen.

Dann setzte sich Lynn durch: „Ist das wirklich dein Ernst, Paps?"

„Natürlich werde ich dann keine Gehaltserhöhung bekommen. Das ist klar!"

„Dann vergiß es, laß uns umziehen!" posaunte ALF dazwischen. Doch erinnerte er sich wieder, wie schwer er für Willies Vorschlag geschuftet hatte. „Ach, vergiß die dumme Bemerkung", entschuldigte er sich bei Willie. „Das war nur ein momentaner Anfall von Oberflächlichkeit. Ich bin drüber weg!"

Kate konnte den plötzlichen Sinneswandel von Willie noch nicht fassen. „Aber, Schatz, du hast so hart für diese Beförderung gearbeitet. Wieso hast du jetzt deine Meinung geändert?"

Willie ging in die Hocke und legte ALF den Arm über die Schultern. Dann sagte er: „Eigentlich war es ALF, der mich davon überzeugt hat, daß wir alle am besten hierbleiben sollten. Und dafür bin ich ihm auch wirklich dankbar. Aber statt das Haus zu zerstören, hättest du doch zuerst mal mit mir sprechen können, ALF!"

„Das war Plan B, Willie!" ALF grinste ihn an.

Das nächste Wochenende verbrachte Willie mit dem Auflisten der nötigsten Reparaturen. „Wandschranktür, Badezimmerkacheln, Schlafzimmerlampe ...", notierte er auf einen Block und seufzte: „Das wird mich viel Zeit kosten, den ganzen Schaden zu reparieren."

Kate zog ihn auf: „Du könntest Howard bitten, dir zu helfen. Er kann so gut mit Werkzeug umgehen, weißt du ..." Dann zeigte sie Richtung ALF und schlug vor: „Wie wär's, wenn du ihn fragen würdest?"

ALF zuckte erschrocken zusammen und murmelte: „Schon gut, schon gut. Ich zieh' mich lieber für ein Weilchen zurück!"

Die Untermieterin

„Schach!“ Triumphierend ginste Willie ALF an.

„Das gibt’s doch nicht! Du hast gemogelt! Mach diesen fiesen Zug sofort rückgängig.“ ALF war sauer.

„Warum sollte ich?“

„Weil ich sonst verlieren könnte!“

Seit einer halben Stunde saßen die beiden am Küchentisch und spielten Schach. Anfangs hatte das königliche Spiel dem Außerirdischen richtig Spaß gemacht. Dann aber hatte er gemerkt, daß er immer mehr ins Hintertreffen geriet.

Also, folgerte ALF, mußte er andere Wege finden, um zum Sieg zu kommen. Aber leider war Willie höllisch auf der Hut. Schließlich kannte er ALF und seine Tricks zur Genüge, und so ließ er ihn keine Sekunde aus den Augen. Da klingelte das Telefon.

„Geh du mal ran, Willie! In der Zwischenzeit werde ich über meinen nächsten Zug nachdenken“, forderte ihn ALF auf.

Willie gehorchte! Und kaum hatte er ALF den Rücken zugewandt, vertauschte dieser blitzschnell Reiter und König.

Nun hörte er auch schon Willie am Telefon sagen: „Wer ist am Apparat? O ja, sicher! Einen Augenblick, bitte! Bleiben Sie dran!“ Kopfschüttelnd reichte er ALF den Hörer: „Es ist für dich!“

„Gib her!“ Aufgeregt grabschte ALF danach. „Das ist bestimmt Jody!“ Er strahlte und posaunte in die Telefonmuschel: „Hallo! He, Meisterin Jody! Was gibt’s Neues?“ Während er Jody lauschte, wandte er jedoch wohlweislich keinen Blick von Willie.

Willie hatte natürlich prompt entdeckt, daß ALF die Figuren auf dem Schachbrett verschoben hatte. Ungerührt brachte er sie wieder auf ihren Platz zurück.

„Das hab' ich gesehen, Willie!" rügte ALF und sah seinen Spielpartner strafend an. Dann wandte er sich wieder seiner Telefonpartnerin zu. „Was heißt, deine Wohnung wird umgewandelt? ... In eine Eigentumswohnung? Was ist Eigentum? Eigentum verpflichtet! ... Ach so! Aber natürlich, Jodylein, das ist wirklich kein Problem! Natürlich kannst du hier wohnen, bis du eine neue Bleibe gefunden hast!"

Der Haushaltsvorstand Willie traute seinen Ohren nicht. War dieser Außerirdische eigentlich von allen guten Geistern verlassen? Sie hatten doch schließlich kein Hotel, in dem Platz für alle möglichen wildfremden Leute war. Heftig gestikulierend versuchte er, ALF von dieser Einladung abzubringen. Vergebens.

ALF flötete soeben charmant ins Telefon: „Wieso sollte Willie was dagegen haben? Nein, Jodylein, wir haben einen Wahlspruch, der heißt ‚Willkommen!' Das steht auch auf der Fußmatte vor der Haustür! Übrigens, Willie läßt schön grüßen. Okay. Also auf bald. Wir freuen uns schon auf dich!"

ALF gab Willie den Hörer zurück. „Leg bitte auf!" bat er ihn treuherzig. „Dann muß ich nicht extra aufstehen. Sei so gut!"

Mit vor Wut hochrotem Kopf folgte Willie ALFs Anweisung mechanisch. Dann platzte er heraus: „Auf unserer Fußmatte draußen steht: ‚Füße abtreten!' und nicht ‚Willkommen!'"

„Ach, das macht gar nichts", versuchte ALF den aufgeregten Hausherrn zu beruhigen. „Jody ist doch blind. Das wird ihr nicht auffallen."

Willie fiel es schwer, sich noch zusammenzureißen. Er fühlte sich mal wieder völlig überrumpelt. „Meinst du nicht, du solltest uns vorher fragen, bevor du einen Gast einlädst?"

Genau das meinte ALF eben nicht. Er hatte ja seine Erfahrungen gemacht. „Wozu? Wir würden doch nur aneinandergeraten! Du würdest dir frustriert in die Haare fahren und dann doch klein beigeben. Mit meiner Methode haben wir uns das alles erspart."

Verdutzt nahm Willie sofort seine Hände aus den Haaren. Dann stand er auf und verließ wortlos die Küche. Wenn er allerdings glaubte, ALF damit beeindrucken zu können, hatte er sich gewaltig getäuscht.

Seelenruhig konzentrierte sich der wieder auf das Schachbrett. Er drehte es, so daß Willies Seite zu ihm zeigte. Das sah schon besser aus. Dann trabte er zu Lynn, die im Wohnzimmer Schulaufgaben machte, und fragte zuckersüß: „He, Lynn, willst du für Willie weiterspielen?"

Lynn war dankbar für eine kleine Abwechslung.

„Du bist am Zug!" erklärte ihr ALF mit heimlicher Schadenfreude. Denn eines war ja wohl sicher: Mit Willies Figuren mußte er gewinnen.

Lynn warf nur einen einzigen Blick auf das Brett, machte einen Zug und triumphierte: „Schachmatt!"

ALF konnte es nicht fassen. Da mußten sich irgendwelche Mächte gegen ihn verschworen haben. Wütend fetzte er alle Figuren vom Brett, stand auf und wankte aus der Küche. Er war geschlagen!

Über solche Niederlagen half ALF in der Regel nur eines hinweg: futtern, futtern und noch mal futtern. Und immerhin gab's ja bald Abendessen!

Heute war die Stimmung jedoch alles andere als friedlich.

Willie quengelte nachtragend, daß ALF wieder mal ohne ihn eine wichtige Entscheidung gefällt hatte, von der die ganze Familie betroffen war. Denn darin sah Willie einen deutlichen Angriff auf seine Autorität als Haushaltsvorstand. Zudem erinnerte sich nicht nur er mit Entsetzen an die Zeit, als ALF Jody per Anzeige kennengelernt hatte. Den ganzen Tag über war das Telefon belegt und aus ALFs Mund nichts anderes mehr zu hören gewesen als ein verliebtes „Jodylein". Und dieses Jodylein, das die Tanners noch nie zu Gesicht bekommen hatten, sollte jetzt auf einmal zur

Familie gehören! Das ging Willie ganz gewaltig über die Hutschnur. „Es gibt nun einmal bestimmte Regeln", polterte er los, „an die auch du dich zu halten hast. Und eine Regel heißt ..."

„Keine Treffen mit Jungen, die Caravan fahren", fuhr ALF dazwischen.

„Ich glaube nicht, daß diese Regel hierhergehört. Obwohl sie auch wichtig ist." So schnell ließ sich Willie nicht aus seinem Konzept bringen.

Jetzt mischte sich Kate ein, um ALF auf die Sprünge zu helfen: „Du darfst einfach keinen Gast einladen, ohne uns vorher zu fragen!"

„Dann ist es euch vielleicht doch lieber, wenn ich die Jungs mit Caravan treffe?" ALF war das vollendete Unschuldslamm.

Seine Hilfsbereitschaft hatte aber doch jemandem imponiert: Lynn. „Warum darf Jody denn nicht für ein paar Tage kommen? Schließlich muß die arme Frau irgendwohin. Und was soll hier schon passieren?"

Da konnte sich Willie allerdings so einiges vorstellen. Mit einem gereizten Seitenblick auf ALF wollte er gerade wieder seine altbekannte Gardinenpredigt loslassen und begann: „Nun, erst mal könnte sie entdecken, daß ..."

„... ALF ein Außerirdischer ist!" unterbrachen ihn alle zusammen. „Schon gut, schon gut! Das wissen wir!"

„Ich finde, es wird langsam Zeit, daß wir diesen Spruch auf T-Shirts drucken lassen!" schickte ALF trocken hinterher.

Doch auch Kates Bedenken waren noch nicht vom Tisch gewischt. „ALF, Jody könnte es wirklich herausfinden!"

ALF widersprach energisch: „Das wird sie aber nicht. Schließlich habe ich sie ja schon einmal getroffen, und da hat sie auch nichts gemerkt. Hauptsache, sie kommt mir mit ihren Fühlern nicht zu nahe. Dann ist alles in Ordnung."

Kate blieb skeptisch. „Damals", so meinte sie, „war das ja

wohl eine ganz andere Sache. Da hast du ja nur zwei oder drei Stunden mit ihr verbracht. Aber jetzt ist die Rede von zwei oder drei Tagen."

„Zwei oder drei Tage?" Die Tanners kapierten mal wieder gar nicht. ALF raufte sich seine imponierende Haarpracht. „Wie kommt ihr denn darauf? Ich hab' ihr gesagt, sie kann, äh, sie kann einen Monat bleiben."

„Wirklich? Nur einen Monat?" fuhr Willie ihn höhnisch an.

Da rückte Mr. Hilfsbereit endlich mit der ganzen Wahrheit heraus: „Also, um ehrlich zu sein, eigentlich habe ich ihr angeboten, sie könnte für immer bleiben. Aber ich dachte, es ist besser, ich bringe es euch monatlich bei."

Einen Moment lang war es totenstill am Tisch. Lynn blickte ihre Eltern vorsichtig von der Seite an. Sie wollte ihren Freund ALF unterstützen. „Ich glaube, wir sollten Jody aufnehmen", wiederholte sie. Schließlich sei die blinde Frau ja in einer Notlage, und da müsse man helfen!

„Den Besuch deiner Mutter haben wir ja auch ertragen!" maulte ALF.

Dieses Argument hatte Schlagkraft. Zumindest für Willie.

„O ja, das stimmt!" fiel es diesem ein, und er erinnerte an die seltsamen Nasengeräusche, die seine Schwiegermutter nachts immer von sich gab. Und zur Bekräftigung imitierte ALF die Laute gekonnt: „Näh, näh, näh!" Er schien langsam wieder Oberwasser zu bekommen.

„Das reicht!" wehrte Kate sauer ab. Sie probierte jetzt eine andere Masche, um den Besuch Jodys zu verhindern: „Hat sie denn keine anderen Freunde, bei denen sie bleiben könnte?"

„Nein, denn sie ist fürchterlich schüchtern. Genau wie ich! Wir sind verwandte Seelen."

Willie verschlug's fast die Sprache. „Du? Du bist schüchtern?" Er glaubte, nicht richtig gehört zu haben.

ALF senkte verschämt die Augen. Dann nickte er sanft

und versuchte, Willie die Psyche der Melmac-Bewohner zu erklären. „Das war ein Planet voller Alleinunterhalter. Ich war die absolute ruhige Ausnahme."

Schüchtern oder nicht, Kate interessierte das gar nicht. „So leid es uns tut, wir hätten Jody gern bei uns, aber ich befürchte, das ist zu riskant."

Jetzt zog ALF, der Schüchterne, alle Register seiner Mitleidstour. Er bat Kate eindringlich, sich doch mal vorzustellen, sie wäre blind und ohne Bleibe. „Und keiner ist da", fuhr er fort, „an den du dich wenden kannst."

„Also ich finde, das ist ein Argument", bestätigte ihn Lynn spontan. Und mahnte: „Wir können nicht jemandem den Rücken zuwenden, der uns braucht!"

Endlich. Kate gab sich geschlagen: „Also ... meinetwegen. — Sie kann das Gästezimmer haben, bis sie etwas Eigenes gefunden hat."

ALF war begeistert. Strahlend bedankte er sich bei Lynn. „Ich schulde dir was als Dankeschön. Ich geb' dir einen aus, okay?"

„Nur einen?" fragte Lynn zurück.

„Na gut, täglich einen!" bot ALF in Gönnerlaune an.

Am nächsten Morgen hatte sich ALF sofort an die Arbeit gemacht. Genauer gesagt, er hatte Schwerstarbeit geleistet. Für seine Jody war ihm nichts zu viel und nichts zu schwer.

Stolz blickte er sich in dem fast leer wirkenden Wohnzimmer um. Er hatte alle Möbel zusammengeschoben und übereinander geschichtet. ALF war mit sich und seinem Werk zufrieden und murmelte: „Perfekt!" Rumms! Klirr! Im selben Moment fiel eine Lampe von dem Möbelhaufen. Der Lampenschirm aus Porzellan zersplitterte.

„Fast perfekt", schränkte ALF selbstkritisch ein.

Da kam auch schon Willie ins Wohnzimmer gestürzt. Irritiert blickte er sich um und fragte dann, Übles ahnend: „Was war das für ein Geräusch?"

ALF wußte: Leugnen war zwecklos, die Tatsachen sprachen für sich. „Eine Leuchte fiel vom Mobiliar“, erklärte er bereitwillig.

„Das führt zu zwei weiteren Fragen. A: Was sollte diese Lampe überhaupt auf dem Möbelstück? Und B: Warum hast du die Möbel überhaupt gestapelt?“

Mußte dieser Willie denn alles so genau wissen? ALF hatte beileibe keine Lust, so weit auszuholen. Denn nach der kraftraubenden Arbeit knurrte ihm der Magen. Er hatte Hunger. Deutlich mehr Hunger als normalerweise schon. Also kam statt einer Antwort gleich noch eine Frage: „C: Was gibt's heute zu essen?“

Nun kam auch noch Kate ins Zimmer. Sie starrte auf den Möbelhaufen und schnappte nach Luft. „ALF!“ kreischte sie dann hysterisch und ließ sich in Willies Arme fallen.

Dieser Schrei lockte Lynn ins Wohnzimmer. „ALF, wozu hast du diesen Stapel aufgerichtet?“ wollte sie nun ebenfalls wissen.

ALF schüttelte mißbilligend den Kopf. Wie konnten die alle nur so dumm fragen? Die Sache war doch ganz klar. Gnädig ließ er sich herab, den aufgeregten Tanners zu erklären, daß er die Möbel nur aufeinandergestellt habe, damit sie Jody nicht im Weg ständen. Das war doch wirklich nicht so schwer zu begreifen!

„Sie wird sich aber bestimmt nicht sehr wohl fühlen, wenn ihr andauernd Lampen auf die Füße fallen“, gab Willie zu bedenken.

Und Kate erinnerte ALF mit eindringlichen Worten an die bisherige Situation seiner Freundin: „Jody wohnte in einem Appartement. Dort gab es auch Möbel. Jody ist um die Möbel herumgegangen. Warum soll das hier bei uns anders sein?“

Doch bevor ALF dazu noch ein Wörtchen sagen konnte, kam Brian ins Wohnzimmer gerannt und meldete Jodys Ankunft.

ALF nahm Haltung an. „Also, dann gilt ab jetzt, immer mit der Ruhe! Und etwas mehr Begeisterung für den Gast, wenn ich bitten darf!"

Willie ging zur Haustür und öffnete.

Vor ihm stand eine etwa dreißigjährige rundliche Frau mit einem äußerst sympathischen Gesicht. In der linken Hand hielt sie einen weißen Blindenstock. Freundlich erkundigte sie sich: „Entschuldigung. Ich bin mir nicht ganz sicher, ob ich hier richtig bin. Ich suche ..."

„Jody, altes Haus!" jubelte ALF in dem Moment.

Damit war Jodys Frage beantwortet. Sie schnappte ihr Gepäck und rief dem Taxifahrer draußen zu: „Sie können fahren. Es ist das richtige Haus!"

Willie, mit einemmal ganz Kavalier der alten Schule, nahm Jody das Gepäck ab und bat sie ins Haus. Dann stellte er sich vor: „Ich bin Willie!"

Jody lachte entgegenkommend. „Oh, der Patriarch des Tanner-Clans."

Willie schluckte. „Ja, so könnte man sagen." Dann machte er sie mit seiner Familie bekannt. „Das ist Kate, meine Frau!" Kate schüttelte herzlich Jodys Hand. „Und das sind Lynn und Brian."

ALF dauerte die Vorstellerei viel zu lange. Es wurde Zeit, daß endlich mal jemand seine Arbeit würdigte, fand er. „Jody, renn mal rum. Du wirst nirgendwo anstoßen!" forderte er die blinde Frau auf.

„Ich hoffe, du hast dir nicht die Mühe gemacht, die Möbel umzustellen!" antwortete Jody mit einem herzlichen Lachen.

Das sei für ihn überhaupt keine Mühe gewesen, sondern ein Spaß, betonte ALF, und damit kam er Willie gerade recht.

„Es wird dir sicherlich noch mehr Spaß bereiten, die Möbel wieder zurückzustellen!" forderte er ALF auf.

„Das kannst du ja dann machen." ALF war diesmal für

Arbeitsteilung. „Du sollst schließlich auch deinen Spaß haben!“ meinte er großzügig.

Jody war das Ganze sichtlich unangenehm. „Ich dränge mich ungern auf“, sagte sie verlegen, „aber ich wußte nicht, was ich machen sollte.“

Die ganze Familie schäumte jetzt über vor Gastfreundlichkeit. „Aber bitte, Sie brauchen sich doch nicht zu entschuldigen“, beruhigte Willie sie betont freundlich.

Und Kate pflichtete ihm bei: „Wir freuen uns, daß sie gekommen sind.“

Doch ALF überbot mal wieder alle. „Du kannst bleiben, solange du willst!“ verkündete er strahlend.

„Genau wie ALF!“ stellte Brian trocken fest.

Jody aber wehrte bescheiden ab: „O danke, aber ich bin sicher, daß ihr mich in ein paar Tagen wieder los seid.“

„Ja, das hat ALF damals auch gesagt“, erinnerte sich Brian.

Jody lebte sich erstaunlich schnell ein in der Tanner-Familie. Aber ALF kümmerte sich auch rührend um die Freundin. Mit immer neuen Ideen versuchte er, sie von ihrem schweren Schicksal abzulenken. Zum Beispiel mit Käseraten.

Die beiden saßen am Küchentisch. ALF hatte Jody ein Stück Käse hingeschoben. Sie befühlte es und roch daran.

ALF zählte ungeduldig: „Fünf, vier, drei, zwei ... Die Zeit ist um. Was für ein Käse ist es?“

„Ähm, Schweizer!“ tippte Jody.

„Ziemlich heiß, doch kein Preis!“ grölte ALF und gab des Rätsels Lösung bekannt: „Es ist Allgäuer Bergkäse, ein enger Verwandter vom Schweizer!“

Jody verstand das nicht. „Bist du sicher? Die Löcher sind doch so groß wie die im Schweizer.“

„Hahaha! Ich habe dazu eine Lochzange benutzt!“ triumphierte ALF.

„Da hast du mich ja richtig reingelegt!“ protestierte Jody.

„In der Liebe und beim Käseraten sind alle Tricks erlaubt!“ entgegnete ALF trocken. Am Käseraten hatte er inzwischen aber die Lust verloren und wartete mit einer neuen Idee auf: „Jetzt spielen wir Rülpserraten!“

Und er rülpste so laut und donnernd, daß Jody erschrocken ausrief: „ALF!“

„Nein, nein, du sollst nicht raten, wer rülpst, sondern, was er gegessen hat!“

In dem Augenblick kam Willie mit Lucky auf dem Arm in die Küche und unterbrach die Unterhaltung. „ALF, warum sind da so viele Käseplättchen im Wohnzimmer?“

„Das Wort Käseplättchen sagt mir nichts. Aber es klingt lecker! Frag mal Kate!“

Er hatte kaum ausgesprochen, da stand Kate vor ihm und fuchtelte drohend mit der Lochzange und einer zerknüllten Zeitung unter seinem Riesenriffelrüssel herum. „Warst du das mit der Lochzange?“ wollte sie wissen.

ALF nickte.

„Das erklärt die Käseplättchen!“ murmelte Willie und zupfte kleine Käsestückchen aus Luckys Fell.

Kate hatte aber noch mehr Fragen: „Und warum hast du die Zeitung von heute in den Mülleimer geworfen?“

Gedankenverloren schaute ALF auf seine Pfoten und antwortete: „Weiß ich nicht. Frag doch Kate!“

„Ich — bin — Kate!“ Kopfschüttelnd betonte Kate jedes Wort und sah ALF besorgt an.

„Weiß ich schon.“ ALF gab seine Taktik offen zu. „Ich wollte dich nur ein bißchen verwirren, damit du die Frage vergißt.“

Jody war die Angelegenheit entsetzlich peinlich. „ALF, du hattest doch gesagt, heute wär' keine Zeitung gekommen!“ sagte sie.

„Oh, welch verwirrende Gewebe wir weben, wenn wir nicht wollen, daß die Gäste entschweben!“ dichtete ALF ausweichend.

An seiner Stelle entschuldigte sich Jody bei Kate und Willie. Gleichzeitig bat sie: „Kann mir vielleicht jemand die Wohnungsanzeigen vorlesen?"

„Aber gern", bot Kate an. Sie glättete die Zeitung, so gut es eben ging, und suchte die Spalte ‚*Vermietungen*'. Auf Anhieb fand sie ein Angebot, das sich ihrer Meinung nach nicht schlecht anhörte: *zwei Schlafzimmer, zwei Bäder ...*

Entsetzt über ihr mangelndes Taktgefühl, riß ALF Kate die Zeitung aus der Hand. „Gib her, ich finde bestimmt was. Oh, das klingt gut!"

„Los, lies vor!" Willie war schon ganz ungeduldig.

„*Rippenstück zu eins neunundfünfzig das Pfund!*" trompetete ALF.

„Ich kann aber nicht in einem Rippenstück hausen", erklärte Jody ihm höflich.

„Ja, leider. Aber es wäre schön, wenn du das könntest!" seufzte ALF tief.

„Laßt mich mal sehen!" sagte Willie hilfsbereit, griff nach der Zeitung und las dann vor: „*Gemütliches Einzimmerappartement, möbliert, Teppichboden, schöne Aussicht ...*"

„Abgelehnt!" brüllte ALF.

„Warum das denn?" Jody verstand ihn nicht.

„Da steht: *Zwei Monatsmieten zur Sicherheit.* Das scheint eine gefährliche Ecke zu sein. Da lasse ich dich nicht allein hin!" beschloß ALF.

„Ich werde trotzdem mal anrufen! Wie ist die Nummer?" erkundigte sich Jody.

Willie schaute noch mal nach. „Fünf, fünf, fünf, sieben, drei, drei, neun!"

„Drei, sieben, zwei, drei, acht, drei, eins!" rief ALF verzweifelt hinter ihr her.

„ALF!" protestierte Jody.

„Entschuldige. Fünf, sechs, neun, zwei", verwirrte er sie noch mehr.

Willie warf dem Außerirdischen einen gereizten Blick zu

und folgte Jody zum Telefon, um ihr aus der Zeitung die richtige Nummer vorzulesen.

In der Küche machte ALF währenddessen Kate regelrecht eine Szene. Er brauste auf: „Wenn ihr euch weiter so benehmt, wird Jody noch ausziehen."

Willie, der gerade vom Telefon zurückkam, fuhr ALF genauso heftig an: „Aber Jody will eine neue Wohnung!"

„Das glaubt aber ihr auch nur!" maulte ALF mißmutig.

Kate versuchte es im guten. Leise und besänftigend sprach sie auf ALF ein: „Jody ist eine erwachsene Frau. Sie braucht ihre Unabhängigkeit."

Verächtlich schnaubte ALF, von einer Vorahnung des baldigen Abschieds geplagt: „Ja, das ist leicht gesagt von Leuten wie euch. Ihr versteht nichts von der traurigen Lage der blinden Menschen!"

„Aber du schon!" gab Kate ironisch zurück.

„Jawohl!" ALF war über jeden Zweifel erhaben. Er sprach schließlich aus Erfahrung. „Vor ein paar Tagen habt ihr mich aus Versehen im Garderobenschrank eingeschlossen. Seitdem weiß ich, was es heißt, blind zu sein." Er seufzte. „Blind sein bedeutet: sehr viel Staub und der Geruch von Schuhen!" setzte er schaudernd hinzu.

Willie blieb trotzdem hart. Er war fest davon überzeugt, daß Jody ohne die Tanner-Familie auskam. „Sie hat das ja schließlich schon jahrelang praktiziert. Und sie wird das auch in Zukunft weiterhin können und wollen."

„Denk doch, was du willst!" ALF beschloß, die Tanners jetzt mit einer schrecklichen Drohung zu beeindrucken. „Jody ist meine Freundin, und wenn sie geht, gehe ich auch!"

„Was sagst du da?" erkundigte sich Kate und wagte doch tatsächlich, dabei zu lachen.

Mit ernstem Gesicht wiederholte ALF: „Ich habe gesagt, wenn sie geht, gehe ich auch. Und das ist nicht nur leeres Gerede."

Sein Tonfall schien immerhin Willie etwas zu beunruhigen. „Mach dich bitte nicht lächerlich. Schließlich kann sich Jody doch niemals so gut um dich kümmern, wie wir es tun."

„Kümmern?" Dieses Stichwort brachte ALF vollends auf die Palme. „Willst du damit sagen, ich wäre so eine Art ans Haus gefesselter Hofnarr? Zu deiner Information: *Ich* werde mich kümmern, und zwar um sie. Jody braucht mich so nötig wie einen Kropf."

Kate und Willie schauten sich verständnislos an. Wieso Kropf? Was sollte denn das schon wieder heißen?

„Das ist eine Redensart auf Melmac!" erklärte ihnen ALF. Bevor er aber noch weiter darauf eingehen konnte, kam Jody strahlend vom Telefon zurück.

„Ich bin ein Glückspilz. Das Appartement ist noch zu haben."

„So ein Zufall", rief ALF. „Ich auch!" Dann hob er die Tischdecke hoch und beugte sich unter den Tisch. Er suchte die Katze. „He, Lucky", rief er ihr zu, „der liebe ALF wird für eine Weile außer Haus sein!" Nachdenklich murmelte er dann vor sich hin: „Ich habe noch nie zuvor eine Katze lächeln sehen!" Und mit ein paar schmatzenden Kußlauten verabschiedete er sich schon jetzt von seinem heißgeliebten, aber unerreichbaren Hauskameraden!

ALF machte seine Drohung wahr. Er zog tatsächlich zu Jody, die dieses Angebot allerdings mit gemischten Gefühlen annahm. Sie wußte zwar immer noch nicht, daß es sich bei ALF um keinen normalen Erdenbürger handelte, hatte aber trotzdem ihre Bedenken. Aus Höflichkeit wagte sie jedoch nicht, ihm einen Korb zu geben.

Nach dem Auszug der beiden versammelte Willie seine Lieben und las ihnen ALFs Abschiedsgruß vor. Seine Stimme war vor Rührung belegt. *„Es heißt ja, wenn man Abschied nimmt, dann tut es weh. Und heute weiß ich, daß es stimmt, denn es tut weh. Doch sage nicht, das ist das Ende ..."*

Brian fuhr singend fort: „... *denn statt der Trennung reich' ich Dir zum neuen Anfang beide Hände!*"

Willie schaute Brian erstaunt an. „Woher weißt du, was ALF geschrieben hat?"

„Ist doch uralt, diese Schnulze!" erklärte Tanner junior gelangweilt. Er war sauer, daß sein Freund ihn so schmählich im Stich gelassen hatte.

Willie war ebenfalls enttäuscht. Auch über die Abschiedsworte. „Soviel Mühe, wie ich dachte, hat er sich doch nicht gegeben." Verärgert zerknüllte er den Brief des Außerirdischen, der einen neuen irdischen Wohnsitz gefunden hatte.

ALF versuchte inzwischen, sich bei Jody nützlich zu machen. Zum Beispiel, indem er sich mit ihren Büchern beschäftigte. Gerade hatte er ein ganz besonderes Exemplar gefunden. „Dieses Buch hat ja gar keine Buchstaben, sondern nur Noppen!" staunte er. „Wahrscheinlich ist das eines von den Büchern, wo man Verbindungsstriche ziehen muß", mutmaßte er und griff zum Stift. „Ja, genau, es kommen Spaghetti dabei heraus." Damit fand er seine Vermutung bestätigt.

Eben kehrte Jody schwer bepackt vom Einkauf zurück.

„He, da kommt ja mein Lieblingsessen, ähm, ich meine, hallo, Jody!"

„Hallo, ALF, was machst du Schönes?" erkundigte sich Jody freundlich.

„Oh, ich spiele mit deinen Malbüchern und ziehe Verbindungsstriche. Ich habe soeben Spaghetti herausbekommen. Vielleicht lieferst du die Fleischklößchen dazu oder Rotwein?"

Jody stellte die Tüten auf einem Stuhl ab und tastete nach dem Buch. Erschrocken zog ALF schnell seine Pfote zurück. Jody durfte doch nicht merken, daß sie es mit einem haarigen Außerirdischen zu tun hatte.

„O ALF", erklärte Jody dann, „das ist ein Buch mit Blindenschrift. Siehst du, diese Punkte bedeuten Buchstaben. Wenn du mit den Fingern darüberfährst, kannst du das Buch lesen."

„Ähm, na ja, aber geht bei der Reiberei nicht das Fell von deinen Fingern ab?"

Jody verstand nicht, was ALF meinte.

„Na ja, wenn du behaarte Finger hättest, meine ich!" versuchte ALF sich herauszureden.

Jody schüttelte verständnislos den Kopf. „Du gibst manchmal wirklich eigenartige Dinge von dir."

„Oh, das hat überhaupt nichts zu sagen!" ALF wurde nervös. „Du meinst doch nicht etwa, daß ich merkwürdig wäre oder so was? Ich bin ein ganz normaler, durchschnittlicher Bewohner deines Planeten!"

Jody war ALF für dieses Thema richtig dankbar. Sie hielt den Zeitpunkt für gekommen, mal mit ALF über ein paar Dinge zu reden, die ihr am Herzen lagen. Nur wie? „Da gibt es etwas, ähm ..., was ich gern mit dir besprechen würde", druckste sie verlegen herum.

ALF wurde es ganz unbehaglich zumute.

Schließlich platzte Jody heraus: „Also, du bist ein Mann, und ich bin eine Frau!"

„Na und?" ALF war ein Felsbrocken vom Herzen geplumpst.

Jody wand sich. Wie sollte sie ALF ihre Befürchtungen deutlich machen? „Ich hoffe, du hast nicht irgendwas Komisches mit mir im Sinn!" stieß sie dann hervor.

„Ach, du meinst so was wie Schlagsahne in die Schuhe kippen? Na ja, das könnte schon sein!" ALF mußte lachen.

Doch Jody war noch nicht beruhigt. „Weißt du, ALF, ich kann dich wirklich nicht ganz verstehen. Du hast keine Arbeit! Du gehst nie aus dem Haus! Wer bist du eigentlich?"

Jody hatte wohl noch keinen Verdacht geschöpft, überlegte sich ALF. Jetzt brauchte er eine gute Erklärung. Doch damit war er schnell bei der Hand. „Tja, ich glaube, ich sage dir lieber die Wahrheit. Ich bin alt, eigentlich schon uralt. Ich bin noch älter als Zsa-Zsa Gabor und ihre Schwestern — zumindest als ihre Schwestern."

Damit hatte ALF die blinde Jody wirklich überrascht. „Dafür bist du aber noch sehr agil!" lobte sie ihn bewundernd.

„Das liegt an meiner Spezialdiät. Die läßt nicht mehr als neunzig Prozent Fett zu."

Jody gefiel diese Logik. „Übrigens", meinte sie dann, „weil du gerade davon sprichst: Ich werde jetzt mal das Abendessen vorbereiten."

Da kannte sie ALF aber schlecht. „Das mach' ich. Ich übernehme das Abendessen. Es ist meine Aufgabe, mich um dich zu kümmern!" Er raste zum Telefon, wählte die Nummer vom Pizzaservice und orderte eine doppelte Spezialpizza mit Pepperoni.

Jody staunte über diesen Einfall, hatte aber Bedenken.

„ALF, wir müssen sparen!" rief sie ihm zu.

„O ja, das stimmt!" Prompt ergänzte er seine Bestellung: „Bitte noch zwei Meeresfrüchtesalate dazu, und die Rechnung geht an Tanners!"

Jody protestierte schon wieder: „Wir sollten die Tanners nicht noch mehr belasten!"

„Auch wieder richtig!" sah ALF ein und wollte die Bestellung erneut ändern. „Schicken Sie die Rechnung an die Neue Heimat!" schlug er seinem Gesprächspartner vor, doch der Mann hatte mittlerweile leider aufgelegt!

In der Zwischenzeit hatte Jody die Einkaufstüten ausgepackt: Brokkoli, Spinat, Salat, Möhren, Radieschen türmten sich auf dem Küchentisch!

ALF schaute sich den Berg rüsselrümpfend an. „Was denn, schon wieder Gemüse? Das ist doch keine Nahrung für uns! Das ist doch was für Hasen!" maulte er.

Jody schien wenig beeindruckt. „Es ist genau das, was ich immer esse!"

„Ein richtiges Essen wäre mir lieber. Zum Beispiel so ein gehörntes Vieh, das man in Texas mit dem Auto überfährt!" Mit einem lauten Schmatzen begleitete ALF seinen Menüvorschlag!

Jody, der Vegetarierin, lief es eiskalt über den Rücken. „Probier erst mal meine Spinat-Lasagne. Doch zuallererst kannst du dich nützlich machen und im Wohnzimmer den Tisch für uns decken", schlug sie vor. Vorsichtig nahm sie zwei Gläser aus dem Schrank und stellte sie auf den Küchentisch.

„Null Problemo, stets zu Diensten", sagte ALF und schnappte sich die Gläser. „Schließlich bin ich ja hier, um dir zu helfen!" Stolz klopfte er sich vor die Brust — und ließ ein Glas fallen. Es zersplitterte auf dem Boden. Als Jody sich erschrocken umdrehte, murmelte ALF verlegen: „Ähm, zuerst räume ich mal die Scherben weg! Aber wieso ist das Glas nur so plötzlich explodiert?"

Doch von solch kleinen Mißgeschicken ließ sich ALF nicht entmutigen. Seine Hilfsbereitschaft, der blinden Jody das Leben zu erleichtern, kannte keine Grenzen. Auch wenn Jody seine Bemühungen manchmal nicht recht würdigte.

„ALF, wieso sind da plötzlich so kleine Hügel im Flur?" hörte er Jody am nächsten Tag rufen.

„Das sind Bremshügel. Du mußt deine Schrittgeschwindigkeit herabsetzen."

„Ich bin aber über einen deiner Sicherheitshügel gestolpert!" beklagte sich Jody.

„Dann warst du wohl zu schnell!" folgerte ALF.

„Was machst du denn eigentlich gerade?" Jody kam zu ALF ins Wohnzimmer. Ihr Tonfall verriet eine Spur Gereiztheit und Unruhe.

„Ich mache diese Wohnung für dich blindensicher!" antwortete ALF selbstbewußt.

„Aber sie war sicher. Vorher! Jetzt muß man hier Hindernisrennen veranstalten! Wir sollten wirklich bald etwas Vernünftiges finden, um dich zu beschäftigen!" stöhnte Jody.

„Ich hab' schon was. Ich mache Kurvensensoren an deine Schuhe!" Ganz stolz sah er sich Jodys rote Lackschuhe an. Er hatte sie mit zahlreichen Drähten und Kügelchen ausgestattet, so daß sie jetzt aussahen wie die Sonntagsschuhe eines Mondfahrers.

Jody betastete diese fantastische Erfindung und wurde dann sauer. „Ich habe mir noch nie die Knöchel an einer Kurve gestoßen!"

„Reine Glückssache!" glaubte ALF zu wissen.

Jody holte tief Luft. Es war höchste Zeit, ein ernstes Wort mit ALF zu sprechen. „Weißt du, ALF, als du hier eingezogen bist, wolltest du nur so lange bleiben, bis ich mich eingewöhnt hätte. Ich glaube, jetzt habe ich mich eingewöhnt."

Überrascht blickte ALF von seiner Arbeit hoch. „Nein, nein und noch mal nein. Ich sag's dir schon, wenn es soweit ist." So schnell wurde man einen Außerirdischen nicht los. Und er bekräftigte seine Absicht zu bleiben: „Ich lasse doch meine süße kleine Blindgängerin nicht einfach allein!"

In diesem Moment wurde Jody klar, daß ALF ihr über den Kopf gewachsen war. Sie brauchte Hilfe. Sie wollte sich Rat bei den Tanners holen. Unter einem Vorwand schickte sie ALF weg: „Ich muß meine Schlüssel im Schlafzimmer verloren haben. Würdest du bitte mal nach ihnen suchen?"

„Null Problemo!" ALF schlurfte von hinnen.

Hastig tastete Jody sich zum Telefon und wählte die Nummer der Tanners.

Glücklicherweise konnte ALF nicht hören, was hinter seinem Rücken besprochen wurde.

„Ja, Willie, genauso ist's! Genau das ist das Problem ... Sie sagen es! ... Prima, das ist eine gute Idee. Ich bin dann nicht im Zimmer, wenn Sie kommen ... Ja, das läßt sich machen ... Bis später. Auf Wiederhören, Willie!" flüsterte Jody.

„Autsch, du blöder Bremshügel. Du bist für Jody da und

nicht für mich!" tönte es da aus dem Flur. ALF kam mit den Schlüsseln zurück.

Jody erklärte ihm, daß sie jetzt im Keller Wäsche aufhängen werde.

„Ja, folge nur immer der Leine, die führt in den Keller!" rief ihr ALF nach.

Er selbst hatte sich schon wieder eine neue Beschäftigung ausgedacht. Mit Hammer und Nagel wollte er versuchen, eine Sellerieknolle mit Blindenschrift zu versehen. Er setzte sich mit den ganzen Utensilien an den Küchentisch und vertiefte sich in seine Arbeit.

„Autsch!" schrie er kurz darauf wie am Spieß. Er hatte sich mit dem Hammer kraftvoll auf den Daumen gehauen. „Autsch! Au! Au! Kate, Willie! Ich habe mich schwer verletzt! Helft mir!" Aber keiner kam, um ihn zu trösten. „Was soll ich nur machen? Niemand ist hier. Dann muß ich eben meinen armen Daumen selber küssen", beschloß er notgedrungen. Doch er war von dem Ergebnis enttäuscht. „Es ist nicht dasselbe! Bei Kate wirkt's viel besser!"

Just in dem Moment läutete es. „Wer ist da?" schnarrte ALF mißmutig. Aber welch Wunder! Hinter der Tür hörte er den Klang vertrauter Stimmen.

„Wir sind's, ALF!"

Er sauste los, um zu öffnen. „O Kate! Ich hab' mir gerade meinen kaputten Finger selber küssen müssen. Aber kommt doch rein!" rief er mit vor Freude zitternder Stimme. „Was führt euch in diese unabhängige, sorgenfreie, abgelegene Gegend?" bestürmte er Kate und Willie.

Kate erklärte, daß sie eigentlich rein zufällig vorbeikämen und einfach mal nachschauen wollten, wie's denn so liefe bei ALF und Jody.

„Prima! Macht euch in Ruhe ein Bild", lud ALF sie ein.

„Hübsch habt ihr's hier!" lobte Willie mit einem Blick in die Küche und erkundigte sich so ganz nebenbei: „Na, was treibst du denn so den ganzen Tag?"

ALF erzählte begeistert von seiner Arbeit und zeigte stolz das Gemüse, das er gerade beschriftete. „Ich bin nur froh, daß ich nicht ein ganzes Buch übertragen muß. Zum Beispiel ‚Krieg und Frieden'."

Kate hatte aber keine Lust mehr, ALF noch weiter eine Komödie vorzuspielen. Sie kam zur Sache und erzählte, daß Jody vorhin bei den Tanners angerufen habe.

„Jody möchte gern ihr eigenes Leben führen", informierte Willie ihn genauer. „Sie meint, es wäre Zeit, daß du wieder nach Hause kommst!"

Das war eine bittere Nachricht. ALF konnte und wollte es nicht glauben. „Das klingt aber gar nicht nach Jody. Vielleicht war das eine andere Blinde, die sich in der Nummer geirrt hat!" überlegte er.

Aber Willie war sich ganz sicher, daß Jody angerufen hatte.

„Na ja, wenn sie es wirklich so will!" ALF war die Enttäuschung deutlich anzumerken. Er hätte ja damit rechnen müssen! Nicht zufällig hieß ein Sprichwort auf diesem Planeten „Undank ist der Welten Lohn". Trotzdem konnte er Jody mit ihrem charmanten Wesen nicht böse sein.

„Hallo, ALF, ich bin wieder da", hörte er sie auch schon wieder fröhlich rufen.

ALF versuchte seinen Schock zu verbergen. „He, Jody, zieh jetzt nicht deine Kleider aus. Wir haben Besuch!"

Die Tanners begrüßten Jody mit großem Hallo.

ALF war es in diesem Moment allerdings überhaupt nicht nach belanglosem Gerede zumute. Er bat Kate und Willie, ihn mit Jody ein paar Minuten allein zu lassen. „Ihr könnt ja in der Zwischenzeit Jodys Socken im Schlafzimmer beschriften", schlug er vor.

Kate und Willie zogen sich diskret zurück. Gleich darauf hörten ALF und Jody ein lautes Fluchen aus dem Gang. Willie war über einen der Bremshügel gestürzt.

Davon ließ sich ALF aber nicht beeindrucken. „Jodylein", begann er seine folgenschwere Rede, „setz dich besser erst mal. Nein, nicht in den Sessel ... Oh, zu spät!"

„Hab' ich was falsch gemacht?" Jody fühlte sich eigentlich ganz wohl dort, wo sie saß.

„Äh, na ja, ich habe ihn mit Tonbuchstaben beschriften wollen, und die müssen erst noch gebrannt werden — aber dazu komme ich jetzt sowieso nicht mehr."

„Wirklich?" Jody schien nicht sehr überrascht zu sein.

„Ich hab' nämlich ein bißchen nachgedacht. Es ist Zeit für mich, zu den Tanners zurückzugehen!"

Als Jody nicht reagierte, versuchte ALF, ihr seinen Entschluß zu erklären: „Du wußtest ja von Anfang an, daß es nur ein vorübergehendes Arrangement sein sollte. Ich habe dir gesagt, wenn du dich eingewöhnt hast, werde ich gehen!"

„Ja, ich habe mich ganz gut eingewöhnt!" gestand Jody ein.

ALF zögerte. „Also, dann werde ich gehen und wieder zu den Tanners ziehen", beschloß er endgültig. Wehmütig schaute er Jody an.

„Alf, bevor du gehst, möchte ich dir danken für alles, was du in den letzten Wochen für mich getan hast. Ich weiß nicht, wie ich die schwere Zeit sonst überstanden hätte!"

„Nicht der Rede wert", fand ALF, die Bescheidenheit in Person.

„Doch, doch!" unterstrich Jody ihre Dankbarkeit. „Sag so was nicht. Nicht jeder kann ein Ei beschriften."

ALF war gerührt und verriet doch tatsächlich sein Geheimnis: „Es geht übrigens einfacher, wenn sie hartgekocht sind. Ich bin aber auch erst nach einem guten Dutzend dahintergekommen."

Zur Erinnerung an ihre gemeinsame Zeit schenkte ihm Jody nun ein dickes Buch mit Blindenschrift.

„Wow! Da hast du ja extra Fleischklößchen für mich

eingezeichnet!“ ALF war begeistert. „Das muß ich unbedingt Kate und Willie zeigen.“ Er rannte raus und fiel natürlich prompt über seine eigenen Bremshügel. „Oh, die funktionieren ja wirklich! Kate! Willie! Schnell herkommen. Ich habe mich am Knie verletzt. Könnt ihr es mir küssen?“

Auf Verbrecherjagd

Im Wohnzimmer der Tanners sah es aus wie in einem Frisiersalon. Kämme, Bürsten, Fön, Lockenwickler, Haarspray und Gel lagen auf dem Teppich verstreut. Mitten in diesem Durcheinander saß, nein thronte ALF. Um den Hals hatte Lynn ihm einen hellblauen Frisierumhang mit Spitzenborte gebunden. Jetzt mühte sie sich nach Kräften, ALFs Strubbelhaar einen modischen Schnitt zu verpassen.

Kritisch verfolgte ALF Lynns Bemühungen in einem Handspiegel. „Schneid mir den Pony bloß nicht zu kurz, sonst sehe ich noch aus, als hätte ich eine zu lange Nase!" raunzte er sie unvermittelt an. Er ließ keinen Zweifel daran, daß ihm die Verschönerungsaktion äußerst wichtig war.

„Ich wußte gar nicht, daß du so großen Wert auf dein Aussehen legst!" kommentierte Kate.

„Glaubst du vielleicht, ich sehe so gut aus, ohne was dafür zu tun?" ereiferte sich der Außerirdische. Noch immer grübelte er, ob er sich nicht grüne Strähnchen in sein Kopfhaar färben lassen sollte.

Seine Überlegungen wurden von der Türklingel jäh unterbrochen. „Versteck dich in der Küche, ALF!" schnarrte ALF höchstpersönlich los, bevor sonst jemand etwas sagen konnte. Prompt gehorchte er, sprang vom Stuhl und schaute Kate, Willie und Lynn provozierend an. „Dieses Mal war ich schneller als ihr!" setzte er triumphierend hinzu. Bevor er seinen Rückzug in die Küche antrat, mußte ihm Lynn noch einen Spiegel vorhalten, damit er auch seinen Hinterkopf begutachten konnte. ALF nickte zufrieden.

Da streckte ihm Lynn die offene Hand hin und forderte: „Das macht zwei Dollar, ALF. Rück schon raus!"

„Zwei Dollar? Bist du wahnsinnig? Ich hatte nicht mal eine Maniküre!" protestierte er und begutachtete seine haarigen Pfoten.

Wieder läutete es an der Tür, dieses Mal stürmisch. ALF verschwand in der Küche. Freiwillig! Denn einerseits entging er damit Lynns Zahlungsbefehl, andererseits plagte ihn ohnehin schon die ganze Zeit ein dumpfes Gefühl in der Magengegend, das ihn unwiderstehlich in Richtung Kühlschrank zog.

Willie öffnete die Haustür. Draußen standen Rachel Ochmonek und ihr Pflegesohn Jake.

„Willie, Kate! Bei uns hat man eingebrochen!“ kreischte Rachel los. Sie stürzte ins Wohnzimmer und rasselte, ohne Luft zu holen, die Schadensbilanz herunter: „Der Fernseher, das Videogerät, die Silbersachen, alles ist weg! Sogar unser Ölgemälde ‚Billardspielende Hunde‘ haben sie mitgehen lassen!“

Kate war fassungslos und stöhnte nur: „Oh, nein!“

„Das ist wirklich ein starkes Stück!“ Willie versuchte den Redefluß der Nachbarin zu bremsen. Vergeblich. Rachel ereiferte sich immer mehr und rannte wie ein aufgescheuchtes Huhn durch das Wohnzimmer.

„Ganz besonders leid tut es mir um Ihre Kreissäge!“

„Was, meine Säge ist auch weg?“ Willie schluckte.

Rachel schien diesem Verlust offenbar keine allzu große Bedeutung beizumessen. „Ja, leider. Und Trevor wollte sie Ihnen morgen gerade zurückbringen. Ironie des Schicksals!“ Rachel lächelte säuerlich.

„Haben Sie denn wenigstens die Polizei gerufen?“ wollte der mitgeschädigte Willie wissen.

„Wie denn?“ raunzte Rachel. „Das Telefon haben sie auch geklaut.“

Willie zögerte einen Moment. Dann siegte sein gutes Herz. Er zog seine Neuerwerbung, ein schnurloses Telefon, her, und bot der Nachbarin an, von hier aus bei der Polizei anzurufen.

Jetzt mischte sich Jake ein. „Darf ich mal fragen, ob das auch euer Telefon ist?“

Mit einem beleidigten Seitenblick stellte Willie klar: „Ich habe die Quittung dafür!“ Dann reichte er Rachel den Hörer.

Aufgeregt schreiend machte sie Meldung bei der Polizei. Völlig erschöpft ließ sie sich dann in einen Sessel fallen und stöhnte: „Ich komme mir so entehrt vor!“

Kate verstand zwar nicht genau, was der Einbruch mit Rachels Ehre zu tun haben könnte, sie versuchte aber trotzdem, die Nachbarin zu trösten, und bot ihr Hilfe an.

Doch Rachel war der Meinung, daß die Tanners sich lieber erst mal selber helfen sollten. „Sehen Sie sich nur vor! Schließen Sie Türen und Fenster. Denn man kann nie wissen, wann jemand mit unseren Besitztümern abhaut!“ Mit dieser Mahnung erhob sie sich und verließ die Nachbarfamilie, um zu Hause auf das Eintreffen der Polizei zu warten. Willies schnurloses Telefon nahm sie sicherheitshalber mit!

„Unser Telefon!“ keuchte Willie. Er fühlte sich völlig überrumpelt.

„Ich kann es Ihnen wiederbeschaffen!“ Jake grinste ihn an. „Sagen wir für drei Dollar. Bloß als Verhandlungsbasis!“ Dann folgte er seiner Tante.

„Habe ich was Wichtiges versäumt? Ich war unter der Haube!“ Interessiert tauchte ALF in der Durchreiche auf. Um seinen Kopf hing noch immer ein Haarnetz, und aus der Küche strömte ein penetranter Geruch von Haarspray und Nagellack.

Wieder klingelte es an der Haustür, und Brian meldete von seinem Späherposten am Fenster Jakes Ankunft. Das rettete den Außerirdischen vor erneuter Verbannung in die Küche. Schließlich kannten sich Jake und ALF nun schon seit einiger Zeit. Und hatten sich schätzengelernt. Mit Brian dagegen lebte Jake im permanenten Kriegszustand. Jake machte den Nachbarjungen auch gleich an: „He, Winzling, ich wußte gar nicht, daß du schon bis an die Klinke reichst!“

„Vorsicht! Ich bin zwar klein, aber drahtig!“ Brian versuchte bei Jake Eindruck zu schinden, doch der beachtete ihn schon gar nicht mehr weiter.

„Ich bringe euer Telefon zurück. Das macht fünf Dollar!" Er wandte sich an Willie und hielt ihm die flache Hand fordernd entgegen.

Willie entrüstete sich: „Vorhin hast du gesagt, drei Dollar!"

„Ich habe gesagt, als Verhandlungsbasis. Die Preise können steigen!"

„Sie können aber auch fallen, auf Null Komma nix!" Willies Stimme war messerscharf.

„Null Komma nix? Ähm, das wäre mein nächstes Angebot gewesen!" Wie immer, wenn er keine Chance mehr sah, zog sich Jake geschickt aus der Affäre. Ein Verlierer war er nie. Breit grinsend überreichte er Willie mit großmütiger Geste das Telefon.

„He, Jake, alter Gauner, komm zieh dir 'nen Stuhl ran, wir spielen Karten." ALF hatte es sich in seiner ganzen aufpolierten Schönheit am Wohnzimmertisch bequem gemacht und mischte bereits das Pokerblatt.

„Gut, dann komme ich eben auf eine andere Art an meine fünf Scheinchen!" Jake witterte eine neue Einnahmequelle.

„Ich setze beim Kartenspiel nie mehr, als ich bereit bin zu verlieren!" tönte ALF und fügte mit harmloser Miene hinzu: „Ich setze Willies Wagen!"

Im selben Moment stürzte Kate ins Wohnzimmer. „Ihr werdet es nicht glauben: Ich habe gerade mit Mrs. Litwak gesprochen. Bei ihr ist auch eingebrochen worden!" erklärte sie.

„Drei Einbrüche in einem Monat!" bemerkte Willie und bewies damit, daß er tatsächlich in der Lage war, bis drei zu zählen.

ALF sah, daß er handeln mußte, und kündigte sein Vorhaben lauthals an: „Ich werde alle wertvollen Lebensmittel auffuttern, bevor sie jemand stehlen kann!" Mit wichtiger

Miene wollte er soeben seine Art der Verbrechensbekämpfung noch weiter ausführen, als es erneut klingelte. ALF mußte sich zurückziehen.

Vor der Tür diskutierten Rachel und Trevor die jüngsten Ereignisse. „Bei den Litwaks wurde auch eingebrochen!" Sensationslüstern posaunte Rachel ihre Neuigkeiten heraus und starrte Kate erwartungsvoll an. Doch welche Enttäuschung!

„Schon gehört", lautete Kates trockener Kommentar. Ihr gingen die lieben Nachbarn langsam, aber sicher auf den Wecker.

„Von wem?" bohrte Rachel nach.

„Von Mrs. Litwak persönlich!" gab Kate gereizt zurück.

„Warum ist die nur immer so voreilig?" Schon wieder war die Nachbarin in ihrer Ehre gekränkt. Schließlich fühlte sie sich für die Verbreitung von Neuigkeiten aller Art zuständig.

Endlich machte sich auch Trevor bemerkbar. Ihm dauerte das Vorgeplänkel bereits zu lange. „Jetzt komm doch mal zur Sache, Rachel!" Dann wandte er sich an Willie: „Wir wollen eine Bürgerwehr aufstellen. Möchten Sie dabei nicht mitmachen?"

„Eine Bürgerwehr rund um die Uhr?"

„Genau!"

„Apropos Uhr", Rachel schien etwas zu dämmern, „äh, Kate, die Uhr, die Sie mir neulich geliehen haben, war doch hoffentlich versichert!"

Kate blickte Willie vielsagend an. Dann schlug sie ihm wenig begeistert vor: „Ähm, vielleicht sollten wir mitmachen, bevor wir noch alles verlieren!"

„Na prima!" Trevor haute Willie begeistert auf die Schulter, so daß dieser mit schmerzverzerrtem Gesicht zusammenzuckte. Dann ging Trevor Ochmonek ohne Umschweife zur Organisation über: „Die erste Versammlung ist morgen abend um acht Uhr. Wir bringen ein paar Stühle mit, und ihr sorgt für die Erfrischungen. Also dann bis morgen abend um acht!" Mit einemmal schienen die Ochmoneks es ziemlich eilig zu haben.

Doch dann schritt Kate ein: „Augenblick noch. Soll die Versammlung nicht lieber bei Ihnen stattfinden? Es war schließlich Ihre Idee, nicht wahr?"

„O bitte, Kate, ich bin so durcheinander. Ich müßte die ganzen Plastikbezüge von den Möbeln nehmen."

„Ich sitze ganz gern auf Plastik", murmelte Willie, und Kate schlug einen Kompromiß vor: „Wir machen die Versammlung bei Ihnen zu Hause, und wir bringen die Erfrischungen mit!"

Rachel gab seufzend nach. „Ja, aber nichts Besonderes, einfach ein paar belegte Brötchen und vielleicht eine kleine Mokkatorte, wenn's geht koffeinfrei!"

Jetzt meldete sich Jake zu Wort. Auch er wollte seinen Beitrag leisten: „Ich komme rüber und pass' auf Ihre minderjährige Tochter auf und auf Ihren Sohn und diesen, äh, haarigen Kerl!"

„Auf den Kater!" korrigierte Willie schnell, bevor die Ochmoneks Fragen stellen oder irgendeinen Verdacht schöpfen konnten.

Aber die waren schon dabei, sich zu verabschieden. „Also, wir sehen uns morgen. Aber bitte vergessen Sie die belegten Brötchen nicht!"

Das war das Stichwort für ALF. Die Klappe der Durchreiche flog auf. „Belegte Brötchen, Mokkatorte ... Und unsereins darf nicht mal ein Kätzchen futtern ", brummelte der haarige Kerl empört vor sich hin.

Die Informationsveranstaltung zur Gründung einer Bürgerwehr fand, wie geplant, am nächsten Abend im Hause der Ochmoneks statt. Neben Tanners hatten sich noch einige andere Nachbarn dort im Wohnzimmer versammelt, voller Spannung, was auf sie zukommen würde. Zur Unterstützung der Aktion hatten die Ochmoneks einen Sicherheitsbeamten eingeladen, der ihnen erklären sollte, wie eine Bürgerwehr funktioniert.

Griswald, der Wachmann, war sich seiner Bedeutung durchaus bewußt. Stolz wie ein Pfau spazierte er in seiner Uniform auf und ab und versuchte, die Anwesenden für seine Idee zu erwärmen. „Denken Sie an das Motto unserer Bürgerwehr: In unsere Blocks kommt kein Gesocks!"

Während Griswald nach Freiwilligen für eine regelmäßige Straßenpatrouille suchte, vertrieben sich nebenan bei den Tanners Lynn, Brian und Jake die Zeit mit Kartenspielen. ALF stand mit einem Fernglas auf Spähposten und verfolgte das Geschehen im Nachbarhaus. Allerdings tat sich dort wenig Aufregendes. Eher schon hinter ALFs Rücken, wo Jake auf Teufel komm raus mit Lynn flirtete und schäkerte und lachte. ALF fand das überhaupt nicht witzig. Eifersüchtig überwachte er die Bemühungen des frühreifen Bürschchens. Ihm ging dessen Verhalten gewaltig auf den Keks. „Könntet ihr eure verliebten Anspielungen ein bißchen runterdrehen? Bei mir beschlagen schon die Gläser des Fernrohrs!" maulte er und versuchte, sich wieder auf das Wohnzimmer der Ochmoneks zu konzentrieren.

Dort war Wachmann Griswald mit seinen Erklärungen inzwischen ein gutes Stück weitergekommen. Er stellte nun die Bedeutung einer Zentrale für die Bürgerwehr dar. „Es wäre sinnvoll, wenn die Leute draußen auf Patrouille Kontakt zu einem zentralen Stützpunkt hätten. Besitzt vielleicht irgend jemand eine Funkausrüstung? Kurzwelle? Amateurfunk oder irgendwas?"

„Willie hat so ein Funkgerät in seiner Garage!" Rachel konnte endlich ihr Wissen anbringen. Es zahlte sich eben doch aus, wenn man stets mit offenen Augen durch die Gegend ging.

Griswald war begeistert. Die Garage würde ein gutes Hauptquartier abgeben, fand er und fragte Willie: „Wären Sie bereit, als Wachhabender zu fungieren?"

„Ähm, nein, eigentlich nicht!“ antwortete Willie ehrlich.

Trevor, der gehofft hatte, selbst diesen wichtigen Job zu bekommen, mäkelte: „Der will sich doch nur bitten lassen!“

Rachel aber ging schon weiter auf der Tagesordnung: „Ich schlage Willie Tanner als Wachhabenden vor und beantrage für ihn eine Uniformmütze!“

Das Abstimmungsergebnis war überwältigend. Einstimmig wurde Tanner von allen Nachbarn zum Wachhabenden gewählt. Willie war gerührt. Dieser Vertrauensbeweis machte ihn richtig stolz. Er hatte gar nicht gewußt, daß ihn seine Nachbarn so schätzten. Jetzt konnte er natürlich nicht mehr ablehnen. Deshalb versprach er mit fester Stimme: „Ich werde meine ganze Kraft in diese Aufgabe stecken!“ Und die Nachbarn applaudierten.

Bereits am nächsten Abend begann Willie, der Wachhabende, mit dem Einrichten des Hauptquartiers. Im Grunde war ALF mehr als zufrieden mit Willies neuer Aufgabe. Schließlich würde die ja wohl mal wieder Abwechslung in das Alltagsleben bringen. Aber einen gewaltigen Haken hatte die Sache, und so stapfte ALF mißmutig in der Garage herum.

„Also, ich bin stinksauer, Willie. Jetzt sag mir einen Grund, warum ich nicht bei dieser Bürgerwehr mitmachen kann!“

„Ganz einfach: Man legt eine große Verantwortung nicht in verantwortungslose Hände!“

„Das ist keine Begründung, das ist eine Plattheit!“

„Es ist aber so. Basta!“

„Das ist autoritär. Das ist schlimmer als autoritär. Das ist sautoritär!“

„Die Antwort ist: *nein!*“

Willie ließ sich nicht aus der Ruhe bringen. Anhand einer Checkliste, die ihm Griswald gegeben hatte, überprüfte er seelenruhig die Ausstattung seiner Zentrale. Dann probierte er seine blaue Uniformmütze auf und schaute sich stolz im Spiegel an.

ALF aber versuchte es mit einer neuen Tour. Seine Vorzüge würden diesen sturen Wachhabenden bestimmt überzeugen: „Ich wäre die ideale Besetzung für diese Aufgabe. Schließlich habe ich eine starke Stimme!“

„Ja“, Willie bügelte ihn sofort herunter, „und die Leute werden gern wissen wollen, wem diese starke Stimme gehört!“

ALF holte tief Luft. „Aber es wird deine Stimme sein, Willie. Als Tonmeister kann ich Wunder vollbringen. Ein bißchen mehr Höhen, ein bißchen weniger Bässe, ein Quentchen mehr Ausgewogenheit, und ich klinge genau wie du. Das einzige, was mir fehlt, ist ein Kurs in der Stotterschule!“

Willie hörte schon gar nicht mehr zu. Er hatte längst seinen Dienst aufgenommen und über Funk Kontakt zu den Nachbarn hergestellt.

Trevor gab einen ersten Lagebericht. Er meldete sich vom Haus der Byrds, wo er gerade die Walkie-talkies ausprobierte. Doch anstatt sich ganz der Verbrechensbekämpfung zu widmen, brachen Trevor und Mrs. Byrd am anderen Ende einen riesigen Streit vom Zaun. Willie wollte die beiden Zankhähne beruhigen, doch es half nichts. Mrs. Byrd verlangte über Funk einen neuen Partner.

„Bleiben Sie bitte beide auf Ihren Posten. Ich melde mich gleich wieder!“ flehte Willie sie an.

Zu allem Überfluß lag ihm auch noch ALF weiter in den Ohren. „Willie, du kannst dieses Unternehmen nicht vierundzwanzig Stunden am Tag leiten. Du brauchst einen Assistenten, und der buchstabiert sich A — L — F!“

„N — I — E.“

„Ach Willie, bloß einen Versuch, bitte. Ich betrachte dich auch als einen ziemlich fairen Menschen“, ALF holte kurz Luft, „mit einer ziemlich blöden Mütze!“

Das saß. Willie riß sich die Mütze vom Kopf, schmiß sie ALF zu und knurrte: „Na schön, du willst eine Chance. Bitte! Du hast sie. Versuch es, und mach aus den beiden Wirrköpfen da drüben ein Team!"

Das ließ sich ALF nicht zweimal sagen. Er setzte sich die Mütze auf und nahm an Willies Funkstation Platz. Dann plärrte er im Kasernenhoftonfall in sein Sprechgerät: „Ochmonek, Byrd! Hier spricht der Wachhabende. Mit allen Streitigkeiten ist da draußen sofort Schluß. Sofort, habe ich gesagt! Sie sollen nicht sich bekämpfen, sondern das Verbrechen!"

„Sie klingen plötzlich so anders, Tanner", meldete sich Trevor, „sie klingen plötzlich so befehlsgewohnt!"

ALF schaute Willie triumphierend an und schnauzte zurück: „Jetzt möchte ich da draußen aber endlich Teamarbeit sehen. Geben Sie sich die Hand, und vertragen Sie sich!"

„Die Hand geben? Dem Ferkel? Der hat doch in meiner Mülltonne herumgewühlt!" protestierte Mrs. Byrd.

„Gut, dann salutiert voreinander!" forderte ALF.

Trevor lenkte ein: „Ja, schon gut, wir salutieren."

Beim Abendessen fehlte ALF. Kate bat Willie, ihn zu holen. Doch der verblüffte die ganze Familie mit der Nachricht: „Er sagt, er will nicht essen!"

„ALF verzichtet freiwillig auf eine Mahlzeit?" Lynn konnte es nicht glauben.

„Schnell, ruf Dr. Brinkmann an!" empfahl Brian trocken.

Willie aber erzählte, daß ALF als Wachhabender zu beschäftigt sei, um ihnen beim Abendessen Gesellschaft zu leisten.

„ALF nennt sich selbst Wachhabender?" Kate konnte sich kaum noch halten vor Lachen.

„Ja, komisch, nicht? Er geht richtig auf in dieser Nachbarschaftsbürgerwehr", berichtete Willie.

Auch Kate hatte dies festgestellt. „Wem sagst du das? Während seiner gestrigen Haus- und Garteninspektion hat er mir erklärt, unsere Außenbeleuchtung wäre unzureichend!"

„Und dann sagte er, er müsse mein Fahrrad beschlagnahmen, wenn ich es nicht anmelden würde." Brian tippte sich an die Stirn.

„Und ich sollte bei der Tierhandlung nachfragen, was ein Bullterrier kostet!" ergänzte Lynn kopfschüttelnd.

„Und dir hat er keinen Auftrag gegeben, Paps?" wollte Brian dann wissen.

„Oh, er hat mir geraten, mich um meine Familie zu kümmern und die Verbrecher den Profis zu überlassen!" gestand Willie ein.

Kate wurde nachdenklich. „Wißt ihr, vielleicht erleben wir jetzt so was wie die Geburt eines neuen ALF. Ich meine, eines verantwortungsvolleren und erwachseneren. Vielleicht."

Erwartungsvoll schaute sie ihre Familie an. Dann tönte es wie aus einem Munde: „Nein!"

ALF ging tatsächlich voll in seiner Aufgabe auf. Er hatte inzwischen sogar die Überwachung der Straße per Videokameras organisiert und konnte so die Aktivitäten der Bürgerwehr noch genauer kontrollieren.

Mit seinem Kommandoton sorgte er bei den Nachbarn aber für ziemlich viel Verwirrung. Keiner hatte sich Willie dermaßen rüpelhaft vorgestellt. Sie fanden es unglaublich, daß eine Uniformmütze einen Menschen so veränderte. Da ließ sich dieser Tanner doch tatsächlich stets mit seinem Dienstgrad als Wachhabender anreden. Und wehe, man vergaß, seine Funkmeldung mit „over" zu beenden. Sofort wurde man angeraunzt.

In seinem Übereifer passierten dem Wachhabenden allerdings auch ein paar peinliche Schnitzer. So ließ er Mrs. Byrd einmal als ein „verdächtig aussehendes Individuum mit ziemlich schäbigem Pelzmantel" überwachen. Dann bat er Griswald telefonisch um Unterstützung, weil ein Mann mit großem Plastiksack aus dem Haus 202 gekommen sei. Wie sich später herausstellte, war das der Hausbesitzer, der die Mülltüten zum Abfall brachte. Von solchen Kleinigkeiten abgesehen, hatte er die Situation voll im Griff.

Bis die Ochmoneks auftauchten. Wie immer fiel Rachel gleich mit der Tür ins Haus.

„Wir alle finden, daß Sie Ihre Aufgabe als Wachhabender ein ganzes Stück übertreiben!" bellte sie Willie frontal an.

„Habe ich denn etwas getan, was Sie verletzt hätte?" stammelte Willie daraufhin unsicher.

„Sie haben mich ‚Pferdegesicht' genannt!" fuhr Rachel ihn empört an.

„Ich bin sicher, ich habe nicht ‚Pferdegesicht' gesagt. Es war etwas viel Netteres, das nur so ähnlich klang wie ‚Pferdegesicht'." Willies Rechtfertigungsversuch hatte wenig Erfolg.

„Wir geben unsere Codenamen zurück. Streichen Sie ‚Phantom' und ‚Lolita' von Ihrer Liste. Und die Byrds und die Litwaks steigen ebenfalls aus", erklärte Trevor und fügte gleich hinzu: „Also uns brauchen Sie nicht mehr zu rufen. Wir fahren heute sowieso weg zum Einkaufen. Wir müssen schließlich unsere ganze Wohnung neu einrichten."

Kaum waren die Ochmoneks aus dem Haus, war Willie auch schon auf dem Weg in die Garage. Er hatte etwas mit ALF zu besprechen. Er kam genau im richtigen Moment. ALF war voll in Aktion. Er bemerkte Willie nicht einmal.

„Hier spricht Ihr Wachhabender. Bitte kommen, Litwak, Byrd, Ochmonek. Wo sind Sie? Rambo? Langbein? Pferdegesicht? Ist da niemand draußen? Na, vielleicht wieder eine kleine Katastrophe wie auf Melmac. Und ich bin der einzige Überlebende. Ochmonek, ich weiß, ihr seid da draußen. Ochmonek!"

In dem Moment nahm ihm Willie das Funkgerät aus der Hand und sagte kurz und knapp: „Aus mit dem Wachhabenden. Du bist gefeuert!"

ALF starrte den Eindringling erstaunt an. „Das meinst du doch bestimmt nicht ernst, oder?“

„Doch. Genau, wie ich es gesagt habe. Nicht nur, daß du mich vor all meinen Nachbarn gedemütigt hast, du hast außerdem eine ausgezeichnete Verbrechensvorbeugungsmaßnahme zerstört.“

Ohne weiter auf ALF zu achten, drehte sich Willie auf dem Absatz um und verließ die Garage.

ALF aber starrte wie gebannt auf den Bildschirm. Träumte er, oder war das Wirklichkeit? Er sah den Schatten eines Einbrechers, der soeben durch das Fenster in Ochmoneks Haus einstieg. Zitternd vor Aufregung, nahm ALF das Telefon und rief im Tannerschen Wohnzimmer an.

Noch immer wütend über ALF, nahm Willie den Hörer ab und hörte eine Stimme verschwörerisch flüstern:

„Vermutlich bist du nicht an einem verdächtigen Treiben im Gebüsch nebenan interessiert.“

Das ging Willie wirklich zu weit. Dieser Außerirdische konnte einen mit seiner Penetranz zum Wahnsinn bringen. Ohne ein Wort zu sagen, warf Willie den Hörer auf die Gabel.

„Offensichtlich wirklich kein Interesse!“ stellte ALF lakonisch fest und wählte die Nummer vom Sicherheitsbeamten Griswald. Dieselbe Frage, dieselbe Antwort. Ein Klicken in der Leitung, und ALF erkannte: Jetzt war er am Zug. Da half alles nichts. Seine Stunde war gekommen.

Vorsichtig schlich er durch den dunklen Vorgarten der Ochmoneks. Mit leisem Ächzen zog er sich dann am Fensterbrett hoch, so wie es ihm der Einbrecher vorgemacht hatte.

Das Zimmer war völlig dunkel, und ALF versteckte sich zur Sicherheit hinter dem Sofa. Dann entdeckte er den Gesuchten. Der Einbrecher wollte gerade den tragbaren Fernseher einpacken, als ALF laut „Hände hoch!“ brüllte.

Mit einem lauten Geschepper knallte das Gerät auf die Erde, und der Einbrecher rannte zum Fenster. Er schwang sich nach draußen und war in der Dunkelheit verschwunden.

Alles passierte so schnell, daß ALF ganz verdattert war. „Der weiß wohl nicht, was ‚Hände hoch' heißt", murmelte er dann.

In dem Moment fiel starkes Scheinwerferlicht auf das Haus der Ochmoneks. Der Sicherheitsbeamte Griswald hatte sich zwischenzeitlich anders entschieden. Nach dem Telefonanruf des Wachhabenden in der einbruchgeschädigten Straße wollte er doch lieber nach dem Rechten und insbesondere nach dem „Treiben im Gebüsch" sehen.

Über Lautsprecher tönte es plötzlich: „Sie da, in dem Haus! Kommen Sie mit erhobenen Händen raus!"

ALF blieb beinahe das Herz stehen. Er steckte in der Klemme. Und wie! Was sollte er tun? Sein Blick flog durch das Zimmer. Wo konnte er sich verstecken? Da sah er das Telefon. Er mußte unbedingt mit Willie sprechen.

Auch die Tanners waren von dem plötzlichen Polizeiaufgebot beunruhigt. Jake, der keine Lust gehabt hatte, mit Onkel und Tante zum Einkaufen zu fahren, hatte den Nachmittag bei ihnen verbracht. Bevor ihn, den Jungen mit krimineller Vergangenheit, überhaupt jemand verdächtigen konnte, wehrte er ab: „Oh, die Bullen! Was auch immer passiert ist, ich war es nicht!"

„Sei ganz beruhigt, Jake. Ich fürchte, die Sirenen gelten mal wieder unserem lieben ALF. Der wievielte falsche Alarm ist es dieses Mal? Ich schätze, wir sind bei Nummer 27 angekommen." Willie stöhnte.

„Wer ist dran, sich bei der Polizei zu entschuldigen?" wollte Lynn gleich wissen, und Brian stellte fest: „Ich nicht. Die Nummer mit dem netten kleinen Nachbarjungen nimmt mir keiner mehr ab."

In dem Moment bimmelte das Telefon, und Lynn nahm den Hörer ab. „Paps, es ist ALF!"

Willie hörte eine verzweifelte Stimme wimmern: „O Willielein, Willie. Was habe ich bloß gemacht? Ich stecke tief in der Tinte."

„Da hast du einen Dauerplatz. Aber wo bist du? Was hast du angestellt?"

Im selben Moment kam Jake angerast und verkündete, daß die Bullen das Haus der Ochmoneks umstellt hätten.

ALF bat: „Leg nicht auf, Willie!" und rief dann, so laut er konnte, nach draußen: „Ich bin bewaffnet, ich bin gefährlich und habe vier Geiseln! Ich denke nicht daran rauszukommen!" Dann wandte er sich wieder kleinlaut an Willie und erklärte ihm die Situation.

Dem wurde schlagartig bewußt, in welcher Gefahr ihr kleiner Außerirdischer schwebte, und keuchte: „Ich komme rüber!" Und dann: „ALF sitzt bei den Ochmoneks in der Falle!" Und schon rannte er aus dem Haus.

„Das Gefühl kenne ich gut!" meinte Jake fachmännisch.

Mittlerweile hatte sich die ganze Nachbarschaft draußen versammelt und beobachtete gespannt das Geschehen.

Da hörte man ALF wieder rufen: „Wenn einer hier eindringt, kriegt er mehr Blei zu schlucken als ein Bleistiftspitzer!"

Die bürgerwehrerfahrene Mrs. Byrd ließ sich davon wenig beeindrucken. „Der blufft doch bloß! Setzen Sie Panzer ein!" forderte sie Griswald auf.

„Wir haben keine Panzer. Verschwinden Sie hier lieber!" fuhr der sie an. Dann nahm er wieder den Lautsprecher und fragte den Einbrecher: „Sie sagen, Sie hätten Geiseln. Woher weiß ich, daß es ihnen gutgeht?"

ALFs Talent, perfekt Stimmen zu kopieren, erwies sich in diesem Fall als äußerst nützlich. „Wie geht es euch, Jungs?" erkundigte er sich mit seiner eigenen Stimme und antwortete in verschiedenen Klang- und Tonlagen: „Prima!" „Gut!" Toll!" „Bestens!"

Die Sensationsreporter und Kameramänner, die sich inzwischen zu den Menschen vor Ochmoneks Haus gesellt hatten, nahmen die Kommentare von Geiselnehmern und Geiseln begeistert auf. Dann interviewten sie die Nachbarn, deren Stimmung immer gereizter wurde. Schon riefen die ersten nach Tränengas. Schließlich johlte die ganze Menge: „Tränengas! Tränengas! Tränengas!“

Mrs. Byrd mischte natürlich wieder kräftig mit. „Wir brauchen Scharfschützen!“ rief sie, und die Masse skandierte: „Scharfschützen, Scharfschützen, Scharfschützen!“

Willie lief der Angstschweiß den Rücken herunter. „Lassen Sie mich reingehen“, bot er Griswald an. „Ich kann hel fen, ich bin Sozialarbeiter!“

„Was wollen Sie ihm bieten? Unterricht in Sozialkunde?“ gab Griswald höhnisch zurück.

„Ich kann mit ihm diskutieren. Da habe ich Erfahrung. Mit solchen Typen habe ich schon oft zu tun gehabt, wieder und wieder und immer wieder!“

„Bedaure, Tanner, das überlassen wir lieber den Spezialisten!“

Auch Kate und Lynn wurden immer nervöser. Vom Fenster aus verfolgten sie das Geschehen rund um das Nachbarhaus. Jake war der einzige, der offensichtlich Spaß an dem Krimi vor seiner Haustür hatte. Dort rollte inzwischen ein weiterer Mannschaftswagen der Polizei an.

„ALF kommt bestimmt ins Kittchen!“ schätzte Jake.

„Nein, nein!“ wehrte Brian mit ängstlicher Stimme ab.

„He, wer nicht flitzen kann, der muß sitzen, Mann! Das hat ein Zellenkumpel von meinem Vater auf einen Topflappen gestickt!“ Jake plauderte munter aus dem interessanten Leben seiner Familie.

Dieser nüchterne Kommentar war allerdings wenig geeignet, Brian zu beruhigen.

Kate nahm ihren Sohn tröstend in den Arm und versicherte: „Keine Angst, Schätzchen. ALF kommt sicher nicht ins Gefängnis, obwohl es ihm ganz gut tun würde.“

In dem Moment stürzte Willie atemlos ins Haus zurück. Er schnappte sich das Telefon und wählte die Nummer der Ochmoneks.

Am anderen Ende der Leitung meldete sich Hausbesetzer ALF. „Äh, die Ochmoneks sind im Moment nicht da. Und was mich angeht, so bin ich im Moment etwas überbeschäftigt.“

„ALF, warte, nicht auflegen. Ich bin's, Willie!“

„Beweisen Sie das. Wie ist Ihr zweiter Vorname?“

„Francis!“

„Francis! Haha! Kein Wunder, daß du mir das nie gesagt hast. Haha!“

Willie Francis konnte durch das Telefon hören, wie ALF sich kringelte vor Lachen. „Schon gut, schon gut!“ besänftigte er ALF.

Da erinnerte sich dieser wieder an seine mißliche Lage und bekannte in weinerlichem Tonfall: „'tschuldige, Willie. Aber ich dreh' langsam durch! Hilf mir doch!“

Willie erklärte ALF, er müsse jetzt unbedingt die Ruhe bewahren. Scharfschützen seien unterwegs. Er würde sich aber irgend etwas einfallen lassen.

Er legte auf und raste wieder hinaus, wo er in dem Moment Griswalds Stimme aus dem Lautsprecher vernahm: „He, die Pizza ist gerade angekommen. Sie können sie holen!“ rief Griswald dem Geiselnehmer zu. Besorgt um sein eigenes und der Geiseln Wohl, hatte dieser etwas zu essen bestellt.

„Ich bin gleich da!“ antwortete ALF.

Willie standen die Haare zu Berge. „Nein, nein, nein, nicht rauskommen!“ schrie er aus Leibeskräften. Glücklicherweise verstand ALF.

„He, meine Geiseln und ich haben keinen Hunger mehr! Eßt eure Pizza selber!“ brüllte er zurück.

Griswald war stinksauer. Er konnte nicht verstehen, warum Willie Tanner so reagiert hatte. Wie leicht hätte man den

Einbrecher und Geiselnehmer beim Pizzaholen überwältigen können!

„Ich wollte nicht, daß jemand aus Versehen verletzt wird!" stammelte Willie verlegen. Glücklicherweise sorgten neue Ereignisse für Ablenkung: Ochmoneks kamen nach Hause.

„Da ist ein Einbrecher in eurem Haus, Trevor!" Willie versuchte, die beiden Ochmoneks von der johlenden Menge wegzuziehen, aber schon hatte ein Fernsehreporter Trevor und Rachel entdeckt.

Rachel strich noch schnell ihr Haar glatt und säuselte dann ins Mikrophon: „Ich weiß auch nicht, warum sie uns dauernd ausrauben. Es ist gar nichts mehr da!"

Trevor aber hatte einen Vorschlag: „Warum gehen die nicht mal rüber zu Tanners? Da wäre viel mehr zu holen. Die haben einen Computer, ein Teleskop und eine Munddusche und tausend andere Sachen, die kein vernünftiger Mensch brauchen kann!"

Kopfschüttelnd verfolgte Kate vor dem Bildschirm die Aufzählung ihres Hab und Guts. „Das ist ja fast wie Teleshopping!" murmelte sie.

Ochmoneks waren von den Ereignissen rund um ihr Haus so mitgenommen, daß sie nach ihrem anstrengenden Auftritt im Fernsehen dringend Ruhe brauchten. Da bot sich natürlich nur das Haus Tanner an. Kate kochte ihnen trotz allem hilfsbereit einen Tee und erkundigte sich, wieso die Ochmoneks eigentlich schon zurückgekommen seien.

„Auf halbem Wege in die Stadt ist uns eingefallen, daß wir die Tür nicht abgeschlossen hatten. Und wir wollten nicht, daß jemand bei uns einbricht!"

Bevor Kate überhaupt noch etwas sagen konnte, klingelte schon wieder das Telefon.

„Mami, es ist für dich!" rief Lynn.

„Wer ist es denn?"

„Es ist, äh, haarig!"

„Welcher Harry?"

„Harry Melmacker!"

Endlich kapierte Kate. Sie nahm den Hörer und meldete sich mit: „Hallo, Harry, wie läuft es denn so?"

„Toll", antwortete der haarige Harry, „ich lerne gerade 'nen Haufen reizender Menschen kennen, die mich alle umbringen wollen."

„Das ist ja erfreulich, Harry!"

„Na, da bin ich aber froh, daß es dich nicht zu sehr belastet", meinte Harry-ALF sarkastisch.

Kate flüsterte nur noch: „Ich kann jetzt gerade nicht so gut sprechen. Wir haben Besuch!"

„Oh, ihr habt euch wohl Zuschauer eingeladen. He, gut, ich möchte nicht, daß ihr euch eingrabt, bloß weil es mit mir zu Ende geht."

„Ähm, Willie hat dich nicht vergessen, weißt du, ich bin sicher, wir sehen uns bald wieder. Okay, Harry. Wiederhören!" Als Kate den Hörer aufgelegt hatte, sah sie erstaunt, wie ihre Hände zitterten.

Draußen wartete Griswald mit seinen Leuten auf die Scharfschützen. „Sie sind in fünf Minuten hier!" meldete jetzt ein Sicherheitsbeamter.

„Warum brauchen die so lange?" erkundigte sich Einsatzleiter Griswald. Er hatte den Spaß an der Belagerung verloren. Er wollte heim.

„Sie haben aus Versehen das falsche Haus gestürmt!" mußte der Kollege zugeben.

„Na schön, in fünf Minuten geht die Show hier mit einem Knall zu Ende!"

„Nein!" schrie da Willie. Er brach aus der Menge aus und rannte ins Haus der Ochmoneks.

„Tanner, bleiben Sie hier!" rief Griswald, und Mrs. Byrd verlangte: „Feuert einfach drauflos!"

„Nein, nein, nicht schießen!" wehrte Griswald ab und starrte die eiserne Lady an seiner Seite erschrocken an.

Willie hatte glücklicherweise sicher und unbeschadet das Haus erreicht.

ALF stürzte auf ihn zu: „Willie, Willie, wie schön, dich zu sehen! Wie sieht dein Plan aus?"

„ALF, hör zu, wir müssen uns etwas einfallen lassen!"

„Warum legst du mich nicht einfach um deine Schulter und sagst, ich wäre eine Pelzstola?" ALF brauchte nur einen Augenblick, um zu merken, daß Willie nicht zu Späßen aufgelegt war, und lenkte ein: „Okay, okay, ich bin mit dem Vorschlag ja nicht verheiratet!"

Da fiel Willies Blick auf die Walkie-talkies. Er hatte eine Idee. Suchend sah er sich im Zimmer um. Er brauchte ein Versteck für ALF. Endlich hatte er etwas gefunden. „Los, rein in die Wäschetruhe. Nimm das Sprechgerät mit, und stell deine albernen Forderungen über dein Walkie-talkie", forderte Willie.

ALF zögerte. Er schreckte vor Rachels Wäsche zurück.

Doch da kam wieder Griswalds Stimme über Lautsprecher: „Das ist die letzte Aufforderung. Wenn Sie sich nicht ergeben, setzen wir Tränengas ein!"

Und die Menge rief im Takt: „Tränengas! Tränengas! Tränengas!"

„Ich steig' lieber in die Truhe, sonst fangen die da draußen noch an zu singen!"

Willie nahm das zweite Walkie-talkie, drehte es auf volle Lautstärke und stellte es auf die Fensterbank. Dann schloß er den Deckel der Truhe über dem maulenden ALF, legte ein Deckchen darüber und stellte eine Blumenvase darauf.

Endlich meldete er nach draußen. „He, Griswald. Hier ist keiner. Ich habe alles abgesucht!"

„Okay, Tanner, wir kommen rein!" antwortete Griswald. Er stürmte mit fünf anderen Beamten das Haus und keuchte: „Er muß hier sein. Wir hatten das Gebäude umstellt." Sofort durchsuchten die Sicherheitsmänner das ganze Haus.

In dem Moment schnarrte ALFs Stimme aus dem Walkie-talkie. „Ich gebe jetzt die Liste meiner Forderungen durch. Ich verlange eine Million Dollar und einen Jumbo-Jet mit vielen kleinen Erdnußtüten. Und zwar von den honiggerösteten."

Griswald starrte auf die Fensterbank. „Die Stimme kommt aus dem Walkie-talkie!" folgerte er messerscharf.

„Das stimmt. Er ist nicht in diesem Haus. Er ist irgendwo und sendet seine Forderungen über das Walkie-talkie." Willie wirkte erleichtert. Sein Trick schien zu funktionieren.

„Dann muß er aber schon weg gewesen sein, als wir kamen!" betonte Griswald und fragte sich gleichzeitig: „Wie konnte so einem Blödmann nur so ein raffinierter Trick einfallen?"

Willie fühlte sich geschmeichelt. Schade, daß er dieses Lob nicht richtig auskosten konnte.

Einsatzleiter Griswald übernahm wieder das Kommando. „Er ist bestimmt noch hier in der Gegend. Also durchsucht die Nachbarhäuser", forderte er. Dann verabschiedete er sich von Willie Tanner. „Vielen Dank für Ihre Hilfe. Sie verdienen es wirklich, ein Wachhabender zu sein! Denn Sie haben Mut!"

Willie wischte sich den Angstschweiß von der Stirn. „Der hat gut reden! Mut!" dachte er. Laut aber sagte er: „Vielen Dank und auf Wiedersehen. Ich bleibe noch einen Moment und räume auf, damit die Ochmoneks keinen Schlag bekommen!"

Griswald tippte an seine Mütze und ging. Sofort klopfte Willie an die Kiste und rief ALF zu, es sei alles in Ordnung. Der Deckel flog auf und die Vase auf den Boden. Nachdenklich sah sich ALF die Scherben an und stöhnte: „Die schieben wir dem Einbrecher in die Schuhe."

An der Haustür waren Stimmen zu hören. „Runter, Mann!" Willie schubste ALF in die Truhe zurück. Dann nahm er das Möbelstück hoch und wollte damit das Haus verlassen. Doch Trevor und Rachel versperrten ihm an der Haustür den Weg.

„He, Tanner, was hast du denn mit unserer Wäsche vor?“ erkundigte sich Rachel vorwurfsvoll.

„Na ja, ich will sie waschen. Das ist das mindeste, was ich für euch tun kann, nach allem, was ihr durchgemacht habt.“

Willie stellte die Truhe kurz ab. Ihr Inhalt wurde ihm zu schwer. Außerdem hatte er draußen Ovationen entgegenzunehmen.

„Willie, Willie, Willie!“ tobte die Menge und feierte ihren Wachhabenden wie einen richtigen Helden.

Doch schon rumorte ALF in der Kiste: „Willie, halt dich nicht auf mit Autogrammgeben. Ich muß hier raus. Sonst ersticke ich!“

Willie spuckte noch einmal in die Hände, hob die Kiste auf seine Schulter und zog in Siegerpose ins heimische Wohnzimmer ein.

Zwei Tage später traf ihn fast der Schlag. Als er abends ins Haus wollte, trat er unbemerkt auf einen dünnen Draht, der quer über die Fußmatte gespannt war. Sofort setzte ein ohrenbetäubender Lärm von Martinshörnern, Sirenen und Glocken ein. Riesige Scheinwerfer flackerten auf, und aus einem Lautsprecher plärrte eine Stimme: „Einbrecher! Einbrecher! Einbrecher!“

„ALF, was soll das?“ brüllte Willie gegen den Krach an.

„Ich lege gerade letzte Hand an die ALF-Einbruchs-Alarmanlage!“

„ALF, stell das sofort ab!“

„Ab? Aber du trägst die Verantwortung.“

Ein Widersacher auf vier Beinen

ALF werkelte schon seit geraumer Zeit im Garten. Er war ziemlich sauer. Kate hatte ihn dazu verdonnert, in dem kleinen Beet hinter der Garage Unkraut zu jäten. Mißmutig schleuderte er Ackerwinde, Teufelsabbiß und wilde Kamille in einen Korb.

„Das ist eine ziemlich schwere Strafe dafür, daß man einen blöden Kamin kaputtgemacht hat!" stöhnte er und wischte sich den Schweiß von der Stirn.

„ALF, schau mal, wen ich mitgebracht habe!" hörte man Brians Stimme aus der Küche.

Endlich eine Abwechslung! Tanner junior war aus der Schule nach Hause gekommen. Vielleicht, so hoffte ALF, das Schlitzohr, konnte er den Jungen irgendwie zur Mithilfe überreden.

Überrascht sah ALF auf. Brian kam in Begleitung. Er hatte einen Hund mitgebracht, eine zottige weiß-graue Mischung aus Bobtail und Terrier. Einen von diesen Hunden, die aussehen, als könnten sie kein Wässerchen trüben.

„ALF, schau mal! Das ist ein Hund!" rief Brian stolz und hielt ihm den Fusselmop auf vier Beinen vor die Nase.

„Da wär' ich nie draufgekommen!" spottete der Melmac. Schnell band er sich die grüne Gärtnerschürze ab. „Was macht der denn mit dem Stöckchen?" fragte er interessiert. „Frißt der vielleicht Holz?"

„Quatsch. Das nennt man Apportieren!" Vorsichtig nahm Brian dem Hund das Stöckchen aus der Schnauze und warf es ein Stück weit weg in den Tannerschen Garten. Die Bobtail-Terrier-Mischung brachte brav den Stock zurück. Brian lobte und streichelte das Tier und schaute ALF dann erwartungsvoll an.

„Na, wie findest du das?"

„Faszinierendes Spiel. Fast so spannend, wie Golfern zu-

zusehen!" kommentierte ALF gelangweilt. Er machte kein Hehl aus seiner schlechten Laune. Das Unkrautjäten war ihm einfach nicht bekommen.

Brian überging das geflissentlich. „Willst du auch mal?" fragte er freundlich und reichte ALF das Stöckchen.

Mürrisch erwies ihm ALF die Gnade und warf das Stöckchen mit aller Kraft weg — weit über den Gartenzaun der Ochmoneks. In der nächsten Sekunde folgte ein ohrenbetäubendes Klirren und Scheppern.

ALF zog seinen Kopf zwischen die Schultern. Brian duckte sich. Der Hund verkroch sich hinter den Holunderbusch.

Da kam auch schon Willie schnaufend in den Garten gestürzt.

„Wie stehen die Chancen, daß das Klirren eben darauf zurückzuführen ist, daß die Ochmoneks ihre Scheiben jetzt selbst einschmeißen?" schrie er.

„Schlecht bis null!" ALF hatte heute wenig Lust, irgendeine Ausrede zu erfinden. Eine Strafe hatte er schließlich schon auf dem Buckel. Und auf eine mehr oder weniger kam es ihm jetzt auch nicht mehr an.

In dem Moment tapste der Hund langsam aus seinem Versteck auf Brian zu. Willie blickte erstaunt vom Hund zum Sohn und von Brian wieder auf den Hund. „Wo kommt der denn her?" wollte er wissen.

„Der ist mir von der Schule nachgelaufen!" erklärte Brian seinem Vater das plötzliche Auftauchen des Wollknäuels auf vier Beinen. Noch bevor Willie sich weiter zu dem neuen Familiennachwuchs äußern konnte, nahm das Unvermeidliche seinen Lauf.

„He, Tanner", scholl es lautstark vom Grundstück der Ochmoneks. Trevor kündigte sein Kommen an.

Willie streichelte dem Hund das Fell und kraulte ihn liebevoll hinter den Ohren. „Zum wievielten Mal nehme ich heute wohl die Schuld für etwas auf mich, das du getan hast?" fragte er ALF.

ALF seufzte tief und dankbar. „Willie, du bist ein Prinz! Mein Dank wird ewig hinter dir herschleichen und dich nie erreichen!“ Dann verzog er sich ohne aufzumucken in die Garage.

Schon stand Trevor im Gartentor. Er hielt das Apportierstöckchen in der Hand. „Kommt das hier irgend jemand bekannt vor?“ fragte er mit süffisantem Lächeln.

Willie ging sofort in die Offensive. Seit ALF bei ihnen wohnte, war ihm das Problem mit zerdepperten Fensterscheiben bei den Nachbarn schließlich nicht neu.

„O ja, Trevor. Das tut mir sehr leid. Brian und ich haben ein bißchen mit dem Hund hier gespielt.“ Etwas verlegen trat Willie von einem Bein auf das andere. „Macht zwanzig Dollar, stimmt's?“

Trevor schüttelte den Kopf. „Achtzig!“ forderte er.

„Achtzig? Achtzig Dollar?“ Willie war sicher, daß er sich verhört hatte.

Doch da täuschte er sich gewaltig. „Dieses Mal lasse ich Plexiglas einsetzen. Das kommt euch auf Dauer billiger, Tanner“, erklärte ihm der Nachbar.

Das mußte selbst Willie zugeben. Zähneknirschend holte er sein Scheckheft raus und zahlte!

Als Trevor Ochmonek auf seinem eigenen Grundstück verschwunden war, kam auch ALF wieder aus seinem Versteck. Innerlich war er schon auf eine Schimpfkanonade Willies vorbereitet. Doch mitnichten! Willie hatte beschlossen, sich heute nicht zu ärgern. Zumindest nicht über ALF. Interessiert beschäftigte er sich mit Brians Hund. „Das ist aber wirklich ein feiner Kerl!“ lobte er und tätschelte das Tier liebevoll.

„Es ist zwar kein Kerl, sondern eine Hundedame. Aber ich habe nichts dagegen, wenn wir sie behalten!“ mischte ALF sich ungefragt ein.

Brian sah seinen Vater gespannt an. Auch er wollte den Hund gern behalten. Doch Willie war skeptisch.

„Bestimmt gibt es irgendwo einen rechtmäßigen Besitzer. Wenn der sich meldet, müssen wir ihn auf alle Fälle zurückgeben. Aber solange kann der Hund meinetwegen bleiben. Wenn Kate nichts dagegen hat!"

„O Guttie, Guttie, Guttie, Guttie!" ALF breitete seine großen haarigen Arme aus und wollte den Neuankömmling herzlich begrüßen. Aber der Hund knurrte so drohend, daß sich der Außerirdische schnell wieder zurückzog.

„Ich wußte gar nicht, daß du Hunde magst!" sagte Brian erstaunt.

„Wieso sollte ich sie nicht mögen? Sie sind lieb, treu und gehorsam. Und sie hassen Katzen ..." Er versuchte es mit Kraulen. Der Hund aber zeigte ALF die Zähne. „... und sie hassen die, die Katzen gern fressen. Ruhig, alter Junge! Ruhig!" beruhigte er den haarigen Gesellen, blieb aber in sicherer Distanz.

Mit Alfina, so hatte Brian den Wuschelhund getauft, änderte sich ALFs Leben von heute auf morgen grundlegend. Von jetzt an stand die Hundedame im Mittelpunkt der Familie und machte ALF seinen angestammten Platz streitig.

Außerdem legten Tanners zweierlei Maß an. Was auch immer passierte, Alfina konnte mit Nachsicht und Streicheleinheiten rechnen. ALF dagegen ...

Am dritten der Hundstage — so nannte der Außerirdische verächtlich die Zeit, die Alfina in der Familie weilte — passierte die Sache mit den Steaks:

„ALF, eins von den Steaks ist verschwunden!" Kate war sich sicher, daß ALF das Stück Fleisch vom Teller gemopst hatte.

„Nein, nein, ich war es nicht", beteuerte der Melmac. „Ehrlich. Es war dicht ... aber ich habe es nicht berührt."

„Natürlich, du hast es sehr wohl berührt."

„Na gut, berührt ja ... aber nicht genommen!"

Kate brauste auf. „Willst du mir vielleicht einreden, das Steak hätte sich allein und ohne fremde Hilfe auf die Socken gemacht? Das glaubst du doch selbst nicht. Auf jeden Fall: Du hast dein Essen gehabt. Für dich gibt es heute nichts mehr."

Bevor ALF überhaupt richtig protestieren konnte, kam Lynn mit Alfina in die Küche. Lynn hielt einen Knochen in der Hand und erkundigte sich, ob jemand ein Steak vermisse. Alfina fuhr sich gerade noch einmal genießerisch mit der Zunge übers Maul. Es schien ihr wirklich geschmeckt zu haben.

ALF räusperte sich vernehmlich.

„Schon gut, ALF. Es tut mir leid, daß ich dich verdächtigt habe!" entschuldigte sich Kate.

„Die Entschuldigung wird angenommen! Die Ehre des Angeklagten ist wiederhergestellt." Dann schaute ALF nachdenklich auf Alfina herunter. „Ich möchte nicht in deine gefräßigen Fänge geraten, du räudiger Viehdieb." Insgeheim freute er sich allerdings schon auf die Strafe, die Alfina jetzt bekommen würde.

Tatsächlich. „Du bist ein böser Hund!" sagte Kate vorwurfsvoll. Doch da schaute diese raffinierte Hundedame sie durch ihre zotteligen Ponyhaare hindurch mit feuchten Augen an, und Kate schmolz dahin.

„Oh, so hab' ich es doch nicht gemeint. Nein, du bist kein böser Hund", schmeichelte Kate. „Du bist eine ganz Liebe, nicht wahr? Ja, das bist du!"

ALF verstand die Welt nicht mehr. Da wurde doch dieses diebische Mistvieh tatsächlich umarmt, geherzt und gestreichelt. Und ihm hätte man beinahe das Abendessen gestrichen!

„Komm, mein Hundilein, komm mit", lockte Lynn Alfina wieder aus der Küche.

Jetzt platzte ALF der Kragen. „Braves, süßes Hundilein, guttie, guttie, guttie!" äffte er Kate und Lynn nach. Und im Ton eines Anklägers fuhr er fort: „Euer Verhalten und das des Hundes ist schlichtweg ein Skandal. Dieser Hund sollte auf dem Achterdeck ausgepeitscht werden. Was auch immer das bedeutet!"

„ALF, das ist doch nur ein Hund", rechtfertigte Kate ihr Verhalten. „Der weiß das eben nicht besser.

ALF traute seinen Ohren nicht. Jetzt fand Kate auch noch verständnisvolle Worte für die kleine Bestie. Für ihn aber war Unwissenheit keine Entschuldigung. Mit Nachdruck haute er seine flache Pfote auf den Küchentisch. „Unwissenheit schützt vor Strafe nicht!" Das hatte er selbst in diesem Hause oft genug zu hören bekommen.

Nach dem Abendessen ging das Theater mit Alfina weiter. Lynn führte vor, was die Hundedame alles konnte. Sie gehorchte aufs Wort. Tanners waren begeistert. Sie überboten sich gegenseitig mit Ausrufen wie „Wie süß!" — „Nein so was! — „Ist die aber niedlich!"

ALF ging das alles ziemlich auf den Wecker. „Das sind doch nun wirklich alberne Hundetricks", nölte er. „Gib ihr eine Pistole, dann sieht sie aus wie ein Polizeihund."

Er konnte mittlerweile auch seine Eifersucht kaum noch zügeln. Immerhin hatte ihm Alfina den Platz im Mittelpunkt der Familie Tanner weggenommen. Und krampfhaft überlegte er, was er tun könne, um diesen Platz wieder zurückzuerobern. Eines stand für ihn fest: Die ungeliebte Konkurrenz mußte verschwinden.

Schweren Herzens hatte Brian inzwischen Plakate gemalt und sie — wenn auch widerwillig — überall in ihrem Viertel aufgehängt: „Hundedame zugelaufen!" stand darauf zu lesen. Er hoffte inständig, daß niemand käme, um ihm den Hund wieder wegzunehmen.

ALF war da ganz anderer Meinung. „Ich meine, wir sollten noch eine Belohnung aussetzen. Dann wird sich der Besitzer bestimmt melden", schlug er eifrig vor.

Lynn fand die Idee absurd, und sie erklärte Mr. Eifersucht, daß man keine Belohnung aussetzt, wenn einem ein Hund zuläuft, sondern nur, wenn ein Hund weggelaufen ist.

ALF ließ nicht locker. Er versuchte sein Glück bei Brian. „Ich gebe dir fünf Mäuse, wenn du garantierst, daß Alfina abhaut." Doch damit kam er beim Junior heute überhaupt nicht an. Brian sah ALF nur wütend an.

In dem Moment läutete es an der Haustür. ALF trabte sogleich in die Küche. Das war bei ihm so 'ne Art Tannerscher Effekt geworden. Läutete das Glöcklein, setzten sich seine Beine wie von selbst in Bewegung.

Willie öffnete und stand vor einer Frau, die aussah wie Teufels Großmutter persönlich. Mit rostiger Reibeisenstimme krächzte sie ihn an: „Wo ist er?" Energisch schubste sie Willie zur Seite. Kein Zweifel. Die Alte hatte es auf Alfina abgesehen.

„Ich bin Ethel Miller, und das ist mein Hund." Sie zeigte auf Alfina. „Komm her, du Stromer!" Alfina knurrte drohend.

„Die scheint Sie aber gar nicht zu mögen!" gab Kate zu bedenken.

Ethel Miller krächzte etwas von einem Streit mit dem Biest: „Ich hab' einen Hund verloren", sagte sie dann, „und Sie haben einen gefunden. Kommen wir jetzt zusammen?"

„Nein!" Willies Stimme ließ keinen Widerspruch zu. Und auch Kate stellte sich sofort schützend vor Alfina.

Da zog Ethel einen verknitterten Zettel mit ihrer Adresse und Telefonnummer aus der Tasche. „Sie können es sich ja noch überlegen!" krächzte sie. Dann schlurfte sie zur Tür und verabschiedete sich mit einem donnernden „Wünsche einen schönen Tag!"

Die Tanners atmeten auf und sahen sich erleichtert an. War das gerade ein böser Traum oder Wirklichkeit gewesen? Jedenfalls waren alle froh, daß sie Alfina vor dieser Drachenlady gerettet hatten.

Nach diesem Schreck wollte Brian möglichst schnell an die frische Luft. Er lockte Alfina, um ein bißchen mit ihr spazierenzugehen. Bereitwillig trottete der Hund hinter ihm her. Gerührt sah sich Willie Sohn und Hund an. „Ein Bild für die Götter! Ein Junge und sein Hund!" sagte er lächelnd zu Kate.

„Und der Außerirdische kann sehen, wo er bleibt!" war aus dem Hintergrund eine vorwurfsvolle Stimme zu hören. Filmreif ließ ALF seinen Kopf auf die Durchreiche sinken. Tränen kullerten über seine lange Riffelnase. O Weltenschmerz! „Der Mohr hat seine Schuldigkeit getan. Der Mohr kann gehen!"

Mitten in der Nacht ertönten wimmernd-winselnde Geräusche im Tannerschen Schlafzimmer. ALF stand vor Willies Bett. Im Maul trug er die Zeitung. „Winsel, Hechel, Knurr!" Kate und Willie ließen sich nicht stören. Sie schliefen tief und fest. Es half nichts, ALF mußte zu radikaleren Methoden greifen. Er nahm die Zeitung und schlug sie Willie auf den Kopf.

Der so unsanft Geweckte schreckte hoch. Was war passiert? Ratlos schüttelte er den Kopf und schaute sich blinzelnd im Dämmerlicht des Schlafzimmers um. Endlich bemerkte er den winselnden ALF. „ALF, warum machst du denn so was?" fragte er empört.

„Na ja, ich hätte dir auch die Hand lecken können, aber das wäre für uns beide kein Vergnügen gewesen!"

„Ja, du hast recht", gab Willie ironisch zurück. „Ein Schlag auf den Kopf ist mir lieber!"

„Wie du wünschst, Herrchen!" sagte ALF und schlug erneut zu.

Willie riß dem außerirdischen Möchtegern-Hund die Zeitung aus der Pfote und bedankte sich. „In drei Stunden muß ich ja ohnehin aufstehen. Dann kann ich gleich anfangen zu lesen."

Mittlerweile war auch Kate wach geworden. Verwundert rieb sie sich die Augen und erkundigte sich etwas verstört, was eigentlich los sei.

„ALF hält sich für einen Hund. Bekanntlich haben Hunde kein Zeitgefühl."

„Das haben wir schon", konterte der Melmac. „Aber wir haben nur wenig Verabredungen. Deshalb haben wir auch so viel Zeit ..."

Kate dachte gar nicht daran, sich mitten in der Nacht auf diese Diskussion weiter einzulassen. Sie wollte ihre Ruhe haben und weiterschlafen. Unmißverständlich stellte sie klar: „ALF, du bist kein Hund!"

„Aber ich wünschte, ich wäre einer. Hunde werden in diesem Hause besser behandelt als Außerirdische!" jammerte sich der Außerirdische sein Leid von der Seele.

Willie zog sich demonstrativ die Decke über die Ohren. „Das ist auch kein Wunder", murmelte er schläfrig. „Die Hunde hier im Haus betragen sich einfach besser als die Außerirdischen."

Diesen Liebesentzug, dieses Zurückgesetztwerden hinter einen zugelaufenen Hund, das war für ALF schlicht unerträglich. Er buhlte um Kates und Willies Gunst, mit allen Möglichkeiten, die ihm zur Verfügung standen. „Ich will mich bessern", versprach er. „Ihr sollt keinen Grund zum Klagen mehr haben. Ihr werdet sehen! Ich geh' bei Fuß, lerne apportieren, und wenn ihr es wünscht, stell' ich mich auch tot!"

Tiefes, regelmäßiges Atmen zeigte ALF, daß Kate und Willie längst wieder eingeschlafen waren. Mißmutig trottete er zurück in seine Wäschekammer. Ein paar Stündchen Schlaf, so dachte er, könnten wohl nicht schaden. Schließlich hatte er sich ja vorgenommen, ab morgen ein neues Leben zu beginnen. Ein Leben, mit dem er sich die Gunst seiner Familie zurückkaufen konnte. Und das würde nicht einfach sein, vermutete er.

In der Wäschekammer war ein leises Winseln zu hören. ALF blieb stehen. Wie vom Donner gerührt. Da hatte sich dieses Mistvieh doch tatsächlich in sein Körbchen gelegt!

Das ging zu weit. Eindeutig! Wenn die Tanners sich schon davor drückten, ihrem süßen Hundilein die Leviten zu lesen, er, Gordon Shumway von Melmac, wenigstens wußte, was seine Aufgabe war!

„Ist dir denn gar nichts heilig? Raus aus meinem Bett!" donnerte er. „Was erlaubst du dir eigentlich? Du kommst einfach hier hereinspaziert, steckst deine große Schnauze in alle Sachen, übernimmst das Kommando und frißt mir alles weg. So geht das nicht! Das ist mein Job. Merk dir das gefälligst!"

Alfina knurrte ALF böse an. Der wich vorsichtshalber einen Meter zurück und wechselte schnell die Methode. „Ich mache dir einen Vorschlag zur Güte. Du ziehst um!" Ganz ruhig sprach ALF jetzt auf den Hund ein.

Alfina knurrte leise vor sich hin.

„Ich betrachte dein Knurren als Zustimmung! Auf geht's!" lockte ALF die Konkurrentin aus seinem Körbchen.

Am nächsten Morgen herrschte rege Betriebsamkeit in der Küche. Kate bereitete einen ausgiebigen Sonntagsbrunch vor. Diese Mischung aus Frühstück und Mittagessen liebte ALF ganz besonders.

Kurz vor elf schließlich schlurfte ALF in die Küche. „Tachchen! Ich rieche Frühstück. Was gibt es?"

Sein nächtlicher Auftritt im Schlafzimmer hatte offensichtlich kein Nachspiel. Im Gegenteil: Kate war erstaunlich nett zum Melmac.

„Heute gibt es dein geliebtes feines Sonntagsfrühstück!" verkündete sie fröhlich.

„Oh, Katze nach Hausfrauenart?" jubelte ALF.

Die Tanners schüttelten lachend den Kopf. Aber ihr Menüvorschlag: Rührei, Arme Ritter, Götterspeise und Spaghetti, fand ebenfalls außerirdischen Beifall.

„Haben wir dieses Jahr früher Weihnachten? Oder was ist

mit euch los?“ erkundigte sich ALF erst mal mißtrauisch. Klar, gegen ein gutes Essen hatte er nie was einzuwenden, aber dieser plötzliche Gefühlsumschwung kam ihm doch verdächtig vor.

„Ach weißt du, ALF, wir haben das Gefühl, daß wir dich wegen Alfina in letzter Zeit ein bißchen vernachlässigt haben. Und deshalb wollten wir dir mit dem Brunch eine Freude bereiten.“ Kate gab zu, daß ihr ALFs nächtlicher Auftritt zu denken gegeben habe.

Vergnügt schaufelte ALF die Götterspeise mit Vanillesoße in sich hinein. Endlich! Er hatte es gewußt. Jetzt war wieder seine Zeit gekommen. Qualität setzte sich eben immer durch. Dieser Tag war sein Freund! Eigentlich war er schon längst satt. Aber manchmal, so meinte er, mußte man sich einfach auch mal zu etwas zwingen: Eine zweite Portion Pudding konnte sicherlich nicht schaden.

„Apropos Alfina! Wo ist sie eigentlich? Normalerweise kommt sie doch gleich angerannt, wenn irgendwas auf dem Herd kocht. ALF, hast du sie gesehen?“ Kate sah besorgt aus.

Fast hätte sich ALF verschluckt. Umständlich putzte er sich mit einer weißen Serviette den Rest der Götterspeise von der Riffelnase. „Die Rechnung, bitte!“ rief er laut. Die Frage nach Alfina schien ihn überhaupt nicht zu interessieren.

Die Tanners aber um so mehr. Sie kannten ihren Außerirdischen und sein Verhalten inzwischen nur zu gut.

„ALF, was hast du getan? Was ist mit Alfina?“ fragte Willie ihn direkt.

„Wieso fragt ihr mich?“ Scheinheiligkeit muß auf Melmac eine Tugend gewesen sein.

„ALF!“ Kate schrie ihn förmlich an.

„Immer auf die kleinen Dicken. Okay, okay! Nehmt einfach an, ich hätte Alfina weggegeben!“ plauderte der Melmac scheinbar gelassen weiter.

„Weg-ge-ge-ben?" Mit hochrotem Kopf näherte sich Willie dem Außerirdischen. Er sah so aus, als wolle er ALF erwürgen. „Weg-ge-ge-geben?" schrie er ihn noch einmal mit sich überschlagender Stimme an.

ALF duckte sich. In dem Moment läutete es draußen.

Noch Wochen später erzählte der Melmac immer wieder, daß ihm dieser Gong das Leben gerettet hatte. So bitterböse hatte er Willie noch nie gesehen.

Lynn hatte inzwischen die Haustür geöffnet. Draußen stand die kleine Hannah, ein zehnjähriges Mädchen mit langen dunklen Zöpfen und einer niedlichen weißen Schleife im Haar. Hannah hatte einen von Brians selbstgemalten Fahndungszetteln in der Hand. Sie zeigte darauf und erklärte: „Das ist mein Hund Francesca!"

In der nächsten Stunde spielten sich ergreifende Szenen im Wohnzimmer der Tanners ab. Während Kate und Willie fieberhaft überlegten, wie sie Zeit gewinnen und den Hund zurückbekommen könnten, hatte Hannah Alfina zweifelsfrei als ihre Francesca identifiziert.

Da platzte Brian mit der Hiobsbotschaft ins Zimmer, daß er Alfina nirgendwo finden könne. Jetzt half nichts mehr. Willie rückte mit der Sprache raus.

„Im Moment weiß ich leider auch nicht so genau, wo dein Hund ist. Aber ich bin sicher, daß wir ihn bald finden werden." Tröstend strich Willie der Kleinen über das Haar.

Hannah brach in Tränen aus. Schluchzend erzählte sie dann, daß sie neu in der Gegend zugezogen sei. Außer Francesca hätte sie keine Freundin, und sie fühlte sich total allein. Abwechselnd versuchten Kate, Lynn und Brian das kleine, traurige Mädchen zu trösten.

Willie aber knöpfte sich ALF vor. Der saß noch immer gemütlich am Küchentisch und hatte zwischen Puddingteller und Spaghettischüssel die „Geflügelten Worte", den Büchmann-Zitatenschatz, aufgeschlagen.

„ALF!" Willies Tonfall war eisig. So eisig, daß ALF sich

wunderte, daß die Worte nicht als Eiskugeln aus seinem Munde purzelten. Er startete ein Ablenkmanöver.

„Augenblick noch, Willie. Ich suche gerade bei Büchmann ein passendes Zitat, um mein Bedauern über diesen dummen, kleinen Vorfall auszudrücken. Hier! Ich hab's. Das ist angemessen!" Er holte Luft und zitierte: „Irren ist menschlich!"

Damit aber war der Fall für Willie keineswegs erledigt. Inzwischen war auch Kate in die Küche gekommen. Gemeinsam redeten beide auf ALF ein.

„Hey, hey. Das ist doch kein Grund, hier so eine Mißstimmung zu verbreiten. Ich habe Alfina zu der reizenden Dame gebracht, die gestern hier war", gab er schließlich zu. „Da wird sie es gut haben!"

Kate und Willie waren entsetzt. Ausgerechnet zu dieser alten Hexe! Wo es doch ganz offensichtlich war, daß diese Frau den Hund noch nie in ihrem Leben gesehen hatte. Die wildesten Gedanken schossen Kate durch den Kopf.

Vielleicht war Ethel Miller eine Hundefängerin, die die Tiere an Labors für Tierversuche verkaufte. Und dieser außerirdische Missetäter saß da und tat so, als ob ihn die ganze Angelegenheit nichts anginge. Irgendwie kam es Kate sogar so vor, als lächle ALF zufrieden vor sich hin. In diesem Augenblick fiel es ihr schwer, sich zu beherrschen. Schließlich wartete im Wohnzimmer die rechtmäßige Hundebesitzerin, ein nettes zehnjähriges Mädchen, und weinte sich die Augen aus.

Als Willie diese Hiobsbotschaft hörte, wurde ihm schlagartig bewußt, daß er keine Zeit verlieren dürfte. „Wo ist die Adresse von Ethel Miller?" herrschte er ALF an. Vielleicht konnte er Alfina noch retten?

Widerwillig rückte ALF den zerknitterten Zettel heraus, und Willie schlich durch die Hintertür aus dem Haus. Hannah sollte von der ganzen Aktion nichts mitbekommen.

Der Empfang bei Mrs. Miller war frostig. Unfreundlich herrschte ihn die Drachenlady an, was er denn jetzt schon wieder wolle. Nur Alfina geriet bei Willies Anblick ganz aus dem Häuschen und sprang begeistert an ihm hoch.

„Wissen Sie, Mrs. Miller, ich möchte Alfina gern wiederhaben!" Jetzt war es heraus. Willie holte tief Luft.

„Und ich möchte gern Nancy Reagan sein. So hat jeder seine Wünsche. Außerdem langt es mir jetzt wirklich mit Ihnen. Erst rufen Sie mich nachts um vier Uhr an und lassen den Hund bringen. Jetzt wollen Sie ihn wiederhaben. Ich glaube wirklich, daß es bei Ihnen nicht ganz richtig tickt, oder?"

Willie wagte nicht mal zu widersprechen. Er wollte die Frau mit der Reibeisenstimme nicht noch mehr aufregen, sondern lieber den Fall erklären.

„Bei uns im Wohnzimmer sitzt ein kleines Mädchen. Es heißt Hannah und ist die rechtmäßige Hundebesitzerin. Sie ist völlig verzweifelt und weint, weil sie ihren Hund gern wiederhaben möchte."

„Kein Problem. Sie können ihn haben. Fünfhundert Mäuse!"

Willie war sich nicht sicher, ob er richtig gehört hatte. Fünfhundert Dollar wollte die alte Schachtel für Alfina kassieren. Das durfte doch nicht wahr sein. Er wußte keinen Ausweg und probierte es deshalb noch mal mit Betteln. Erneut erzählte er die rührselige Geschichte von dem kleinen, einsamen Mädchen und ihrem Hund. Aber es nutzte nichts.

„Fünfhundert Mäuse, aber in bar", forderte Ethel. „Es gibt zu viele Scheckbetrüger heutzutage!"

Unerwartet bekam die Begegnung eine dramatische Wendung. Draußen donnerte jemand an die Tür. Es war Ethels Freund!

„Verschwinden Sie, solange Sie Ihr Gesicht noch an der richtigen Stelle haben! Er ist wahnsinnig eifersüchtig!" krächzte Ethel und öffnete schon das Fenster.

„Aber das ist doch lächerlich", ereiferte sich Willie. „Ich hab' doch nichts angestellt ... Gibt's keine Hintertür?"

„Die ist zugenagelt ... Mein Freund hat den Postboten letzte Woche durchgedonnert."

Willie hatte wirklich keine Lust, sich jetzt auch noch mit dem Freund dieses Draculaweibes herumzuschlagen. So entschied er sich fürs Fenster. Todesmutig stürzte er sich nach draußen.

„Oh, was für ein schöner Rosenstrauch!" wimmerte es dann leise von unten.

Im Hause Tanner herrschte währenddessen alles andere als fröhliche Sonntagsstimmung. Hannah war vor einer Weile weinend heimgegangen. Brian knüpfte sich gerade ALF vor. Er war so enttäuscht von seinem Freund! Wie konnte er ihm nur in den Rücken fallen und Alfina dieser bösen Frau übergeben?

„Schau, Brian, wir sagen auf Melmac immer: ‚Wenn du etwas sehr liebhast, laß es frei. Kommt es zu dir zurück, dann gehört es dir. Wenn es aber von einem Auto überfahren wird, dann braucht es niemand!'"

Mit seiner absurden Melmac-Philosophie konnte ALF aber heute keine Schnitte mehr gewinnen. Im Gegenteil! Sein hohles Gerede machte Brian erst richtig sauer.

„ALF, du bist die größte Enttäuschung meines Lebens!" erklärte der Junior pathetisch.

Inzwischen war es dunkel geworden. Endlich kam Willie zurück. Gesenkten Hauptes schlich er ins Haus. An seinem Anzug waren deutlich Spuren seines abrupten Aufbruchs und seiner Landung im Garten zu erkennen.

„Papa, wo ist Alfina?" stürmte Brian auf ihn zu.

Willie seufzte tief. Erschöpft ließ er sich neben Brian aufs Sofa sinken und legte den Arm um seinen Sohn.

„Die Alte will jetzt fünfhundert Dollar für den Hund!" schnaubte er.

Brian wußte sofort, was das hieß. Soviel Geld konnte sein Vater nie und nimmer für den Hund lockermachen. „Das ist alles deine Schuld, ALF!" fuhr er den Melmac an und rannte heulend aus dem Wohnzimmer.

Einen Moment lang überlegte ALF. Dann legte er theatralisch die rechte Pfote vor seine haarige Brust und verkündete: „Er hat recht! Ich habe uns da reingeritten. Aber ich hole uns da wieder raus. Wille, pump mir doch bitte fünfhundert Dollar. Am nächsten Zahltag bekommst du sie zurück."

„Zahltag?" Willie verstand nicht, wovon ALF überhaupt redete. „Seit wann hast du denn einen Job?"

„Ich meine natürlich deinen nächsten Zahltag!"

„Halt du dich da bitte ganz raus. Du sitzt ohnehin schon tief genug in der Tinte."

Erstaunt blickte ALF Willie an. Doch der war noch nicht fertig mit dem Außerirdischen: „Geh mir bitte aus den Augen. Ich kann dich im Moment nicht mehr sehen! Mir reicht's."

ALF ließ traurig seinen Rüssel sinken und trottete in seine Wäschekammer. So schlecht war die Stimmung schon lange nicht mehr gewesen. Er mußte etwas tun.

Auch Ethel Miller blies Trübsal. Sie ärgerte sich gewaltig, daß das gute Geschäft mit Tanner nicht zustande gekommen war. Statt dessen saß dort ein blöder Hund, der sie unaufhörlich anknurrte. Zu gern wäre sie ihn wieder losgeworden.

„Sei ruhig, du dämlicher Köter!" fuhr sie ihn an. Sie wollte sich gerade ihr Abendessen machen, als das Telefon schellte.

Im selben Moment öffnete sich die Tür. ALF schlich ins Zimmer. Allerdings war er kaum zu erkennen. Mit einer rosa Sonnenbrille wie ehemals Elton John und einem leuchtendroten Tuch um seinen Kopf sah er aus wie die Karikatur eines außerirdischen Wesens. Von der Tür aus lockte er leise

Alfina, die es sich auf Ethels Sofa gemütlich gemacht hatte. Ethel selbst war in ihr Telefongespräch vertieft.

„Pst, psst, Alfina, komm, ich will dich retten!"

Ausgerechnet in dem Moment klopfte es wieder an der Haustür. Ethel knallte den Hörer auf die Gabel und knurrte: „Ich glaub', ich brauch' einen Portier."

ALF konnte sich gerade noch hinter einem Vorhang verstecken. Denn kaum hatte Ethel geöffnet, stürmte auch schon ihr eifersüchtiger Freund herein.

Ethel war wütend. „Ich hab' dir doch gesagt, daß ich deine eifersüchtige Visage hier nie wiedersehen will", schrie sie.

„Aber deswegen komme ich doch extra her. Ich bin nie wieder eifersüchtig, mein Schnuckiputz", beteuerte der vierschrötige Liebhaber. „Ich mache extra eine Gruppentherapie mit einem Clan von Sizilianern ..."

„Und das alles tust du mir zuliebe, mein Knuddelchen?"

Die Hundegaunerin ließ Hund Hund und Essen Essen sein und verschwand mit dem Mann im Schlafzimmer. Jetzt gab's etwas Besseres!

Zum Glück für ALF. Der kroch unbemerkt aus seinem Versteck und lockte Alfina hinter sich her.

„Komm schon, Tölchen! Beim Rest dieses Theaters müssen wir ja wohl nicht unbedingt dabeisein. Manche Dinge überläßt man lieber der Phantasie." Leise schlichen sich die beiden aus dem Haus.

Der Rest ist schnell erzählt: Überglücklich konnte Hannah wenig später ihre Francesca in die Arme schließen. Zum Dank führte sie den Tanners noch einmal alle verrückten Tricks vor, die der Hund bei ihr gelernt hatte. Die Familie war begeistert.

ALF konnte sich das Schauspiel natürlich wieder nur heimlich von der Küche aus anschauen.

Schließlich wurde es Zeit für Hannah, nach Hause zu gehen. Artig verabschiedete sie sich von allen und bot Brian an, er könne mitkommen und noch mit Alfina-Francesca spielen. Gerührt schauten Kate und Willie den beiden Kindern mit Hund nach.

„Weißt du", sagte Willie dann, „ich bin irgendwie stolz auf Brian, daß er es so gut geschafft hat, ohne jedes Theater auf den Hund zu verzichten!"

Da erschien ein haariger Kopf mit zwei schwarzen Knopfaugen und einer langen Riffelnase in der Durchreiche. „Und was ist mit dem wackeren ALF?" tönte es selbstbewußt. „Er riskiert todesmutig sein Leben hinter feindlichen Linien, um ein Mädchen mit ihrem Hund zu vereinen. Und keiner dankt es ihm. Vielleicht darf ich bei der Gelegenheit bescheiden daran erinnern, daß andere bei dieser Rettungsaktion jämmerlich versagt haben, nicht wahr, Wilhelm?"

„Ja, ALFhelm, wir haben verstanden. Dieses Mal ist es dir gelungen, das Richtige zu tun!" Dankbar kraulte ihm Willie das Fell hinter den Ohren.

„Weiter so, das tut gut!" forderte ALF und winselte dabei wie ein kleiner Hund.

Der Schritt in die Öffentlichkeit

Schon seit vielen Tagen hatte Kate so ein ungutes Gefühl. Sie war sich nahezu sicher, daß ALF wieder irgend etwas ausheckte. Aber sie kam nicht dahinter, was.

In der Wäschekammer hatte sie einen riesigen Berg alter Zeitschriften gefunden und neugierig die eine und andere Ausgabe durchgeblättert. Mal war die Adresse der Redaktion herausgeschnitten, mal fehlte ganz einfach das Titelbild. Dann wieder hatte ALF mit einem dicken roten Stift Vermerke an die Storys und Berichte gemacht. So stand neben einer Reportage über die First Lady: „Platz für die große ALF-Story!" oder bei der Serie „Berühmte Zeitgenossen": „Dieses Mal ‚ALF von Melmac'!" Für die Witzeseite eines Magazins war ihm der Titel „Außerirdisches Gelächter!" eingefallen. Und selbst für die Beratungsseite hatte das Felltier eine neue Idee entwickelt: „Probleme? Schreiben Sie an unseren außerirdischen Astrologen ALF!"

Was sollte dieses Gekritzel bedeuten? Kate war ratlos. War das nun lediglich ein harmloser Zeitvertreib ihres Außerirdischen, oder galt es, eine neue Attacke abzuwehren? Kate seufzte tief. Jeder auch noch so geschickte Versuch, ALF auszuhorchen, war bisher kläglichst gescheitert. Kein Wort war aus ihm herauszubekommen. Die Fragen von Mutter Tanner hatte er unbarmherzig mit der räselhaft-vieldeutigen Bemerkung „Kommt Zeit, kommt ALF!" zurückgewiesen.

Das Spiel dauerte jetzt schon fast zwei Wochen. Dann aber beschloß ALF, es zu beenden. Nämlich an dem Abend, als Willie die Telefonrechnung nach Hause brachte.

„Ist dir eigentlich klar, daß du im letzten Monat dreihundert Dollar vertelefoniert hast? Dreihundert Dollar auf meine Kosten!" Willies Stimme schnappte beinahe über, als er ALF mit dieser Hiobsbotschaft zu beeindrucken versuchte. Doch die Mühe hätte er sich sparen können. Ein Außerirdischer ist schließlich nicht mit einer 300-Dollar-Lappalie zu schocken. Das hätte Willie inzwischen auch wissen müssen.

ALF hatte natürlich eine Erklärung für diese Rechnung. Mit Unschuldsmiene und größter Gelassenheit verklickerte er dem aufgebrachten Willie, daß er sich in letzter Zeit etwas gelangweilt habe. „Und weil sich niemand richtig Zeit für mich genommen hat, habe ich es mir manchmal auf Lynns Bett gemütlich gemacht und mit Gott und der Welt telefoniert." Hauptsächlich allerdings, so gab er breit grinsend zu, hätten seine Telefonate der Welt gegolten. Beruhigend legte ALF dem verzweifelten Hausherrn seine Pfote auf den Arm. „Klar, Willie, da ist ein nettes Sümmchen zusammengekommen. Aber wenn du ehrlich bist, mußt du zugeben, daß es auch an dir lag. Du hättest dich eben mehr um mich kümmern müssen!"

„Und was sind das hier für Telegramme und Expreßbriefe?" Willie hielt ALF drohend eine weitere Rechnung unter den Rüssel.

Doch ALF war sich auch in diesem Fall keiner Schuld bewußt. Natürlich hatte er für diesen Aufwand wieder eine Erklärung. Seine wichtigen Nachrichten mußten eben unbedingt und auf jeden Fall pünktlich beim Empfänger ankommen. Da durfte er kein Risiko eingehen.

„Was für ein Risiko?" schnaubte Willie.

Er war entschlossen, der Sache auf den Grund zu gehen, als draußen auf einmal bekannte Geräusche zu hören waren. Lautstark kündigte sich einer der gefürchteten nachbarlichen Überfälle an. Die Ochmoneks waren im Anrollen.

Zeit für ALF zu verschwinden. Das wußte er ganz genau. Aber anders als sonst verzichtete er heute auf sein gewohntes Verweigerungsritual. Er hatte sich eine neue Masche ausgedacht. Bevor Willie überhaupt etwas sagen konnte, erklärte das Pelztier freiwillig: „ALF muß jetzt in die Küche. Am besten nimmt er sich ein Taxi!"

Nur Willies beherztes Eingreifen konnte verhindern, daß ALF sein Vorhaben in die Tat umsetzte. Er riß dem Außerirdischen den Telefonhörer aus der Hand und machte ihm mit einer einzigen Handbewegung deutlich: „Ab in die Küche, und zwar sofort."

Das war ein Dämpfer für ALFs gute Laune. Mißmutig setzte er sich in Bewegung. Zu Fuß! Mußte er sich das wirklich gefallen lassen? Während er noch darüber nachdachte, ob es vielleicht sinnvoll sein könnte, einen Schutzbund für Außerirdische zu gründen, kam ihm eine andere und bessere Idee: Über so eine gemeine Behandlung würde er sich am schnellsten am Kühlschrank trösten. — Er hatte zwar sein Abendessen schon hinter sich, aber auch sein selbstgewährter Nachtisch konnte sich sehen lassen: eine Hähnchenkeule, eine halbe Schweinshaxe, etwas Nudelsalat und ein Schälchen Waldmeisterpudding — das war genau das richtige für ihn. Nur sein Schmatzen fiel dieses Mal ungewohnt leise aus. Kein Wunder. Sonst hätte er ja nicht verstanden, was im Wohnzimmer vor sich ging.

Die Ochmoneks waren mit einer guten Nachricht gekommen. Sie wollten die Tanners einladen. Jake, ihr Neffe, der seit einiger Zeit bei ihnen lebte, hatte es geschafft, dieses Schuljahr in einem Rutsch hinter sich zu bringen. Wenn das kein Grund zum Feiern war?

„Es soll eine Überraschungsparty für unseren Jake werden!" flötete Rachel in ihrer unerträglich süßlichen Art.

Trevor setzte noch hinzu: „Der Junge ist so klug, daß man Angst kriegen kann! Eben ein echter Ochmonek!"

Kate und Willie wollten das Thema schnell beenden. Sie beeilten sich zu versichern, wie sehr sie sich über die Einladung und auf das Fest freuten.

„Die Party beginnt um acht. Ab halb neun gibt's Ananasbowle und Käsefondue!" Rachel wollte den Nachbarn das Fest noch richtig schmackhaft machen. Dann rauschten beide von dannen.

ALF hatte von der Küche aus alles genau mit angehört. Kaum hatte Willie die Haustür geschlossen, sauste ALF wie ein geölter Blitz ins Wohnzimmer, sprang aufgeregt von einem Bein aufs andere und schrie lauthals: „Die Ochmoneks geben eine Party. Mit Fondue und Bowle! Klar, da bin ich dabei! Endlich ist hier mal was geboten!" Dann überrumpelte er Willie mit der Frage: „Du leihst mir doch sicherlich deinen Smoking, mein liebes Willielein, nicht wahr!"

Das liebe Willielein aber verdrehte nur die Augen und erklärte dem aufgedrehten Außerirdischen, daß Außerirdische nicht eingeladen seien. „Also brauchst du auch keinen Smoking!"

Das klang irgendwie endgültig. ALF verharrte in seinem Freudentanz. Wie ohnmächtig ließ er sich auf den Teppich fallen, und trommelte dann mit den Fäusten auf den Boden. Ob dieser schlechten Nachricht war er außer sich. Oh, wie gemein war diese Welt zu ihm!

Dann wurde er urplötzlich ganz ruhig. Ein Gedanke, der ihn schon seit längerer Zeit beschäftigte, reifte in diesem Moment zu seiner Vollendung ...

Gutgelaunt kam Willie am nächsten Abend von der Arbeit nach Hause. Amüsiert registrierte er ein Schild über der Küchentür: „Genie an der Arbeit!" Willie nahm die Botschaft zur Kenntnis, allein ihm fehlte die Vorstellungskraft, daß außer ihm noch jemand in diesem Hause über geniale Züge verfügen könnte. Also erlaubte er sich, die Küchentür zu öffnen.

„He, Willie, hast du das Schild an der Tür nicht gesehen?" wurde er unwirsch angeraunzt. ALF, das Genie, saß am Küchentisch und drosch wie besessen auf die Tasten einer alten Schreibmaschine ein. Dann sah er Willie erwartungsvoll an.

„Doch", gab Willie unumwunden zu, „aber ‚Genie' und ‚Arbeit' habe ich nicht auf dich bezogen." Neugierig schaute er ALF über die Schulter. „Und was schreibt unser Genie hier so Wichtiges?“

Stolz hielt ihm ALF ein Blatt Papier unter die Nase. Es war eine Einladung, maschinengeschrieben auf Büttenpapier. Oben auf dem Briefkopf prangte ein Porträt von ALF, daneben ein Wappen.

Willie sah sich das Schreiben verwundert an und las dann halblaut vor sich hin: „Haben Sie keine Angst. Ich bin ein höheres Wesen vom Planeten Melmac. Aber selbst auf dem Melmac galt ich bei allen Bewohnern als überdurchschnittlich. Ich bin kein Gott. Ihr müßt nicht vor mir niederknien. Es sei denn, ihr besteht darauf!“

„Finde ich ganz gut. Und du?“ Gespannt lauerte ALF auf Willies Reaktion. Der war doch bestimmt tief beeindruckt. Aber dann folgte eine jener ernüchternden Duschen, die ALF schon zur Genüge kannte: Willie, dieser Ignorant, hielt seine wohlformulierte Einladung für eine Fingerübung! Nichts, aber auch gar nichts, schien der zu kapieren.

Wie aus einem Vulkan brach es aus ALF heraus: „Das ist eine Pressemitteilung. Ich habe beschlossen, der Welt meine Persönlichkeit nicht mehr länger vorzuenthalten und mich der Öffentlichkeit zu zeigen. Das Versteckspielen hat ein Ende.“ ALF mußte eine Pause machen, um Luft zu holen, sprudelte aber dann sofort weiter: „Künftig gehe ich mit auf Partys, trinke Ananasbowle und esse Käsefondue. Und ich werde reisen und mir Popkonzerte anhören!“ Nach diesem Vortrag blickte ALF Willie fest und triumphierend in die Augen. Jetzt war es heraus, sein gutgehütetes Geheimnis war gelüftet. Aber warum sollten die Tanners es nicht auch erfahren — wo er seinen Schritt in die Öffentlichkeit doch bestens vorbereitet hatte?

Die Nachricht schlug ein wie eine Bombe. Als Willie hörte, daß ALF schon zwei Dutzend dieser Briefe verschickt hatte, war er völlig bestürzt. „Nein, bitte nicht!“ stöhnte er auf und starrte ALF beschwörend an. „Sag, daß es nicht wahr ist!"

Der aber dachte gar nicht daran. Immerhin hatte er zehn Zeitungen, diverse Fernsehstationen und einige Rundfunksender zu seiner Pressekonferenz eingeladen und die großen Nachrichtenagenturen noch zusätzlich telefonisch verständigt. „Du bist nahe daran, deinen geliebten Außerirdischen zu verlieren, Willielein. Denn morgen, pünktlich um ein Uhr mittag, werde ich mich der Welt präsentieren. Die Zeit ist reif!"

Willie stierte ALF genauso ungläubig an wie damals, als das haarige Wesen in der Tannerschen Garage gelandet war. Das konnte doch nur ein schlechter Traum sein. „ALF, was in aller Welt willst du denn mit deiner Vorstellung erreichen?" Willie fuhr mit den Händen hektisch durch seine spärliche Haarpracht.

Das wollte ihm ALF gern verraten. Er hatte nämlich schon ziemlich präzise Vorstellungen von seinem künftigen Leben. „Wenn ich mich der Welt zeige, dann werde ich bestimmt ein Star! Vielleicht gibt man mir sogar eine eigene Fernsehshow!" schwärmte er dem entsetzten Willie vor.

„Nein! Niemals!" Willie brüllte ALF in einer derart ungewohnten Lautstärke an, daß sofort auch der Rest der Familie in die Küche stürzte. Verdutzt hörten nun auch Lynn, Kate und Brian ALFs Ausführungen zu.

„Mit meiner Sendung möchte ich am liebsten die Menschen in meinem Alter ansprechen, also alle so um die zweihundertdreißig. Und ihr könnt sicher sein: Da wird es zu erschütternden Dramen kommen. Der Titel der Sendung könnte beispielsweise lauten: ‚Die Generation der Vergessenen'!" Selbstvergessen schaute ALF vor sich hin.

„Was redet er denn da?" Kate kapierte natürlich nichts von alldem. Sie spürte aber, daß irgend etwas Unheilvolles in der Luft lag. Etwas, das mit den Zeitungen in der Wäschekammer und der hohen Telefonrechnung zu tun haben mußte. Fragend schaute sie Willie an. Sie war auf das Schlimmste gefaßt.

Mit wenigen Sätzen versuchte Willie den anderen das Ausmaß der sich anbahnenden Katastrophe zu schildern.

„Pressekonferenz? Schritt in die Öffentlichkeit?“ Kate wiederholte leise und unsicher, was sie gerade von Willie gehört hatte. „Das darf doch wohl nicht wahr sein!“ Dann wurde Kate von einem Schreikrampf geschüttelt, der ihrer Nachbarin Rachel zu aller Ehre gereicht hätte. Sie war mit ihren Nerven am Ende. Seit Tagen hatte sie auf der Lauer gelegen, um ALF zu überwachen. Doch die Sache mit der Pressekonferenz war ihr entgangen.

Während Lynn versuchte, ihre Mutter etwas zu beruhigen, knurrte Willie ALF verächtlich an: „Du und Fernsehen. Daß ich nicht lache. Schuster, bleib bei deinem Leisten! Schau dir die Kiste lieber von außen an!“

Überrascht blickte ALF von einem zum anderen. Er verstand die ganze Hysterie nicht. Ob Willie wohl wegen der Altensendung so bedrückt war? Gut möglich. Schließlich kam er ja auch so langsam in die Jahre. Da aber konnte ALF ihn wirklich beruhigen. „Vielleicht werde ich ja auch Talk-Showmaster. Dann kannste mal in meine Sendung kommen, Willie-Boy!“ ALF probierte, Stimmung zu machen. Denn um die stand's momentan nicht zum besten. Munter trällerte er vor sich hin: „Hallihallo, meine Lieben, es wird wieder lustig heute abend. Ich präsentiere Ihnen meine Gäste. Stargast heute abend: Willie Tanner!“ Beifallheischend schaute er sich in der Küche um.

Doch statt Applaus erntete er nur bissige Ironie von Willies Seite: „Du wirst bestimmt der bestaussehende Stenz im Showbusineß!“

Brian enthielt sich jeden Kommentars. Er verstand einfach nicht, was sein Freund ALF da vorhatte.

Lynn hatte Kate inzwischen ins Wohnzimmer geführt. Mutter Tanner, die schon die verrücktesten Ideen ihres außerirdischen Familienmitglieds überstanden hatte, war dieses Mal fix und fertig. Ausgestreckt lag sie auf dem Sofa und hielt ihren Kopf in beiden Händen, als drohte er zu zerplatzen. „Ich kann es nicht glauben. Das ist wirklich das Schlimmste, was uns ALF bis jetzt angetan hat!" stöhnte sie.

ALF wurde es nun in der Küche langweilig. Brian hatte sich verdrückt. Nur Willie saß noch da, den Kopf aufgestützt, und schwieg vor sich hin.

„He, Willie, laß dich nicht hängen! Noch bin ich ja bei euch!" versuchte ALF ihn zu trösten und rutschte von seinem Stuhl herunter. „Komm, gehen wir rüber ins Wohnzimmer und schauen uns die Perry-Como-Show an!"

Das Bild, das sich im Wohnzimmer bot, verschlug dem Außerirdischen mit Drang in die Öffentlichkeit tatsächlich die Sprache. Wenigstens einen Moment lang. Der Raum war abgedunkelt, und vom Sofa aus war Kates Stöhnen zu hören. Sie hatte einen Migräneanfall. Lynn hielt ihre linke Hand.

Was sollte denn das bedeuten? ALF war gerührt. Kate, die Frau mit der rauhen Schale, die ihren weichen Kern so gut verbergen konnte, wurde vom Abschiedsschmerz gepackt und aufs Lager geschmissen. Wie angewurzelt stand der Urheber allen Schmerzes in der Tür und wechselte mit Lynn einen bedeutungsschweren Blick. Dann setzte er langsam und bedächtig ein Bein vor das andere und schlich zum Sofa. Fieberhaft suchte er dabei nach den passenden Worten, um die unglückliche Frau zu trösten. Kate hatte ihre Augen geschlossen. Vorsichtig strich er der vom Abschiedskummer Geplagten über das Haar.

„Katielein, nimm es nicht so schwer. Ich bleibe doch euer ALFIE. Sieh mal, eines Tages gehen alle Kinder aus dem Hause. Das ist eben so. Auch bei einem Außerirdischen. Der braucht genauso irgendwann mal seine Freiheit. Aber ich komme euch weiterhin besuchen, so wie Großmutter Dorothy!"

Kate richtete sich halb auf und murmelte vor sich hin: „O ALF, du kapierst wirklich gar nichts!“ Dann bat sie Willie mit einem flehenden Blick: „Bitte, Schatz, erklär du es ihm!“

Willie zog sich einen Stuhl ans Sofa, putzte sich umständlich die Brille, begann mit einer langen, ausschweifenden Erklärung. „ALF, wenn du an die Öffentlichkeit gehst, ist es vorbei mit deiner Freiheit. Ich glaube nämlich nicht, daß dich unsere Behörden dann einfach so rumlaufen lassen!“ Lynn und Kate nicken heftig, und Willie fuhr fort: „Ich fürchte, du wirst sofort beschlagnahmt und dann sozusagen ein Stück Regierungseigentum. Vielleicht sperrt man dich in ein Labor und macht alle möglichen Tests. Du müßtest dann deine Tage und Nächte in Isolation verbringen. Ist das vielleicht die Freiheit, die du meinst?“

ALF hörte sich Willies Vortrag mit wachsendem Unwillen an. Er konnte und wollte einfach nicht glauben, was der ihm so drohend schilderte. Bestimmt war das wieder ein Trick der Tanners, um ihn nicht in die Freiheit entlassen zu müssen. Er hatte auch nicht die geringste Lust, sich so schnell von seiner Lieblingsidee zu verabschieden. Vielleicht würde ihm ja bei der Pressekonferenz eine Traumrolle angeboten. Er würde sich nicht verrückt machen lassen von Willie. Was wußte der schon von der Funk- und Fernsehwelt? Er war aus seinem Sozialamt nie herausgekommen. ALF war nicht bereit, sich von diesem allgemeinen Familienschmerz einfach anstecken zu lassen. Jetzt hieß es hart bleiben, auch wenn es schwerfiel!

ALF gab sich einen Ruck und stand auf. Formvollendet verbeugte er sich vor Kate und entschuldigte sich. „Ich gehe jetzt. Meine Nase braucht dringend noch eine Erfrischungsmaske und mein Fell eine Zitronenpackung. Außerdem möchte ich ausgeschlafen sein, wenn die Reporter kommen. Übrigens, Kate, was gibt es morgen zu essen? Denk bitte dran: für mich nur Salat!“ Ohne sich um Kates flehende

Blicke zu kümmern, verschwand er zu seiner Pflegezeremonie im Bad.

Im Wohnzimmer hielt währenddessen der Tannersche Krisenstab Sitzung. Krampfhaft suchten Kate, Willie und Lynn nach Möglichkeiten, ALF von seinem verhängnisvollen Plan abzubringen. Immer neue Ideen wurden geboren und wieder verworfen. In einem waren sich aber alle einig: Verbote würden nichts nutzen. ALF mußte selbst kapieren, daß er dieses Risiko des öffentlichen Auftritts nicht eingehen durfte. Doch wie konnte man ihn dahin bringen? Es gab wohl nur eine einzige Möglichkeit: ALF müßte mit eigenen Augen sehen, wie es ihm ergehen könnte. An einem lebenden Beispiel.

Den nächsten Morgen verbrachte ALF überwiegend mit seiner Körperpflege. Stundenlang bürstete er sein Fell, so daß ein seidiger Glanz von ihm ausging. Fuß- und Fingernägel waren gefeilt, die Zähne geputzt.

„Soll ich dir meinen Lidschatten leihen?“ spottete Lynn, als ALF endlich aus dem Badezimmer kam. Dann machte sie sich auch noch über seinen grün und orange gestreiften Overall lustig. „Findest du die Farben nicht ein wenig grell? Da platzt bestimmt die Bildröhre.“

„Das gehört zur Show, Baby“, gab ALF selbstbewußt zurück. „Davon verstehst du nichts!“ Munter und voller Vorfreude auf das Medienspektakel, trällerte er vor sich hin: „Ein bißchen Freiheit ist alles, was ich will. So frei, wie der Wind bläst, so frei, wie das Gras grünt, frei geboren, um meinem Herzen zu folgen!“ Kates genervten Blick schien er nicht zu bemerken. Er tänzelte weiter um den Tisch und tirilierte: „Leben einzeln und frei, wie ein Baum und dabei, brüderlich wie ein Wald, diese Sehnsucht ist alt!“

Brian lag schon seit einer halben Stunde am Fenster auf der Lauer. „Kein Reporter zu sehen!“ lautete seine enttäuschende Nachricht.

„Vielleicht kommen die Medienfritzen auch gar nicht, weil sie ALF für einen Irren halten!" Lynn versuchte schon den ganzen Morgen, ihre Mutter zu beruhigen. Kate lief nämlich bereits seit dem Frühstück nervös im Wohnzimmer auf und ab.

Diese „Hoffnung" konnte ALF nun wirklich nicht mit Lynn teilen. „Ein Reporter kommt bestimmt. Dem habe ich nämlich am Telefon extra eine Flasche Whiskey versprochen. Auf so etwas fahren alle Journalisten ab!"

„Paps kommt!" meldete Brian von seinem Posten.

Kate stürzte ihm schon an der Haustür entgegen und überfiel ihn mit der geheimnisvollen Frage: „Hast du's bekommen?"

Willie nickte nur. Er durfte keine Zeit verlieren und rief sofort nach dem Medienstar der Zukunft: „Hallo, ALF, ich hab' dir etwas mitgebracht!"

Der Außerirdische schlitterte herbei. „Willielein, du hast mir was mitgebracht? Was ist es denn? Ein Debütantengeschenk? Oh, ein Videoband. Wie schön! Das schaue ich mir gleich mal an. Dann vergeht die Zeit bis Mittag schneller." ALF schnappte sich das Band und ging zum Fernseher.

Willie und Kate waren erleichtert. Zumindest soweit hatte ihr Plan schon mal funktioniert. „Da geht es um einen Orang-Utan!" rief Willie unnötigerweise dazwischen. Denn der Menschenaffe, dessen Fell Ähnlichkeit mit dem eines gewissen Außerirdischen aufwies, war deutlich auf dem Bildschirm zu erkennen.

Er turnte an einem Seil durch seinen engen Käfig. Dazu ertönte dann die Stimme des Sprechers: „Der ugandische Orang-Utan ist praktisch ausgestorben. Dieses ist das letzte verbliebene Männchen, für das es kein Weibchen mehr gibt."

Verstohlen wischte sich ALF über die Augen und sagte dann mit seltsam belegter Stimme: „Ja, das ist schrecklich. Das Gefühl kenne ich."

Kapierte ALF, oder kapierte er nicht? Die Tanners schauten sich fragend an.

Doch die traurige Affengeschichte war noch nicht zu Ende. Das Wichtigste kam erst noch: „Der letzte ugandische Orang-Utan wurde eingefangen und bis zu seinem Tode im letzten Jahr streng isoliert gehalten. Die Wissenschaftler nehmen an, daß das Tier an Einsamkeit gestorben ist!" Damit beendete der Sprecher seinen traurigen Bericht.

„Das war wirklich hübsch. Vielen Dank, Willie! Aber ich glaube, jetzt hör' ich die Reporter kommen." ALF stellte Fernseher und Videorecorder ab und wollte zur Tür.

In letzter Verzweiflung hielt Willie ALF am Arm fest und redete beschwörend auf ihn ein: „Verstehst du denn nicht, ALF? Dir könnte genau dasselbe passieren wie diesem armen Tier!"

Unwirsch riß sich ALF los und erklärte Willie, daß der Vergleich doch wohl zu weit hergeholt wäre. „Der Film beweist doch lediglich, daß Orang-Utans in Gefangenschaft wenig Überlebensschancen haben!"

„Und Außerirdische?" Willie war plötzlich die Ruhe in Person. Er spürte, daß er jetzt auf dem richtigen Weg war.

„Das weiß ich nicht. Denn mich hat noch niemand gefangengenommen!" brummte der Außerirdische mißmutig.

„*Noch nicht!*" Diese zwei Wörter wirkten!

Mit weit aufgerissenen Augen starrte ALF Willie an. Endlich hatte er verstanden. Buchstäblich in letzter Sekunde! Denn in diesem Moment klingelte es auch schon an der Haustür.

Der Außerirdische zitterte vor Angst wie Espenlaub. „Bitte, bitte", stotterte er, „versteckt mich, bitte schnell! Pest über mich! Was habe ich nur gemacht! Versteckt mich! Versteckt mich!"

Schnell nahm Brian seinen außerirdischen Freund an der Hand und rannte mit ihm aus dem Wohnzimmer.

Dann öffnete Kate mit süßlich-erleichtertem Lächeln die

Haustür. Draußen stand tatsächlich ein Reporter. Um seinem Hals baumelten drei Kameras. Er komme zum Medienereignis des Jahrhunderts, erklärte er Kate.

„Abgesagt!“ Kate sparte sich weitere Erklärungen.

Der Besucher hatte aber noch einen weiteren Wunsch. „Und der Whiskey?“ erkundigte er sich.

„Auch abgesagt!“ sagte Kate und schlug dem Reporter die Tür vor der Nase zu.

ALF war noch einmal mit einem blauen Auge davongekommen.

Trotzdem schien es mit ihm nicht zum besten zu stehen. Er grübelte vor sich hin. Die Tanners hatten ihn zwar vor einem Käfig und immerwährender Einsamkeit gerettet, aber mit der großen Freiheit würde es nun auch nichts werden. Keine Fernsehauftritte, keine Spaziergänge im Grünen und auch keine Partys mit Bowle und Käsefondue. Das wurde dem Außerirdischen am selben Abend wieder schmerzhaft bewußt. Kate und Willie, Brian und Lynn ließen ihn nämlich allein, um die Überraschungsparty der Ochmoneks zu besuchen.

ALF wurde von schweren Depressionen heimgesucht. Die nächsten Tage verbrachte er ausschließlich in der Badewanne. Dort, so erklärte er den Tanners, würden die Planetenbewohner von Melmac in schweren Fällen ihre Sorgen ertränken. Und dort bräuchten sie auch größte Mengen an Essen und Trinken. Denn Kummer zehrte!

Lynn sorgte besonders liebevoll für das kleine, deprimierte Felltier. Stündlich brachte sie ihm auf einem hübsch hergerichteten Tablett feinste Leckerbissen wie Fischpastete, Bananenkuchen, Hähnchenbrust und überbackenen Rentierschinken. Aber nur lustlos schaufelte Wannen-ALF das alles in sich hinein. Ab und zu hörte man ihn dann laut rülpsen oder die Toilettenspülung bedienen — mehr nicht.

Lynn war es auch, die den Eltern schließlich vorschlug,

dringend etwas zu unternehmen. ALF blockierte immerhin schon drei Tage und Nächte die Wanne. Und ein Ende seines Liegestreiks war nicht abzusehen. Wie nur konnte man ihn aufheitern und von seinen Depressionen befreien?

Kate erinnerte sich: „Fing nicht alles mit dieser Party bei den Ochmoneks an?“

„Ja, er wollte unbedingt von der Bowle und dem Käsefondue etwas mitbekommen!“ setzte Willie hinzu.

Nach kurzem Nachdenken riefen Willie und Kate wie aus einem Munde: „Genau, das ist es! Wir geben eine Überraschungsparty für ALF. Was den Ochmoneks recht ist, soll uns billig sein.“

Heimlich, still und leise wurden alle Vorbereitungen für den nächsten Abend getroffen.

ALF saß noch immer in der Familienbadewanne und blies Trübsal. Warum war die Welt nur so ungerecht, fragte er sich immer wieder. Warum nur gehörte er zu den Verbannten dieser Erde? Aber trotzdem: Lieber in einer Wanne sitzen als in einem Käfig sterben.

Von draußen hörte er jetzt Kate. „ALF, verschwinde jetzt bitte mal aus der Wanne. Ich will ein Bad nehmen!“

Mißmutig zog sich ALF am Wannenrand hoch. „Gut, dann setze ich mich in die Plastikwanne im Wäschezimmer!“ gab er gequält zurück und taperte aus dem Bad.

Das war der Moment, auf den alle gewartet hatten. „ALF, könntest du wohl mal schnell zu uns ins Wohnzimmer kommen?“ lockte Willie.

Grummelnd setzte sich ALF in Bewegung. „Warum nicht, ich bin ja nicht frei geboren oder so!“ Das Wohnzimmer lag im Dunkeln. Seltsam! Irgend etwas stimmte hier doch nicht. ALF suchte nach dem Lichtschalter. Im selben Augenblick brach ein Schwall verschiedener Stimmen über ihn herein. Das Licht ging an, und ein Chor rief „Überraschungsparty!“

Da stand ein zitternder ALF, der vor Angst brüllte: „Willie, Einbrecher! Die Presse ist hinter mir her, wie ein wütender Mob! Hilf mir!"

Der Anblick des zerknitterten ALF, der verzweifelt nach einem Versteck Ausschau hielt, war zu komisch. Die Gäste brachen in schallendes Gelächter aus.

Da verstand ALF, was überhaupt gespielt wurde. „He, he, diesen Mob kenn' ich doch!" Sofort fühlte sich ALF wohl: Er war im Mittelpunkt, dort wo er ohnehin am liebsten stand. Die Tanners hatten eingeladen, und alle, die den Außerirdischen kannten, waren gekommen: Jake, der kluge Nachbarjunge, Dorothy, die ewig mäkelnde Großmutter, Larry, sein Psychiater, und sogar Jody, seine blinde Freundin, die noch immer nicht wußte, daß ALF ein Außerirdischer war.

„Ist uns die Überraschung gelungen?" erkundigte sich Kate freudig.

„Na ja", wich ALF aus, „ich hatte ja so etwas geahnt!"

„Und warum zitterst du dann so?" wollte Jake wissen.

„Mensch, ich komme direkt aus der Badewanne", redete sich ALF heraus. Dann schlug er Jake überzeugend locker und lässig auf den Bauch. „Wie geht's, Jake, mein Freund?" Er wandte sich an Larry. „Na du, mein Seelenklempner. Schön, daß du auch mal kommst, wenn ich nicht durchdrehe! — Großmama Dorothy, altes Haus! Wie geht es deiner weitaus jüngeren Hälfte Whizzer?"

Für jeden hatte ALF eine passende Begrüßung parat. Nur seine blinde Freundin Jody hatte er bisher übersehen. Lynn zupfte ihn leicht am Arm und wies ihn diskret auf dieses Versäumnis hin.

„Jody, meine Augenweide. Wie schön, dich zu sehen!" schwärmte er sogleich.

„Schön, dich nicht zu sehen!" konterte Jody.

Darüber konnte sich ALF gar nicht wieder beruhigen: „Hahaha! Ist sie nicht witzig? Jodylein, du bist 'ne Wucht!"

Dann inspizierte ALF das Wohnzimmer genau. Nichts

fehlte, was zu einer richtigen Party gehörte. Luftballons und Girlanden schmückten den Raum, die Bowlenschale und der Fonduetopf standen bereit, für Knabberzeug war gesorgt, die Gäste waren frisch gewaschen und festlich gekleidet. Dem Fest stand nichts mehr im Wege.

Lynn hatte jedem Gast einen Begrüßungscocktail in die Hand gedrückt. Alle warteten auf die Eröffnungsansprache. Da hob Willie sein Glas und begann: „Lieber ALF! Wir wollten dir mit diesem Fest zeigen, daß deine Welt doch nicht so begrenzt ist, wie du manchmal glaubst. Natürlich wissen wir, daß das Leben für dich nicht einfach ist. Du kannst nicht einfach rausgehen und neue Freunde finden. Aber vielleicht hilft es dir, wenn deine alten Freunde hin und wieder zu dir kommen? Und deshalb trinken wir jetzt alle auf dein Wohl! Prost!"

ALF war mit Willie einer Meinung. Mehr konnte er in seiner Situation wirklich nicht verlangen. Außer vielleicht ... „Wo sind die Geschenke?" fragte er unverblümt. Schließlich gehörte das seiner Meinung nach zu einer richtigen Party. Suchend blickte er sich nach allen Seiten um.

„Du bist wirklich die Bescheidenheit in Person!" spottete Jody, und Willie rechnete ihm vorwurfsvoll vor: „Du hast doch Geschenke zu Weihnachten bekommen und zum Geburtstag und zum St.-Melmac-Tag, wobei ich mir nicht ganz sicher bin, ob das wirklich so ein hoher Feiertag ist!"

ALF hörte schon gar nicht mehr richtig hin. „Vergeßt die Geschenke", rief er gutgelaunt aus, „ich fühle mich genug beschenkt, weil meine Freunde und Dorothy bei mir sind."

Ausgerechnet Dorothy aber wollte ihn nicht länger auf die Folter spannen. „Geschenke raus!" rief sie, und innerhalb von drei Sekunden war ALF von vielen bunten Päckchen umgeben.

Er traute zunächst seinen Augen nicht, hatte sich dann aber schnell wieder gefangen. „Oh, Mannomann, Freunde mit Geschenken sind meine liebsten Freunde ... und Dorothy." Er hüpfte aufgeregt auf und ab. Dann machte er sich neugierig über die Päckchen her.

Die blinde Jody hatte einen Pullover für ALF gestrickt und gab ihm noch einen Rat dazu: „Jetzt kannst du endlich den alten Fellappen wegwerfen, den du immer anhast!"

Alle hielten die Luft an, um nicht in lautes Gelächter auszubrechen. Jody sollte auch heute keinen Verdacht schöpfen.

ALF rettete die Situation mit der Bemerkung: „Ich glaube, ich sollte öfter mal einen Weichspüler benutzen!"

Dorothy hatte sich ein überaus nützliches Geschenk für ALF einfallen lassen: einen Handstaubsauger. Damit würde ALF künftig die orangefarbenen Flusen und Fusseln, die überall herumflogen, selbst aufsaugen können.

Über Jakes Geschenk freute sich das orangefarbene Flusen- und Fusselwesen besonders, allerdings nicht besonders lange. Der geschickte Bastler hatte Tanners CD-Player repariert. „Oh, prima!" rief ALF. Schwungvoll hielt er das Gerät hoch, damit es alle sehen konnten. Ein kleiner Ausrutscher und Schepper! Das Gerät lag am Boden, zerstört. „Ähm, Jake, in sechs Monaten habe ich Geburtstag, vielleicht willst du das Ding bis dahin bei dir aufbewahren?" ALF war viel zu gut gelaunt, um sich den Abend durch so ein kleines Mißgeschick verderben zu lassen. Jetzt, so fand der reichlich und glücklich Beschenkte Zeit, eine kleine Rede zu halten. Um die Aufmerksamkeit aller auf sich zu lenken, suchte er sich einen Platz mitten im Wohnzimmer. Dann räusperte er sich mehrmals laut und vernehmlich und begann: „Liebe Freunde, liebe Dorothy! Da ich nur selten Gelegenheit habe, zu einem Publikum zu sprechen, und da ich ein Feind der vielen Worte und langen Reden bin, fasse ich mich kurz. Ich möchte nur das eine loswerden: Mir war nie so richtig klar, wie gut ich es hier habe. Deshalb brauche ich auch gar nicht woanders hinzugehen, um neue Freunde kennenzulernen." Um die Wirkung seiner Rede zu unterstreichen, machte ALF eine kurze Kunstpause und breitete dann seine Arme weit aus: „Schließlich habe ich die besten Freunde und Dorothy, die man überhaupt haben kann! Und jetzt bitte Musik!"

Doch statt Musik waren plötzlich laute Stimmen von draußen zu hören. „He, Tanners!"

Alle gerieten in Aufregung. Die Ochmoneks waren schließlich nicht eingeladen. Und gerechnet hatte man mit ihnen auch nicht. Schließlich hatte Jake ausdrücklich betont, daß sie zum Tanzen gehen wollten.

ALF fühlte sich um die Wirkung seines Auftritts betrogen. Trotzdem bot er freiwillig an: „Ich glaube, zur Abwechslung verstecke ich mich mal in der Küche. Hahaha!"

Inzwischen hatte Willie die Haustür einen Spaltbreit geöffnet. Die zwei festlich gekleideten Ochmoneks, Trevor im weißen Smoking, Rachel im hellblauen Seidenkleid, waren auf der Suche nach ihrem Neffen.

„Ich bin hier!" meldete sich Jake aus dem Hintergrund.

Die Ochmoneks steckten ihre Köpfe zur Tür herein und schauten sich erstaunt um. Luftballons, Girlanden? Gäste? Fand hier etwa eine Party statt? Wie interessant! Und sie waren nicht eingeladen!

„Hat es Ihnen bei uns nicht gefallen?" erkundigte sich Trevor in vorwurfsvollem Ton bei Willie.

Doch bevor der etwas sagen konnte, drängelte Rachel: „Komm, Trevor, laß uns gehen. Wir sind hier nicht erwünscht. Bestimmt haben die Tanners einen triftigen Grund für das, was sie tun!"

„Nein, nein", stotterte Willie verlegen und sah sich hilfesuchend um, „das ist keine Party im eigentlichen Sinn, das ist ..."

Kate kam ihm zu Hilfe. „... eine Tupperwareparty. Oh, bitte, kommen Sie doch herein. Es gibt so nützliche Dinge zu kaufen!" Charmant bemühte sich Kate um die Nachbarn.

Doch von einer Verkaufsparty wollten die Ochmoneks dann doch nichts wissen. Da würden sie den Tanzabend vorziehen, beteuerten sie überschwenglich laut. Bevor sie sich aber verabschiedeten, hatten sie noch eine Bitte. „Vielleicht können Sie uns eine Tüte Plätzchen für unterwegs mitgeben?"

Natürlich wurde ihnen dieser Wunsch gern erfüllt. Dann zogen die beiden endlich die Tür von außen hinter sich zu.

Willie gab ALF das Zeichen für die Entwarnung und entschuldigte sich bei ihm für die kleine Unterbrechung des Festes.

In seiner überaus großzügigen Art nahm ALF die Entschuldigung an und beruhigte Willie: „Ich genieße sogar die Herausforderung, den beiden von nebenan aus dem Weg zu gehen. Weißt du, das hält mich jung." Dann machte er wieder eine seiner berühmten Kunstpausen, schaute Willie bedeutungsvoll an, legte ihm seine haarige Pfote auf die Hand und sagte ganz ernst: „Ach Willie, ich danke dir für die Party und alles. Ich bin so froh, daß da jemand ist, der mich vor mir selbst schützt! Und jetzt laß uns weiterfeiern!"

Die Party war inzwischen auf ihrem Höhepunkt angekommen. Larry, ALFs Psychiater, erzählte schon zum fünftenmal die Geschichte von Kates Tennisschläger, den ALF aufgefuttert hatte, weil der Schläger mit Katzendärmen bespannt war. „Ha, und er stand da, und der Griff vom Schläger guckte nur noch dreißig Zentimeter raus. Haha!"

Alle schienen sich köstlich zu amüsieren. Nur ALF nicht. Mit gerunzelter Stirn und vorwurfsvollem Blick mußte er mit ansehen, wie ihm Larry die Schau stahl. Schließlich wollte *er* im Mittelpunkt stehen. Aber nicht so. Witze, die auf seine Kosten gemacht wurden, konnte er noch nie leiden. „Es tut mir fast leid, daß ich diesen Kerl für morgen auch wieder eingeladen habe", flüsterte er Lynn zu.

„Was hast du? Wieso für morgen eingeladen?" Lynn begriff gar nichts.

Null Problemo für ALF. So laut, daß ihn alle hören konnten, verkündete der von seinen Depressionen geheilte Außerirdische: „Ist doch klar! Morgen feiern wir weiter! Das hier sind schließlich alle meine Freunde. Und Dorothy. Und außerdem kann ich die zusätzlichen Geschenke gut gebrauchen. The show must go on!“

Auge um Auge

„Frieden in der großen Welt", so erklärte Willie seiner Familie, „fängt zu Hause an." Damit wollte er endgültig für Ruhe sorgen.

Lynn zankte sich nämlich mal wieder mit Brian, der heimlich ihre Telefongespräche abgehört hatte.

„Und wißt ihr, was der Typ zu Lynn gesagt hat ...?" Eine Stunde später, beim Abendessen, wollte Brian sogar noch Einzelheiten über Lynns neuen Verehrer zum besten geben. Er hatte aber nur in ALF einen interessierten Zuhörer. Kate und Willie fanden das Verhalten ihres Jüngsten unmöglich.

„Ruhe jetzt!" Willies Tonfall ließ keinen Widerspruch zu. „Seid endlich friedlich!"

ALF stocherte suchend auf seinem leeren Teller herum. Er fand Willies dauerndes Gequassel vom Frieden ziemlich langweilig.

„Die einen wollen Frieden und die anderen keinen Krieg. So was muß ja zu Spannungen führen!" Das war ALFs Theorie. Und was die kleinen zwischenmenschlichen Rivalitäten anging, so setzte ALF eindeutig auf das Prinzip Abschreckung. Und dazu gehörte natürlich Stärke. Ohne die ließ sich kein Gegner beeindrucken. „Manchmal", so philosophierte er, „manchmal möchte ich mit mir selber streiten, nur um zu sehen, wer der Stärkere ist. Ich oder ich!"

Doch Stärke allein machte nicht glücklich. Zwei weitere Eigenschaften gehörten noch dazu. ALF hatte intensiv darüber nachgedacht.

„Wißt ihr, wie man stark, schön und reich wird?" Fragend blickte ALF im ganzen Kreis herum. Keine Resonanz. Also war er wieder an der Reihe. „Das Erfolgsrezept lautet: Früher aufstehen als andere und immer braun sein! Das stammt von Aristoteles Onassis!" ALF erhob sich und breitete pathetisch die Arme aus. „Na ja, zumindest deine Fellfarbe wird deinem Erfolg nicht im Wege sein! Das frühe Aufstehen ist ja nicht so deine Stärke.“ Mit diesem Kommentar räumte Kate den Tisch ab. Für sie war das Thema beendet.

Schon seit Stunden saß ALF am Küchentisch und hielt seinen Riffelrüssel hingebungsvoll unter die Höhensonne. Dabei trällerte er vor sich hin: „Ein bißchen Frieden, ein bißchen Sonnenschein, das ist für meine Nase fein ...“

Immer wieder mal nahm er seinen Handspiegel und sah sich das Ergebnis kritisch an. Von echter Bronzebräune konnte nicht die Rede sein. Vielleicht war die Höhensonne kaputt?

„Kate, die Sonne aus der Steckdose funktioniert nicht! Ich sitze jetzt schon fünf Stunden hier, und nichts passiert.“

Kate kam gerade schwerbepackt vom Einkaufen zurück. „Es ist doch wohl nicht möglich, daß du eitler Kerl seit fünf Stunden vor der Höhensonne sitzt?“ Kate starrte ALF ungläubig an. „Weißt du denn nicht, daß zuviel Strahlung schädlich ist?“ Demonstrativ zog sie den Stecker der Höhensonne aus der Dose.

Entsetzt kreische ALF los: „Schädlich? Wieso? Wird meine Nase jetzt ultraviolett? Oh, sie tut mir so weh. Das Rezept von diesem griechischen Reeder funktioniert womöglich gar nicht.“

Kate sah sich die Nase mitleidig prüfend an. ALF hatte sich einen sauberen Sonnenbrand zugezogen. Sein Rüssel glühte wie ein riesiger Lötkolben.

„Oje, oje, ich glaube, ich sterbe. Das tut so weh, so fürchterlich weh, Kate, hilf mir!“ jammerte der Außerirdische laut vor sich hin.

Natürlich konnte Kate ihn nicht so erbärmlich leiden sehen. Und auch ALFs Geplärre war kaum zu ertragen. „Du solltest deine Nase etwas kühlen“, riet sie, „warte, ich bringe dir Eis.“

„Aber nur eine Kugel, ich mache nämlich gerade eine

Diät!“ Doch gleich berichtigte er sich schon wieder. „Ach was! Weißt du, Kate, du hast recht. Bring mir ruhig ’ne große Portion Eis. Die Nase gehört zu meinen Problemzonen. Damit soll man nicht leichtfertig umgehen.“

Doch Kate hatte noch eine bessere Idee. In der Hausapotheke mußte eine Tube mit Gel gegen Sonnenbrand sein. Sie war vom letzten Urlaub übriggeblieben. Vielleicht konnte man damit ALFs Schmerzen lindern? Kate ging im Badezimmer nachsehen.

ALF grabschte derweil wieder nach seinem Handspiegel und betrachtete sich ausgiebig und voller Selbstmitleid. „Das kann doch unmöglich das Erfolgsrezept der Schönen und Reichen sein!“ murmelte er unzufrieden vor sich hin und betastete vorsichtig seinen entzündeten Rüssel. Gerade als er wieder mit seiner großen Jammertour beginnen wollte, ließ ihn ein Entsetzensschrei von Kate herumfahren.

In der Tür stand eine Erscheinung, die bei näherem Hinsehen Ähnlichkeit mit Brian aufwies. Nur: Wie sah der Junge aus! Ein verschwollenes Auge. Blutende Schrammen im ganzen Gesicht. Die Arme von blauen Flecken und Kratzern übersät. Das Hemd hing nur noch in Fetzen an seinem geschundenen Körper, die Jeans waren total verdreckt. Brian wirkte wie eine Vogelscheuche nach den ersten Herbststürmen.

Anerkennend pfiff ALF durch seine vier Weisheitszähne. „Wirklich, du siehst beeindruckend aus!“

Kate aber konnte nur noch stammeln: „Brian-Liebling, was ist passiert?“

Brian-Liebling kämpfte mit den Tränen. Das war deutlich zu sehen. Die Schrammen in seinem Gesicht brannten wie Feuer, und alle Knochen taten ihm weh. Aber er wollte tapfer sein. „Mami“, sagte er dann matt, „wir haben uns geschlagen!“

„Sieht so ein Sieger aus? Iihh, pfui!“

ALFs Kommentar verhallte ungehört. Vergessen war

auch sein Sonnenbrand. Jetzt stand Brian im Mittelpunkt. Kate hatte ihren Sohn tröstend in die Arme genommen. Vorsichtig tupfte sie ihm das geschwollene Gesicht ab und verarztete ihn nach allen Regeln der Kunst.

Bei längerem Nachdenken fand ALF Brians Situation mindestens so spannend wie sein eigenes Schicksal. Nicht nur Kate, auch er selbst hatte jetzt seinen Riffelrüsselsonnenbrand fast vergessen. Heldenhaft drohte er: „Niemand tut meinem kleinen Freund so etwas an, ohne dafür bestraft zu werden. Es sei denn, er ist größer als ich!"

Gutgelaunt tänzelte in dem Moment Lynn in die Küche. Erstaunt sah sie sich dort um und deutete auf Mullbinden, Pflaster und Jodfläschchen. „Bin ich hier in einem Lazarett?"

Dann erst entdeckte sie Brian und schrie entsetzt auf. Mit den roten Jodspuren im Gesicht flößte er noch mehr Entsetzen ein als vorher. „Was haben sie denn mit dir gemacht, Brian?" Lynn ging in die Knie und sah sich den Jungen mitleidsvoll an. Ihr Ärger wegen der Abhöraktion war auf einmal wie weggeblasen.

„Ach, ich hatte Streit mit Bobby Duncan."

„Bobby Duncan? Ist das nicht der kleine Mistkerl mit der großen Klappe am Ende der Straße?" Lynn schien den Prügelknaben zu kennen.

Brian nickte nur.

„Wir müssen diese Missetat rächen."

ALF hatte sich schon einen Plan zurechtgelegt. „Du verprügelst seine Mutter, Kate." Auffordernd nickte er. Dann teilte er Lynn ihre Rolle zu: „Du verhaust seine Schwester! Und ich nehme mir die Katze vor!" Wie Tarzan klopfte ALF sich stolz auf die Brust. Für ihn war die Sache geritzt.

„Wir werden uns bestimmt nicht mit den Duncans anlegen!" stellte Kate sofort klar.

„Hast du dich jetzt bei Willie angesteckt! Ich glaube, hier geht der Friedensvirus um!" mäkelte ALF unzufrieden.

Dann wandte er sich wieder an Brian: „Habt ihr euch um eine Frau geschlagen?"

Für Kate war das kein Thema. „Es ist überhaupt nicht wichtig, worum es ging. Ich möchte einfach nicht, daß du dich prügelst!"

„Aber es ging doch um eine Frau!" Brian sah seine Mutter prüfend an. „Bobby hat gesagt, du wärst alt, häßlich und dumm!"

„Hahaha!" ALF prustete laut heraus. „Ich wußte doch, daß es um eine Frau ging. Um was sollen sich angehende Männer sonst prügeln?"

Einen Moment lang war Kate sprachlos. Dann schnaufte sie voller Empörung: „Egal, was er gesagt hat. Das nächstemal hörst du einfach nicht hin, Brian!" Kates Selbstsicherheit hatte allerdings einen deutlichen Dämpfer bekommen. „Dieses kleine Biest", zischte sie.

Lynn wollte Kate trösten. „Jetzt ärgere dich nicht, Mami. Das sind doch Kinder! Und die denken nun mal, daß Erwachsene alt sind!"

„Und dumm und häßlich?" wiederholte Kate.

„Nun, auch ein Kind hat ein Recht auf eine eigene Meinung!" meinte ALF mit psychologischem Einfühlungsvermögen.

„Jedenfalls habe ich ihm eine gelangt!" Brian, der Retter der Familienehre, blickte triumphierend zu seiner Mutter auf und schilderte dann in allen Einzelheiten, wie Bobby Duncan zurückgeschlagen hatte.

Kate war gerührt. „Du hast mich also verteidigt! Trotzdem: Du sollst dich nicht prügeln!" Und etwas unsicherer: „Hat mich der Mistkerl eigentlich schon jemals gesehen?" Wie beiläufig angelte sie sich ALFs Handspiegel vom Tisch und sah sich darin prüfend an. Alt, häßlich, dumm? Davon konnte nun wirklich keine Rede sein, fand sie und erklärte: „Ich sollte Bobbys Mutter mal anrufen!" Schon hatte sie den Telefonhörer in der Hand.

„Nein!" Entsetzt schrie Brian auf. „Sonst nennt er mich eine Petze! Lieber lasse ich mich verprügeln!"

„Brian hat recht." Helfend schaltete sich ALF ein. „Das ist das Schlimmste, was einem passieren kann. Auf Melmac hat mich doch mal einer Petze genannt, nur weil ich ihn beim Verfassungsschutz angeschwärzt hatte." Er stand auf und taxierte Kate von oben bis unten. „Alt, häßlich, dumm? Das ist wirklich übertrieben."

Doch die sonst so selbstbewußte Kate war richtig verunsichert. „Sag mal, Brian, als Bobby mich gesehen hat, hatte ich da vielleicht Lockenwickler auf dem Kopf?"

Für ALF war die Situation sonnenklar. Das einzige, was Brian jetzt helfen könnte, war ein entsprechendes Training. Logisch, daß man dabei mit Pazifisten-Willie nicht rechnen konnte. Also mußte er selbst versuchen, seinem kleinen Freund einige lebenswichtige Kenntnisse mit auf den Schulweg zu geben: Taekwondo, chinesisches Schattenboxen, Selbstverteidigung à la Melmac, japanische Kampftechniken, Bodybuilding.

ALFs Training fand in der Garage statt. Brian sollte der gefürchtetste Gegner des ganzen Viertels werden und niemand ihn mehr angreifen können.

Brian war allerdings noch immer ziemlich mitgenommen. „Am besten gehe ich überhaupt nicht mehr zur Schule! Dann habe ich meine Ruhe vor Lehrern und Schlägertypen!" überlegte er.

Bei solchen Flausen konnte er jedoch nicht mit ALFs Unterstützung rechnen. „Sag doch so etwas nicht. Wenn du aussteigst, wirst du es im Leben nicht weit bringen. Du wirst den ganzen Tag im Haus rumhängen und stundenlang fernsehen und essen."

„Aber ich möchte so sein wie du!" Bewundernd blickte Brian seinen außerirdischen Freund an.

„Ich weiß nicht, soll ich jetzt lachen oder weinen?" ALF

wollte das Thema nicht weiter vertiefen. „Machen wir weiter mit der waffenlosen Verteidigung!“

„Kennst du dich denn damit überhaupt aus?“ Brians Blick drückte schon etwas weniger Bewunderung aus. Er schaute den Außerirdischen zweifelnd an.

„Ha! Was denkst du denn? Man nannte mich Sugar Ray Shumway. Ich hätte ein echter Fighter werden können, wenn ich nicht eine Nase aus Glas hätte.“ Vorsichtig betastete ALF seinen empfindlichen Rüssel und stöhnte erneut auf: „Aah, mein Sonnenbrand!“

In der Garage hatte ALF schon alles für das Training vorbereitet. Quer über zwei Ziegelsteinen lag ein Holzbrett. Zunächst waren einfache Übungen vorgesehen. ALF rückte ein wenig an diesem Aufbau herum, schaute ihn prüfend von links und rechts, von oben und unten an.

„Also, zuerst zeige ich dir, wie man seine ganze Kraft auf eine Sache konzentriert!“ tönte Meister ALF und fixierte Brian.

„Auf was konzentrierst du dich denn?“

„Auf deinen Schokoriegel! Denn wenn ich dir beibringen soll, wie man kämpft, dann brauche ich die Energie von tausend zusätzlichen Kalorien!“ Begierig streckte ALF seine Pfote aus. Zähneknirschend rückte Brian seinen Riegel heraus. Des Meisters Wunsch war ihm Befehl. Der riß in Windeseile das Papier auf und, schwupp, die Schokolade war verschwunden. Laut schmatzend setzte der Lehrmeister dann seinen Unterricht fort. Beschwörend hob ALF seine Arme in die Höhe, rollte die Augen, fixierte noch einmal kurz das Brett und die Ziegelsteine, und schon sauste sein Arm herunter. Das Holzbrett zersplitterte in zwei Hälften.

„Oh, toll!“ rief Brian bewundernd.

ALF aber wirkte leicht verunsichert. „Das ist mir vorher noch nie gelungen!“ murmelte er leise vor sich hin. Erstaunt betastete er seinen rechten Arm. Vielleicht war er wirklich ein Fighter?

„Mach's noch einmal, ALF!" bat Brian und wollte wissen, wie der Trick funktioniere. Inzwischen hatte er ein neues Holzbrett bereitgelegt.

„Wichtig ist, daß du deine ganze Kraft sammelst und zusammenziehst. Dann läßt du sie einfach in einem blitzartigen Vernichtungsschlag explodieren. Paß auf!"

Wieder sauste ALFs Rechte auf das Holzbrett herunter. „Eeeiiijah!" Ein markerschütternder Schrei. Vor Schmerz hüpfte der außerirdische Kämpfer von einem Bein aufs andere und hielt sich seinen Arm fest. Das Holzbrett aber lag unzerstört auf den Ziegelsteinen. Doch als Vorbild durfte er sich keine Blöße geben. Mit schmerzverzerrtem Gesicht setzte ALF seinen Unterricht fort. „Ich glaube, es schmerzt nur, wenn es nicht gelingt, das Brett zu zerbrechen!" keuchte er und rieb sich weiter seinen Arm. „Aber dann ist der Schmerz unglaublich."

In dem Moment tauchte Friedensfreund Willie in der Garage auf. „Hallo, Brian, ich habe gerade gehört, was passiert ist. Wie geht es dir jetzt?"

„ALF bringt mir die neuesten Kampftechniken bei!" gab Brian statt einer Antwort zurück und zeigte auf die Ziegelsteine.

„Ich will nicht, daß du meinem Sohn solche Sachen zeigst!"

ALF aber war sauer. Nach ihm und seinem Wohlergehen erkundigte sich niemand. Unter größtem persönlichem Einsatz wollte er Brian fürs Leben stärken. Und was bekam er dafür? Ärger! Undank ist der Welten Lohn. Höchste Zeit, daß er mal wieder auf sich selbst aufmerksam machte! „Willie, schnell, ruf einen Krankenwagen! Ich habe mir die Hand gebrochen!"

„Was! Laß mal sehen!" Er befühlte ALFs Rechte und beruhigte ihn dann: „Nein, das sieht nicht so aus!"

„Vielen Dank, Professor Röntgen!"

„Also, ALF, ich möchte, daß Brian solchen unsinnigen

Schlägereien aus dem Wege geht. Wenn du wirklich hilfreich sein willst, dann bring meinem Sohn bitte bei, wie man nicht kämpft!"

„Aber das kann er doch schon! Schau dir doch mal sein Gesicht an. Willst du wirklich, daß dein Kind so aussieht?"

Willie setzte sich auf die Treppenstufen und zog Brian zu sich herunter. „Als ich in deinem Alter war, gab es bei uns auch so einen Rüpel, der es immer auf mich abgesehen hatte." Willie putzte sich umständlich die Brille und spann dann seine Erinnerungen weiter. „Jeden Tag versuchte ich, mich gegen ihn zu wehren. Bis mir endlich einmal mein Vater den Tip gab: Wenn dich einer schlägt, halt auch die andere Backe hin!"

„Hohoho! Super! Das war bestimmt der Großvater, der sich auch mit Cornflakes unterhalten hat!" ALF hatte seinen Schmerz vergessen. Er schüttelte sich vor Lachen. Auf so eine verrückte Idee konnte doch nur ein Idiot kommen, meinte er.

Willie versuchte, ganz einfach keine Notiz von Rüpel ALF zu nehmen. Was wußte der schon von seinem Vater? Außerdem hatte seine Geschichte ein Happy-End. „Als ich nicht mehr kämpfen wollte, hat der andere Kerl mich auch nicht mehr belästigt. Denn es macht einfach keinen Spaß, auf jemandem rumzuhacken, der sich nicht wehrt."

„Und was will der Dichter damit sagen?" ALF grinste Willie herausfordernd an.

„Wenn also Bobby morgen wieder damit anfängt, dich zu piesacken, Brian, dann laß ihn ganz einfach stehen. Okay?" Aufmunternd klopfte Willie seinem Sohn auf die Schulter.

Brians „Okay!" klang matt. Er war nicht ganz überzeugt von der Idee seines Vaters. Die Zeiten hatten sich geändert.

Brian hatte zu Recht an Willies Rezept gezweifelt. Er war wieder in eine Schlägerei mit Bobby Duncan geraten. Dieses Mal hatte es ihn noch böser erwischt als am Vortag. Bevor er weglaufen konnte, hatte der kleine Mistkerl vom Ende der Straße schon auf ihm gesessen und ihn nach Strich und Faden verprügelt.

Triumphierend schaute sich ALF seinen geschundenen Freund an. Was sollte er groß reden, die Tatsachen sprachen für sich. Hier stand ein lebendes Mahnmal für Willies Gewaltfreiheit: zerschundenes Gesicht, Beulen und blaue Flekken am ganzen Körper!

ALF marschierte siegesstolz zu Willie und baute sich vor ihm auf: „Jetzt reicht's. Wer Gewalt sät, darf sich nicht wundern, wenn er bei der Ernte eins auf den Rüssel kriegt. Nach diesem Motto haben wir jedenfalls auf Melmac unsere Angelegenheiten immer zufriedenstellend geregelt." Mit ein paar Faustschlägen ins Leere demonstrierte ALF, daß er für den Kampf gewappnet war.

„ALF, hast du denn vergessen, was mit eurem Planeten passiert ist?" seufzte Willie.

„Nun, er ist gewaltsam in die Luft geflogen!"

„Siehst du da nicht irgendeinen Zusammenhang?"

„Da hängt nichts mehr zusammen!"

„Ich gebe auf!" Willie war entnervt. „Du kapierst sowieso nichts!"

„Danke, gleichfalls. Ich leg' mich ein bißchen hin, mein Kopf dreht sich von dem Gequassel mit dir!"

Doch statt sich in seinen Wäschekorb zurückzuziehen, trottete ALF zunächst mal zur Küche, wo Lynn und Kate den armen Brian verarzteten. Vielleicht waren die für seine guten Ratschläge empfänglicher? Doch keiner schenkte ihm Aufmerksamkeit.

Brian berichtete ausführlich, wie es zu der neuen Keilerei auf dem Heimweg gekommen war. „Du hättest hören sollen, was Bobby heute gesagt hat!"

Kate zuckte zusammen. „Hat er mich schon wieder beleidigt?"

Brian schüttelte den Kopf. „Nein, Paps: Er hat gesagt, der

müsse ganz schön blöd sein, wenn er so jemanden wie Mami geheiratet hat!"

Kate schnappte hörbar nach Luft.

Lynn erkundigte sich vorsichtig, ob Bobby auch etwas über sie gesagt hätte.

„Ja, er meint, du wärst niedlich. Nur leider schon ein bißchen alt für ihn!" gab Brian zur Auskunft.

„Weiß er, daß ich Mamis Tochter bin?" Lynn lachte erleichtert.

Brüsk drehte sich Kate um und brauste auf: „Das kann ich überhaupt nicht lustig finden!" Das Maß war voll. So etwas wollte sie sich nicht mehr länger bieten lassen. „Tut mir leid, Brian, aber ich fürchte, ich werde Bobbys Mutter doch anrufen müssen."

Bevor Brian protestieren konnte, tauchte ALF in der Durchreiche auf und verkündete: „Schone deine zarten Finger, Katielein. Mami Duncan ist nicht zu Hause. Sie ist runter in den Schnapsladen!"

„Woher weißt du das denn?" Nicht nur Lynn wunderte sich.

„Von Bobbys Vater. Ach, da fällt mir noch ein, der kommt gleich vorbei, um Willie die Hucke vollzuhauen."

„Was? Wieso denn?" stotterte Willie hilflos, der gerade in die Küche kam.

„Na ja, es hat ihn gekränkt, wie du am Telefon mit ihm gesprochen hast." Bei diesem Satz blickte ALF Willie fest und erwartungsvoll in die Augen.

„ALF, ich dachte, wir wären uns einig, daß du damit aufhörst, mich am Telefon zu imitieren." Drohend näherte sich Willie der Durchreiche.

Aber ALF war sich wieder keiner Schuld bewußt. Er hatte diese Abmachung ganz anders in Erinnerung. „Wir waren uns einig, daß ich keine Politiker mehr imitiere, zumindest keine amerikanischen, aber die liegen mir eh nicht so besonders."

Willie hatte keine Lust, sich wegen dieser Abmachung zu streiten. Etwas anderes brannte ihm auf der Seele. „Was habe ich denn nun zu Bobbys Vater gesagt?" wollte er wissen.

„Na ja, du warst tatsächlich etwas grob. Es sah dir so gar nicht ähnlich!"

Willie ließ sich, blaß vor Schreck, auf einen Stuhl fallen. „Was hat Bobbys Vater daraufhin gesagt?"

„Er sagte, daß du nach seinem Besuch dein Gesicht nicht mehr wiedererkennen würdest. Aber das könnte auch seine guten Seiten haben. Vielleicht hast du dann Chancen, bei einer Comicserie im Vorabendprogramm mitzumachen! Hahaha!"

Die Türklingel rettete ALF vor einem der gefürchteten Tannerschen Wutanfälle. Erschrocken sahen sich Willie und Kate an. Das konnte nur Bobbys Vater sein. Was nun?

Großmaul ALF wußte für sich eine Lösung. „Ich verschwinde lieber!" Während er zielstrebig von dannen trottete, fiel ihm noch etwas Tröstliches für Willie ein: „He, mein Lieber, keine Sorge. Wir werden nicht erlauben, daß man dich künstlich am Leben erhält. Haha!" Dann war ALF verschwunden.

Willie schlich zitternd zur Haustür. Mit einem Ruck riß er sie auf und stand einem Mann gegenüber, der gut zwei Kopf kleiner war als er. Aber der Besucher war stämmig gebaut und sah aus wie jemand, der gerade sein Pferd im Vorgarten angebunden hatte, um schnell noch ein paar Whiskeys zu sich zu nehmen.

„Hallo!" begrüßte Willie den Gast betont fröhlich und schloß messerscharf: „Sie sind sicherlich Mister Duncan!"

„Ja. Und Sie wollen mir den Kopf abreißen!" Der Cowboyverschnitt in Jeans und großkariertem Hemd musterte Willie belustigt von oben bis unten.

In der Tat wirkte Willie in Anzug und Krawatte nicht gerade wie ein geübter Feierabendschläger. Dieser Tatsache war er sich auch sehr wohl bewußt. Um sein Zittern zu verbergen, klammerte er sich mit der linken Hand fest an die Türklinke, die rechte hatte er zur Faust geballt! In seiner Hosentasche! Panikartig suchte Friedens-Willie nach einer rettenden Idee.

„Ach, wissen Sie, das mit dem Kopfabreißen ist mir nur so rausgerutscht. Ich war halt besorgt wegen Brian. Da kann man schon mal ein falsches Wort erwischen. Bitte, nehmen sie meine Entschuldigung an!"

Jetzt lachte Duncan laut auf. Er zeigte mit seinem Finger auf Willie und prustete los: „Und so einer will Bruce Lee verprügelt haben!"

Willie suchte nach neuen Ausreden, stotterte verlegen und haspelte dann ein paar Erklärungen runter. „Na ja, die Sache mit Bruce Lee ... um ehrlich zu sein, eigentlich hieß der nicht Bruce, sondern Hermann!"

Mittlerweile hatten sich draußen Zaungäste eingefunden, die versuchten, etwas von dem Gespräch der beiden Helden an der Haustür mitzubekommen: die Ochmoneks. Um das heikle Thema nicht zum Gesprächsstoff der ganzen Straße zu machen, bat Willie den unerwünschten Besucher zähneknirschend ins Haus.

Duncan ließ sich nicht zweimal bitten. Ohne zu zögern, folgte er Willie auf dem Fuße. Mitten im Wohnzimmer blieb er dann provozierend vor ihm stehen, schaute an ihm hoch und machte ihn an: „Aha, jetzt verstehe ich alles. Sie sind einer von den großkotzigen Maulhelden am Telefon. Einer, bei dem nichts dahintersteckt!"

Beschwichtigend nickte Willie und lächelte ängstlich.

Jetzt entdeckte der Typ Kate. Mit dem Charme eines Westentaschenmachos schaute er sie an und säuselte: „Ach, hallo, Sie sind sicherlich Frau Maulheld!"

„Sehr erfreut, Sie kennenzulernen." Kates Tonfall war eisig.

Duncan aber sah in Willie sein eigentliches Opfer. Erneut schaute er ihn provozierend von Kopf bis Fuß an und seufzte dann: „Ich weiß gar nicht, warum ich selbst hergekommen bin. Ich hätte auch Bobby schicken können!“

Das empfand Willie als gemeinen Schlag unter die Gürtellinie. Wenn er schon Schläge einzustecken hatte, dann doch wenigstens vom Chef persönlich. „Jetzt hören Sie mir aber mal genau zu!“ ereiferte sich Willie und machte einen Schritt auf Duncan zu. „Ich habe mich bei Ihnen entschuldigt. Aber, wenn Sie nicht die Größe haben ...“

„He, he, he!“ brauste der Cowboy im Miniformat auf. „Machen Sie sich über meine Größe lustig?“ Drohend näherte er sich seinem Gegenüber.

Willie aber wehrte sofort erschrocken ab. Er hatte doch nur die geistige Größe Duncans ansprechen wollen.

„Ich habe schon ganz andere Burschen als Sie aus dem Anzug gestoßen. Nur so aus Spaß, Sie Vierauge, Sie!“ Um auszuprobieren, wie weit er gehen konnte, reckte sich der angriffslustige Duncan und tippte Willie provozierend an die Brille. Willie wich sofort einen Meter zurück.

Die Situation im Wohnzimmer wurde immer ungemütlicher. In der Küche rätselten Lynn, Brian und ALF, wie sie Willie aus der Klemme helfen könnten.

Auch Kate versuchte zu vermitteln: „Hören Sie, wir wollen keinen Ärger, wir möchten nur, daß Ihr Sohn damit aufhört, unseren Brian zu hänseln.“

Duncan protestierte. „Bobby hat mir gesagt, daß Ihr Sohn zuerst zugeschlagen hat!“

„Bloß weil Ihr Sohn gesagt hat, ich wäre alt, dumm und häßlich!“ schnaubte Kate wütend.

Das war wohl wirklich eine Überraschung für Duncan. Er wandte sich ab von Willie und sah sich Kate genauer an. Ungeniert begutachtete er sie. Dann schüttelte er den Kopf und pfiff durch seine Zahnlücken: „Häßlich? Ich sollte meinem Kleinen eine Brille kaufen, was?“ Und mit einem Seitenblick auf Willies Brille: „Oder nein, besser Kontaktlinsen, nicht wahr, Vierauge?“

Langsam war das Faß der Geduld zum Überlaufen voll. Willie wollte nicht mehr ALFs Opferlamm spielen und brauste auf: „Wissen Sie, dieser Witz verliert immer mehr an Witz, je öfter ich ihn höre, Sie Winzling, Sie!"

Die stillen Beobachter hinter der Küchendurchreiche hielten die Luft an. Duncan selbst konnte kaum glauben, was er soeben gehört hatte, und Willie war über sich selbst verblüfft. Erst als Lynn ins Wohnzimmer trat, löste sich seine Erstarrung.

„Mami, Paps, es wird Zeit für die Kirche!" rief Lynn gespielt fröhlich.

Doch darauf fiel Duncan natürlich nicht herein. Er hatte Lynns Friedensbotschaft sofort durchschaut und vermutete: „Du versuchst doch nicht etwa, deinen kleinen Papi vor seinen Prügeln zu retten, Täubchen?"

Willie reckte sich und stellte mit drohender Stimme klar: „Ich brauche keine Tochter, die mich vor Prügeln bewahrt."

„Ha, Sie meinen wohl, daß Sie selbst vor den Prügeln weglaufen können?" Duncan baute sich erneut herausfordernd vor Willie auf.

Der aber wollte sich nicht weiter anmachen lassen. Mit zwei großen Schritten war er bei der Haustür und riß sie auf. „Das reicht. Machen Sie, daß Sie rauskommen! Sie haben genug erzählt, mehr als genug. Viel zuviel!"

Duncan aber hatte Spaß an diesem Spiel gefunden. Lachend mimte er den total Verschreckten: „Oh, ich habe solche Angst, bitte tun Sie mir nichts! Sie Angsthase!"

Mit einem Satz war Willie bei dem Großmaul und drehte ihm einen Arm auf den Rücken. „Sie widerwärtiger kleiner Gartenzwerg!" zischte er und brüllte dann aus Leibeskräften: „Raus!!!"

Im selben Moment flog Duncan auch schon durch die offene Haustür über das Holzgeländer in den Vorgarten. Dann folgte lautes Geschepper. Mülltonnen stürzten um, und eine Tür knallte zu. Willie, der große Friedensfreund, hatte den Möchtegernschläger Duncan eigenhändig aus seinem Haus geworfen!

Über sich selbst erschrocken, stand Willie unter der Tür. In seinen weit aufgerissenen Augen spiegelte sich blankes Entsetzen. Zitternd fuhr er sich mit dem Handrücken über die Stirn und stöhnte: „Was habe ich nur getan?"

Bevor er aber Zeit fand, genauer über seine Freveltat nachzudenken, kam ALF angewetzt.

„Willie, altes Vierauge, das war 'ne Wucht!" ALF reckte seine Pfote beschwörerisch in die Höhe und zeigte dem Pazifisten ein Siegeszeichen.

Willies unerwarteter Sieg über sinnlose Gewalt würde sein Leben mit einem Schlag verändern. Zumindest sah ALF das so. Schon beim Frühstück hüpfte das Felltier aufgeregt um Willie herum und spielte Trainer, massierte mal hier einen Muskel, mal dort ein Bein.

Willie ließ ALFs Behandlung willenlos über sich ergehen. Er machte alles andere als einen kämpferischen Eindruck. Sein schlechtes Gewissen über den Ausfall vom Vortag hatte ihn die ganze Nacht kaum schlafen lassen. Übermüdet und gereizt, saß er nun am Frühstückstisch.

Kate bemühte sich nach Kräften, ihn aufzumuntern. Dabei wurde sie aber von Trainer ALF genau überwacht. Empört schob er den Kuchenteller zurück, den Kate für Willie bereitgestellt hatte.

„He, nichts Süßes für Bum-Bum Tanner. Er ist im Training!" knurrte er Kate mißbilligend an.

„Ich bin nicht im Training!" protestierte Willie und grabschte nach dem Kuchen.

„Bist du doch. Ich habe einen Kampf mit Mister Hurlbut am Ende der Straße für dich arrangiert!" erwähnte ALF wie beiläufig, während er Willies Waden massierte.

„Warum sollte ich mit Mister Hurlbut kämpfen? Er ist mein Freund!" Müde winkte Willie ab.

„Aber nicht mehr, seit du so fies mit ihm gesprochen hast!“

Willie sprang entsetzt auf und sah aus, als ob er ALF in diesem Moment am liebsten den Hals umdrehen würde. „Laß diese Anrufe bleiben!“ brüllte er ihn dann an.

ALF duckte sich wie getroffen und bettelte: „Nicht schlagen, nicht schlagen!“

Noch einmal versuchte Willie dem Außerirdischen klarzumachen, daß er zutiefst bereue, was er gestern getan hatte.

Dafür hatte ALF nun wirklich kein Verständnis. Beruhigend legte er Willie seine große Pfote auf die Schulter und versuchte ihn zu trösten: „Mach dir keine Vorwürfe. Der Bursche hat es verdient. Der ist doch nichts als ein zu kurz geratener Angeber mit Knopfaugen!“

„Ohne jede Ähnlichkeit mit Anwesenden!“ stellte Willie ironisch klar.

Wieder läutete es an der Tür. Willie wußte nicht genau, ob er öffnen sollte oder nicht. Vielleicht war es Duncan, der nach einer Revanche verlangte! Oder Hurlbut! Schließlich gab er sich einen Ruck. Verstecken half auch nicht weiter.

Vor der Tür standen gute Bekannte, die lieben Nachbarn. Ohne sich groß bitten zu lassen, stürmten die beiden Ochmoneks aufgeregt ins Haus.

„Wir kommen bloß rüber, um Ihnen zu gratulieren, Killer!“ Lachend knuffte Trevor Willie in die Seite.

„Er heißt Bum-Bum!“ korrigierte Kate schnell. Bei den Ochmoneks konnte man nie wissen, was ihnen in den Sinn kam. Plötzlich hatte man seinen Spitznamen für immer weg. Und dann schon lieber Bum-Bum als Killer.

Rachel tänzelte bewundernd um Willie herum und flötete: „Alle reden davon, daß Sie es diesem schrecklichen Mister Duncan mal so richtig gegeben haben! Wir sind stolz auf Sie!“

Irritiert schaute sich Kate dieses Schauspiel an. „Und woher wissen es die anderen überhaupt?“

„Durch mich natürlich!" Voll und ganz von sich überzeugt, klopfte sich Rachel auf die Brust. Bei wichtigen Dingen konnte man sich einfach auf sie verlassen. Und Willies Sieg war ja nun wirklich so wichtig, daß die Nachricht darüber in der ganzen Straße verbreitet werden sollte.

Trevor aber wollte sich nicht mit Schilderungen aus zweitem Mund begnügen. Wieder knuffte er Willie in die Seite und bestürmte ihn dann: „Also, Killer, was ist passiert? Erzählen Sie es uns bitte, Schlag auf Schlag!"

Hilflos wie ein Regenwurm auf dem Trockenen, wand sich Willie hin und her. „Nein, nein, nein!" Mit beiden Händen wehrte er ab. „Ich wollte Duncan gar nicht verletzen. Ich habe nur versucht, Brian Friedfertigkeit beizubringen."

Trevor schüttelte sich vor Lachen. „Und dabei haben Sie ihn kräftig verbleut!"

„Ja, das fürchte ich auch!" Willie seufzte tief. Noch immer quälte ihn die Frage, warum er sich nur so hatte gehenlassen.

„Nur keine Skrupel, Willie. Mister Duncan hat es verdient. Stellen Sie sich vor, der Kerl hatte doch tatsächlich die Nerven, sich zu beschweren, weil Trevor in unserem eigenen Garten Reifen verbrannt hat!" Rachel blies vor Empörung über soviel Unverständnis ihre Backen auf und ließ sich auf Tanners Sofa fallen.

„Als ob ich den Wind unter Kontrolle hätte!" bekräftigte Trevor.

Als sie bei keinem der Anwesenden Unterstützung fanden, kapierten die Ochmoneks erstaunlicherweise: Tanners wollten ihre Ruhe haben.

„Laß uns gehen!" schlug Trevor seiner Frau vor und seufzte dröhnend hinzu: „Wenn wir die Zeit überziehen, wirft uns Willie noch raus — so wie den kleinen Stänkerer gestern!"

Endlich. Willie hatte die Haustür hinter den Ochmoneks geschlossen. Müde legte er seine Stirn an das Holz. Schon tauchte ALF wieder auf. Wie ein Tonband quasselte er auf Willie ein, ohne Pause, ohne Punkt und Komma. Fazit seines Lobgesangs: Willie wär' ein richtiger Held auf Melmac, ein winziger kleiner Waschbär. Aber was hatte der nicht alles geleistet! „Er hat uns beigebracht, daß man alles waschen muß, bevor man es essen darf."

Willie hob seinen Kopf und starrte auf den plappernden ALF. Was redete der überhaupt? Hilfesuchend schaute Willie Kate an und formulierte langsam Wort für Wort: „Wir — müssen — uns — immer — vor — Augen — halten, — daß — er — nicht — von — unserem — Planeten — ist! — Nicht — von — unserem — Planeten!" Dann ließ er seinen Kopf wieder müde an die Tür zurückfallen.

Willie steckte in einer tiefen Krise. Sein Bum-Bum-Erfolg ließ sich mit seiner pazifistischen Grundhaltung einfach nicht vereinbaren. Heftigste Skrupel machten ihm zu schaffen. Konnte er Brian jemals wieder ein Vorbild sein? Oder war er jetzt unglaubwürdig bis an das Ende seiner Tage?

Tröstend strich ihm Kate über das Haar. Sie konnte Willies Selbstzweifel und seine quälenden Vorwürfe nicht mehr länger ertragen. „Willie, vielleicht wäre es gut, wenn du noch einmal mit Mister Duncan sprichst. Im persönlichen Gespräch kann man manches erklären!"

„Ich glaube, du hast recht, Kate. Aber dieses Mal werde ich mich nicht provozieren lassen. Kannst du für mich anrufen und ihn herbitten?"

Diese Idee fand ALF wirklich super. Schließlich hatte er eine Überraschung für Willie vorbereitet. „Willie, das trifft sich gut. Ich habe dir nämlich höchstpersönlich ein Paar Boxershorts angefertigt." Stolz präsentierte er das Ergebnis seiner Arbeit: eine dunkle Anzughose mit abgeschnittenen Beinen.

Wieder schnappte Willie nach Luft. „Er hat den Smoking ruiniert, den ich mir für Dorothys sechzigsten Geburtstag ausgeliehen habe!" stöhnte er. Was würde ihm dieser Tag denn noch alles bescheren?

„Entschuldigung, konnt' ich ja nicht wissen. Ich dachte, der Smoking gehört dir!" In diesem Moment hatte ALF das Gefühl, daß es ratsam wäre, sich zu verdrücken. Vielleicht würde dann Gras über die Boxershorts wachsen. Gemächlich trottete er in die Küche, um eine Liste mit möglichen Kampfpartnern für Willie aufzustellen.

Da kam Kate mit einer guten Nachricht vom Telefon zurück: „Duncan ist schon auf dem Weg hierher. Er will persönlich mit dir sprechen!"

„Wo ist Brian?" erkundigte sich Willie aufgeregt.

„Soll der nach dem Kampf die Nationalhymne singen?" quakte ALF ungefragt dazwischen. Er hing schon wieder neugierig in der Durchreiche.

„Nein, ich möchte, daß er bei unserem Gespräch dabei ist, damit er mal lernt, wie man Probleme ohne Faustrecht regelt!"

ALF konnte sich nur mühsam das Lachen verkneifen. In seinen Augen war Willie wirklich ein Träumer. Als es draußen läutete, rief ALF noch schnell aus der Küche: „Vergiß nicht, Willie, der Titel gehört noch immer dir." Dann klappte die Durchreiche geräuschvoll zu.

Gemessenen Schrittes bewegte sich Willie auf die Tür zu. Er öffnete sie langsam und sah Mister Duncan fest an. Höflich, aber distanziert bat er den Besucher herein in die gute Stube.

Im selben Moment kam auch Brian aus seinem Zimmer.

„Was gibt's denn schon wieder?" erkundigte er sich etwas ungehalten.

„Ich möchte dich gleich mal mit Mister Duncan bekannt machen! Das ist Brian, mein Sohn!"

Mister Duncan sah sich den Jungen genau an. „Und dieser kleine Wicht hat meinem Jungen das blaue Auge verpaßt! Alle Achtung!"

Willie traute seinen Ohren nicht. Das konnte ja wohl nicht wahr sein. Sein friedliebender Sohn.

Kate aber kannte Brian besser. „Wirklich?" fragte sie freudig erregt. „Hast du Bobby wirklich ein blaues Auge geschlagen?" Doch Willies vorwurfsvoller Blick holte sie zu ihren friedlichen Grundsätzen zurück. Fast entschuldigend wandte sie sich an Mister Duncan: „Ich hoffe, es tut ihm nicht zu weh! Kann ich Ihnen etwas anbieten?"

Duncan ließ sich nicht lange bitten und verlangte ein Bier. Während Kate zum Kühlschrank ging, pfiff er anerkennend durch seine Zahnlücken und lobte: „Sie hat 'nen hübschen Gang!"

Um die Stimmung nicht zu verderben, probierte Willie ein Lachen und stellte klar: „Das ist *meine* Frau!" Dann aber kam er ohne Umschweife zur Sache: „Alles, was ich will, ist, daß die Kinder aufhören, sich zu prügeln!"

„Aber warum das denn? Prügeln ist gut für die Kurzen. Das macht sie selbstbewußt!"

„Aber nicht den, der am Boden liegt!" wandte Brian ein. Sein Selbstbewußtsein hatte in den letzten Tagen harte Prüfungen hinter sich.

Aber der stolze Vater eines berüchtigten Prügelknaben ignorierte diesen Einwand einfach. Denn jetzt war Kate mit dem Bier gekommen. „Danke, Baby!" Duncan zwinkerte Kate zu.

„Nichts zu danken, Winzling!" Kate verzog keine Miene und reichte ihm die Dose rüber.

Duncan erkannte, daß er bei Kate nicht landen konnte. Also knüpfte er an das Gespräch mit Willie an. Er wollte ihm doch noch mal deutlich machen, daß er grundsätzlich anderer Auffassung war über den Sinn des Prügelns. „Da, wo ich herkomme, hat man sich immer geschlagen. Und das hat niemand geschadet. Was einen nicht umbringt, macht einen härter. Ich mag Kämpfe. Nur dadurch habe ich überlebt. Meine Kämpfe haben mich zu dem gemacht, was ich bin. Ich bin im Alteisengeschäft, und das ist ein hartes Business." Nach diesem Monolog nahm Duncan einen tiefen Schluck aus der Bierdose. Er war mit sich zufrieden.

„Im Alteisengeschäft?" wiederholte Kate und bot ihm an: „Dann dürfen Sie die leere Bierdose behalten!"

Damit kam sie aber Duncan gerade recht: „He, Lady, wollen Sie mich aufziehen? Ich bin Alteisenhändler und nicht von der Müllabfuhr."

Willie sah schon den nächsten Streit heraufziehen und wollte schlichten: „Reagieren Sie nicht ein bißchen übersensibel?"

„Ach ja, wie würde es Ihnen gefallen, wenn ich Ihnen sage, daß Sie der größte Doofi sind mit der blödesten Visage, die ich je gesehen habe!" Duncan grinste Willie breit an.

„Dies läßt mich kalt!" entgegnete dieser dem Möchtegernschläger und setzte ein betont blasiertes Gesicht auf.

„Aber Paps!" Brian war stinksauer. Das durfte sich sein Vater doch nicht bieten lassen.

„Ist schon gut, Brian! Das sind doch nur leere Worthülsen!" Willie Tanner war die Ruhe in Person.

Anders Duncan. Kampflustig äffte er Willie nach: „Ist schon gut, Brian!"

Willie hatte genug von dieser unerfreulichen Begegnung. Mit diesem Mann war einfach nicht zu reden. Er öffnete die Haustür und forderte Duncan auf: „Ich habe alles gesagt. Jetzt möchte ich Sie lieber von hinten sehen!"

Doch da hatte Willie seine Rechnung ohne Duncan gemacht. Der dachte nämlich gar nicht daran, so schnell das Feld zu räumen. „Jetzt, wo Sie wissen, womit ich mein Geld verdiene, bin ich wohl nicht mehr gut genug für Ihr feines Haus!" stänkerte er.

„Würden Sie jetzt bitte gehen!"

„Und warum schmeißen Sie mich nicht raus?"

„Ich würde schon, aber ich bin zu gut erzogen!"

Wieder äffte Duncan Willie nach. „Gut erzogen! Wohl eher verlogen oder zu feige, was?"

„Sie verschwinden jetzt hier!" Kates Stimme war messerscharf.

Erstaunt wandte Duncan den Kopf. Im selben Moment nahm Kate Anlauf und rannte wie ein wütender Stier auf ihn los. Der Stoß in seinen Rücken war so heftig, daß Duncan zum zweitenmal im Tannerschen Vorgarten landete. Wieder verkündete das Scheppern der Mülltonnen seine Bruchlandung im Freien.

Willie knallte die Haustür zu und riß Kates Arm hoch. Heute war sie der Champion.

„Ein dreifaches Hoch für Kate Bum-Bum Tanner!" Lynn stürzte herbei und klatschte begeistert in die Hände.

Brian sah seine Eltern nur sprachlos an.

Erst als sich der größte Tumult gelegt hatte, meldete sich ALF zu Wort: „He, Kate, ich plane gerade einen Schlammringkampf. Rachel Ochmonek gegen Mami Hammed Ali Tanner!"

In diesem Moment kam Willie zur Besinnung. Fast vorwurfsvoll blickte er seine Frau an. „Das war falsch, was du gemacht hast, ist das klar?"

„Ja, ich weiß!" Kate bemühte sich vergeblich um einen zerknirschten Gesichtsausdruck. Dieser Erfolg war ihre persönliche Wiedergutmachung für ihr angeknackstes Selbstbewußtsein.

Willie schnappte sich Brian. „Trotz allem, was du in den letzten beiden Tagen erleben mußtest, Brian: Gewalt anwenden ist falsch!"

Brian grinste und nickte einsichtig.

Lynn schickte einen gutgemeinten Ratschlag hinterher: „Widersprich besser nicht. Und leg dich nicht mit deinen Eltern an. Sonst landest du auch noch auf der Straße."

Brian war der eigentliche Gewinner der ganzen Geschichte. Denn Bobby, sein Erzfeind, ging ihm plötzlich respektvoll aus dem Weg. „Er hat richtig Angst vor mir!“ verkündete Brian stolz am nächsten Tag.

Damit hatte ALF sein Ziel erreicht! Sein Freund und Schüler Brian war über Nacht zum Star geworden. Aber war es ein Wunder bei dem Trainer und ...? ALF wußte: Die Lorbeeren gebührten ihm nicht allein. Jubelnd stand er zwischen Kate und Willie, riß ihre Arme hoch und rief: „Schaut euch doch seine Eltern an: King Kong und Godzilla, die Meistermonster des ganzen Viertels!“

Inhalt